KB100229

매일밤
당신에게
필요한
이야기

陪你说一世晚安

PEI NI SHUO YI SHI WAN AN by 食堂君 SHI TANG JUN

매일밤 당신에게 필요한 이야기

스탕쥔 엮음 | 오하나 옮김

그대여, 편히 잠들길.

이별이란 이토록 달콤한 슬픔이기에,

동이 틀 때까지 안녕을 말하네.

— 셰익스피어

목차

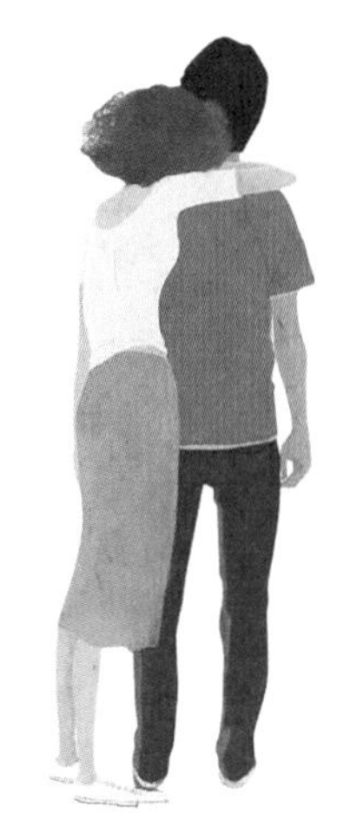

• • •

세월이 언젠가 우리를 갈라놓을지라도
그 순간까지 함께 할 사람은 오로지 당신뿐입니다.
인생은 길고 길지만
아마도 난 당신을 평생토록 기억할 것입니다.

— 스탕윈

나를 위한 스트립쇼

9 월 15 일
㉠ 리 허 시

언젠가, 꿈에서 당신을 만났어요.

사탕을 받은 어린아이처럼 기뻤죠.

매일 밤 별들에게 당신을 향한 나의 사랑을 전해도

별들은 내게 눈길 한 번 주지 않는다는 걸 알지만

난 오늘도 사랑의 편지를 써서

달빛을 따라 먼 곳으로 떠난 당신에게 보내봅니다.

오늘 밤,

안녕히.

살면서 만나는 따스한 정(情)은,

모두 운명이 우리를 위해 연주해주는 왈츠 같은 것.

한동안 난 스스로를 나만의 별에 가둬놓았다. 그 별에 구멍을 하나 파서 씨앗을 뿌려 물을 주고 퇴비를 뿌린 뒤 볕을 쬐어, 싹이 나길 기다렸다.

내 침대 옆엔 창문이 있다. 그 창문에 달린 커튼의 밑부분을 한 뼘 정도 잘라냈다. 난 종종 그 잘라낸 한 뼘 만큼의 틈으로 밖을 내다보곤 한다. 풍경이라고도 할 수 없는 그 풍경을.

어느 날 못된 까치 한 마리가 내 방 창턱에 똥을 싸놓더니, 자주 들르기 시작했다. 그러다 다른 까치 한 마리를 더 데려오고는, 나중엔 새끼까지 낳아 놓은 것이었다.

매일 아침 나는 창문을 열고 창턱을 닦았다. 그리고는 곧 더러워질 걸 알면서도 자학하는 기분으로 그 까치 녀석들을 기다렸다.

가을 공기가 점점 소슬해지자 그 녀석들은 더 이상 오지 않았다. 그동안 나의 창턱에는 집을 짊어지고 여행하는 달팽이들과, 알을 낳을 곳을 찾지 못한 나방들과, 아름다운 눈동자를 가진 고양이 한 마리가 왔다 갔다.

그들은 내 창턱에 가만히 멈춰 서서 마치 탐색하듯 나와 한참동안 눈을 마주쳤다. 그리고는 이내 우리가 서로의 적수가 아니라는 걸 깨닫고 삭연히 떠나버렸다.

늦가을을 지나 겨울의 문턱에 다다를 때가 되면 나는 이미 온몸에 두꺼운 옷을 겹겹이 껴입는다. 그러면 여름이 손 뻗으면 닿을 정도로 가까이 있는 것처럼 느껴진다.

그러던 중, 온몸이 태양처럼 빛나는 사람을 만났다. 그 빛은 그의 머리카락에서, 눈썹에서, 어깨에서 반짝거리며 나를 향해 다가왔다. 그리고는 곧 나를 통째로 삼켜버렸다.

처음 만났을 때, 나는 그를 이렇게 불렀다. "주 선생님."

그는 미소 지으며 말했다. "그러지 마세요, 나이도 얼추 비슷한데. 그냥 '주줴'라고 부르시면 됩니다."

"좋아요, 주줴 씨." 내가 대답했다.

나는 휠체어 버튼을 누르고 그에게 다가갔다. 엄마가 그에게 내가 만든 과일 아이스크림을 권했다.

아이스크림은 레몬 한 조각과 앵두 세 알, 그리고 두리안과 함께 수박 맛 환타를 첨가해 만든 것으로, 맛이 제법 괜찮았다.

그는 한 입 베어 물고 나를 향해 엄지를 치켜세워주었다. "맛있어요."

엄마는 나를 안아주시며 생각이 바뀌면 언제든 전화하라고 말씀하셨다.

나는 고개를 끄덕이며 삐져나온 엄마의 머리카락을 정리해주었다.

엄마가 나가신 방 안엔 그와 나 둘뿐이었다. 화분에 심어져 있는 스킨답서스 덩굴이 난간을 타고 울창하게 피어 있었다. 잎맥이 튼실해 보이는 것이 마치 내가 가진 용기 같았다.

“잉웨이 씨.” 그가 날 불렀다. “이름이 참 예쁘시네요. 처음엔 남잔 줄 알았어요.”

“여자라서 실망하셨어요?” 나는 그의 시선을 마주보며 물었다.

“그럴 리가요, 전 그냥….” 그는 조금 민망한 듯 고개를 긁적였다. 그리곤 잠시 후 말을 이었다. “잘 찍어드릴 자신 있습니다.”

“고마워요.” 내가 말했다. “그럼 시작하죠.”

특별한 사진을 남기는 것은 내 오랜 숙원사업이었다. 내가 이 세상에 남길 수 있는 게 딱히 없다는 걸 잘 알고 있으니까. 병원에서 퇴원한 후 눈에 띄게 늙은 엄마의 모습을 보았다. 예전엔 참 고우셨는데. 집 앞 슈퍼에 갈 때도 꼭 화장을 하고 하이힐을 신으셨던 엄마다. 내가 사고를 당한 이후로는 한 번도 치장하시는 모습을 보지 못했다. 엄마의 얼굴은 내가 알아챌 만큼 빠르게 늙어갔다. 어느 날 밤, 비몽사몽간에 엄마가 날 부르는 소리를 들었다. “아가, 겁내지 말거라. 만약 네가 진짜 잘못되면 엄마도 널 따라 갈 테니까.” 슬며시 눈을 떠보니 엄마가 내 옆에서 울고 계셨다. 난 얼른 다시 눈을 감았다.

내가 떠나면서 엄마에게 무얼 남겨줄 수 있을까? 언젠가 엄마가 그러셨다. 역시 딸이 최고라고. 엄마와 함께 쇼핑도 다닐 수 있고, 화장품도 골라줄 수 있으니 말이다. 앞으로 누가 엄마와 함께 쇼핑을 가고, 금방 싫증 난 화장품을 처리해 주지?

"흠흠." 그가 목청을 가다듬었다. 무언가 하고 싶은 말이 있어 보였지만 결국 아무 말도 하지 않았다. 그는 내 예전 사진들을 보고 있었다. 내 상태가 꽤 괜찮았을 때의 사진들이다. 이마는 반짝반짝 광이 나고, 몸은 한없이 자유로웠다.

"혹시 예전엔 예뻤다는 말을 하려던 거 아니에요?" 내가 짓궂게도 물었다. "지금 모습하고 사뭇 다르죠?"

그는 조금 난처한 듯 말했다. "안타깝군요. 가슴이 아파요."

"어떻게 된 일인지 알고 싶죠?" 일부러 그를 놀려봤다.

그는 아이스크림을 다 먹고 내 옆에 앉았다. 화장지 한 장을 뽑아 나에게 주고는 내가 이야기를 시작하길 기다렸다.

"사실 별 거 아니에요. 어떤 나쁜 놈을 만나, 일 년간 연애했죠. 그러다 성격이 맞지 않아 먼저 헤어지자고 했어요. 그는 받아들이지 않았고, 끊임없이 치근덕대면서 험한 말까지 하더라고요. 그래도 별로 신경 쓰지 않고 피하지도 않았더니, 결국 날 납치했어요. 그런 다음…, 하하하, 설마 진짜 믿는 건 아니죠? 나 작가나 할까 봐요."

그는 마치 손에 땀을 쥐고 영화의 클라이막스를 보는 듯한 표정을 짓고 있었다. 그 모습에 나는 웃음을 참을 수가 없었다.

"거짓말이에요?" 그는 한시름 놓았다는 듯 긴 한숨을 내쉬었다. "어쩐지, 그렇게 나쁜 사람이 있을 리 없죠."

"나쁜 사람들은 텔레비전이랑 인터넷에 차고 넘쳐요. 지금 내 모습을 보면 그런 놈들도 다 도망갈 텐데." 나는 또 웃음이 나왔다.

"그런 말 말아요. 지금도 충분히 좋아요. 내가 예쁘게 찍어줄게요." 그가 진지하게 말했다.

"난 예쁘고 싶지 않아요." 나도 진지하게 말했다. "나는 아름답고 싶어요."

그는 순간 당황한 듯 보였다. "물론이죠. 그야…."

그가 말을 끝내기도 전에 내가 한 마디 덧붙였다. "장애도 아름다울 수 있으니까요."

그는 허탈하게 웃으며 고개를 흔들고 말했다. "내 말은, 제가 사진을 잘 찍으니까요!"

우리는 웃음을 터트렸다.

그는 가방에서 커다란 카메라를 꺼내 렌즈를 장착하고 조정한 후 나에게 편히 앉으라고 말했다. 그리고는 나름 웃기다고 생각하는 농담 따위를 말하며 순간순간 셔터를 눌렀다.

"여자친구 있어요?" 내가 물었다.

"있어요." 그가 대답했다.

"예뻐요?"

"물론이죠."

"그럼, 여자친구가 예뻐서 좋아하는 거예요?"

"그걸 말이라고 해요? 남자는 다 시각적 동물이라고요."

"촬영하면서 예쁜 여자 많이 만나지 않았어요? 그럼, 그 사람들 다 사랑해요?"

"아름다움이란 확실히 사람을 끌어당기는 힘이 있지만, 진짜로 다가가려면 상대방 역시 내게 다가와도 좋다는 암시를 끊임없이 줘야 가능한 거죠."

"마치 가는 사람 안 붙잡고 오는 사람 안 막는 바람둥이처럼 말하네요. 설마 여자친구가 먼저 좋다고 쫓아다녔어요?"

"맞아요. 오, 방금 굉장히 좋은 사진 건졌어요. 한번 볼래요?"

그는 카메라를 들고 다가와 얼굴을 가까이 대고 사진을 보여줬다. 그의 몸에서 산뜻한 샴푸 냄새가 풍겼다. 사진은 눈에 들어오지 않았다. 내 시선은 온통 그의 머릿결에 꽂혀 있었다.

나는 마치 강아지처럼 그의 목덜미 냄새를 맡으며 말했다. "당신에게서 좋은 향기가 나요."

그는 깜짝 놀라 몸을 떼고는 웃으며 말했다. "내가 맛이 좀 괜찮아요!"

"삶아 먹는 게 맛있어요, 구워먹는 게 맛있어요?" 나는 과감하게 들이댔다.

"어떨 거 같아요?" 그는 득의양양하게 내게 한 방 먹였다.

"어차피 먹지도 못 할 텐데요, 뭐." 나는 일부러 암울한 표정을 지었다.

사진 촬영은 쉬지 않고 이어졌다.

"예전엔 특이하단 말 많이 들었죠?" 그가 농담을 던졌다.

"맞아요." 사람들이 나에게 하늘이 내린 괴짜라는 말을 하곤 했었다.

"하하." 그의 웃는 얼굴에 순간적으로 날 매우 안타까워하는 듯한 표정이 스쳐 지나갔다. 난 그 표정이 매우 익숙했다. 사고를 당한 후 날 보는 사람들은 전부 그런 표정을 짓곤 했다.

"지금 뭐죠?" 나는 화가 났다. "날 동정해요?"

"그래요. 지금 동정이 필요한 거 아니에요?"

"필요하죠. 하지만 그런 표정이나 보겠다고 당신을 돈 주고 고용한 게 아니에요."

그는 움직임을 멈추고 날 쳐다봤다. "장소를 좀 옮기죠. 지금 표정, 참 싸가지 없어 보이고 좋네요."

나는 그의 말에 웃고 말았다.

그에게 밖으로 나가기 전 치마로 갈아입겠다 말했다.

그는 하는 수 없이 휠체어를 밀고 내 방으로 들어가 옷장 문을 열고 어떤 치마를 입겠냐고 물었다.

나는 원피스 한 벌을 가리켰다. 그는 옷을 꺼내주고 밖으로 나갔다. 난 혼자서 상의를 벗고 원피스를 입은 후 그를 불렀다. "바지 좀 벗겨주세요."

그가 눈을 감은 채로 들어와, 장님처럼 문을 더듬거렸다. 나는 짜증이 났다. "눈 떠도 돼요!"

그가 슬며시 실눈을 뜨고는 날 보았다. 그리고는 다시 한 번 안도의 한숨을 내쉬었다.

"내 각선미 어때요?" 내가 물었다.

내 종아리는 이미 쇠퇴하여 피골이 상접해 있었다. 그는 꿇어앉아 마치 엄청난 발견을 한 것처럼 한참을 말이 없었다. 애써 아무렇지도 않은 척했던 내 노력이 한순간에 물거품이 되었다. 괜한 걸 물었나 하는 생각이 들었다.

한참 말이 없던 그가 입을 열었다. "아무래도 그냥 집 안에서 찍는 게 좋겠어요."

"사람들이 쳐다볼까봐 그래요?"

"네." 그가 대답했다. "잉웨이 씨가 불편할까 봐요."

"됐어요. 어떻게 찍든 아름답게 찍는 것만 생각해요. 나 이번에 누드 사진도 예약한 거, 잊지 말아요."

그는 결국 참지 못하고 터져버렸다. "당신 정말 이름값 단단히 하네요. 용감하고 특이해요.(여주인공 이름인 '잉웨이'의 한자는 英偉로, 용감하고 영특하며, 훌륭하고 특이하다는 뜻이다. - 옮긴이) 대단하다고요."

나는 너무도 짜증이 났다. 벌떡 일어나 그를 한 대 갈겨주고만 싶었다. 하지만 현실은 그가 내 휠체어를 밀어줘야만 밖으로 나갈 수 있는 처지였다.

어쩌면 그의 말을 들었어야 하는지도 모른다. 난 바깥 세상에 도무지 적응하기 어려운 체질이었다. 아이들의 떰박질, 노인들의 자상한 미소, 내 옆을 바삐 지나가는 사람들과 정신없이 빵빵대는 자동차의 경적 소리까지 나에겐 전부 고통이었다.

몇 장 찍지도 못한 상태에서 결정적으로 비둘기를 쫓는 유기견을 보곤 나는 결국 울음을 터뜨렸다. "집에 가요, 가고 싶어요!"

그 인정머리 없는 남자는 내가 우는 순간에도 쉬지 않고 셔터를 눌러댔다.

집으로 돌아온 나는 있는 대로 성질을 부렸다. "당신 정말 싫어요. 내일은 오지 마세요. 잔금은 지금 바로 드릴 테니. 핸드폰 주세요. 엄마한테 전화 하게."

나는 말하면서 또 울음을 터뜨렸다. 그는 난처한 듯 가만히 서 있다가, 마침내 구부리고 앉아 내 어깨를 짚고는 말했다. "우리 오늘 300장 찍기로 했는데, 지금까지 겨우 60장 찍었어요."

"당신이 맘에 안 들어요." 나는 그의 손을 뿌리쳤다.

"당신 맘에 들든 안 들든 그건 내게 중요하지 않아요. 문제는, 이건 내 일이라는 거예요. 우리는 이미 계약을 맺었어요. 난 도무지…, 아니면, 말을 해봐요. 내가 어떻게 하면 마음에 들겠어요?"

난 울음을 멈추었다. "스트립쇼 해봐요."

"싫어요."

"노래 불러줘요."

"좋아요." 그는 내가 불러달라는 노래를 부르기 시작했다. 처음엔 가볍게 흥얼거리다 점점 목소리가 커지더니 이내 춤까지 추기 시작했다.

나는 금세 화가 풀렸다. 그는 입은 웃고 있지만 눈은 아직도 노기가 남아있는 내 모습을 몇 장 찍다가 카메라를 내렸다.

"더 안 찍어요?"

"네. 내일 다시 찍죠."

"그래요, 오늘 상태가 안 좋네요." 나는 조금 아쉬웠다.

"나도 오늘은 썩 좋지 않아요. 아직 당신에게 어울리는 컨셉을 찾지 못한 것 같기도 하고요. 그러니 며칠 더 상의해보죠."

"며칠이요?"

"네, 며칠이요."

생각해보면 그와 나는 우연히 만나게 되어 볼 일만 끝나면 금세 다시 남으로 돌아갈 사이인데, 그 며칠이 뭐 대수겠는가.

우리는 한참 이야기를 나누었다. 그는 내 책꽂이에 꽂힌 책을 뒤져보며 나에게 질문을 던졌다. "특별히 좋아하는 연예인 같은 거 있어요?"

"네. 난 판빙빙 좋아해요."

"그렇구나. 오늘 화장이 좀 옅은 거 같아요. 내일은 좀 진하게 해보죠. 필요하면 제가 메이크업 담당을 데려올게요."

"여자친구가 메이크업 담당인가 봐요?"

"아니에요."

"그럼 안 데려와도 돼요."

"내 여자친구가 보고 싶어요?"

"당신 같은 남자와 사귀는 지지리 복도 없는 여자가 누군지 보고 싶을 뿐이에요."

그는 잠시 말이 없다가, 곧 입을 열었다. "여자친구가 예전에 메이크업 아티스트였어요. 지금은 그만뒀지만요."

"왜 그만뒀어요?"

"사정이 있었어요."

"아, 김빠져. 왜 말을 하다 말아요?"

"뭐든지 솔직히 다 말해버리는 게 꼭 좋은 거예요?"

"안 좋을 건 뭐예요? 난 뭐든지 시원시원한 게 좋아요."

"그럼, 지금 상태는 별로 시원스럽지 못한 거 같아요?"

"네."

"어머니가 말씀해주셨어요. 자살하고 싶어 한다고."

"맞아요."

"다리 때문에요?"

"네. 별걸 다 알고 있네요? 다리가 어쩌다 이렇게 됐는지도 알고 있죠? 그래놓고 아무것도 모르는 척 내가 떠드는 걸 듣고 있었어요?" 나는 또다시 성질이 났다.

"피곤하죠?" 그는 내가 화를 내려는 걸 무시해버렸다.

"피곤하든 말든."

"피곤하면 침대까지 데려다줄게요. 어머니께서 잉웨이 씨는 오래 앉아있으면 다리에 통증이 온다고 말씀해주셨어요."

"그래서 어쩌시게요? 기꺼이 내 휠체어를 밀 수 있는 기회라도 달라는 건가요?"

그는 아무 말 없이, 정말 내 말대로 휠체어를 밀어 방까지 데려다주었다. 공주님처럼 안아 침대에 던져놓는 이벤트는 물론 없었다. 정말이지 김빠지는 사람이었다.

"가 봐요. 나 잘 거예요." 나는 그를 내쫓다시피 했다.

"알았어요. 내일 일찍 올게요." 그는 문을 닫았다 다시 열더니, 크고 푹신푹신한 솜사탕 같은 미소를 지었다. "잘 자요. 미리 인사하는 거예요."

나는 눈을 감고 그를 외면했다. 그가 짐을 챙기고, 신발을 갈아 신고, 문을 닫고 멀어져가는 소리를 가만히 듣고 있다 보니 눈물이 쏟아졌다. 다시는 가져서는 안 되는 감정들이 나를 옭아매고 있었다. 그런 감정들은 거대한 몸집을 하고 빠른 속도로 날 덮쳤다. 난 첫 생리를 한 14살 때보다 당황스러워 어찌할 바를 몰랐다.

몸이 건강했을 땐 자신감이 하늘을 찔러 남자를 거절하는 것 따윈 일도 아니었다. 내가 사랑하는 건 오직 나밖에 없었다. 누군가를 가감 없이 좋아한다는 게 어떤 감정인지 그땐 알지 못했다.

엄마가 돌아왔다. 문을 열고, 신발을 갈아 신고, 가방을 놓고, 내 방으로 다가와 조용히 날 살폈다. 난 줄곧 눈을 꼭 감고 있었다. 일단 눈을 뜨면 눈물이 멈추지 않을 것만 같았다. 그리고는 왜 낯선 사람에게 내 이야길 했느냐고, 내 나약함과 무기력함에 대해 알려줬느냐고 엄마에게 화를 낼지도 몰랐다.

난 그렇게 줄곧 누워 있었다. 그의 '잘 자요'라는 인사가 진짜가 될 때까지.

다음 날 그가 왔다. 엄마는 어제와 다름없이 그와 인사를 나누곤 외출하셨다. 그는 웃는 얼굴로 날 보며 말했다. "오늘 화장한 모습이 판빙빙이랑 닮았네요."

그가 가방에서 금색 원피스를 꺼냈다. 한쪽 어깨가 훤히 드러나는 옷이었다. 나는 그 옷을 보고 비명을 질렀다. "세상에, 판빙빙이 입었던 용포(금색 혹은 붉은색 천에 용 자수가 놓인 황제의 예복 - 옮긴이) 드레스랑 정말 비슷해요!"

이날 하루 우리는 때때로 입씨름을 해가며 쉬지 않고 사진을 찍었다.

"오늘 얼마나 찍었어요?"

"60장이요."

"설마요, 내가 셔터 누르는 횟수 세어 봤는데. 600장은 되겠던데."

"뭐라는 거예요. 과장이 심한 거 아니에요?"

“설마 날 사랑하게 된 거예요?” 내가 말했다. “날 며칠 더 보고 싶어서 일부러 조금 찍는 거냐고요?”

“어떤 것 같아요?” 그가 또다시 웃었다. 태양 옆을 지나는 구름처럼 그에게서 금색 빛이 반짝였다.

“이제, 갈 거예요?”

“네.”

“나 화장실 가고 싶은데. 하루 종일 참았어요. 아침에 물을 너무 많이 마셨나 봐요.”

“그래요. 가요.” 그는 침착한 표정으로 날 화장실까지 데려다줬다.

“저기.” 내가 무언가 손으로 가리키며 말했다. “저기 있는 요강 좀 가져다 휠체어 밑에 있는 받침대에 좀 놔 줘요. 그리고 나가보세요.”

일은 시원하게 해결했지만 마지막 자존심이 걸린 문제가 남았다. 난 팬티를 스스로 올릴 수가 없었던 것이다.

그가 노크를 했다.

내가 말했다. “이만 가 보세요.”

그가 대답했다. “뭐 도와줄까요?”

“얼른 가라고요!” 난 또 성질을 내고 말았다.

결국 그는 갔다. 난 그렇게 화장실에서 잡히는 물건을 모조리 때려 부쉈다. 엄마가 돌아와 그 난장판을 보시곤 적잖이 당황하셨다. 내가 헤헤 웃으며 말했다. “짠! 엄마, 새 거 장만할 기회야.”

셋째 날, 그가 왔다. 난 만나고 싶지 않다고 했다. 침대에서 채 일어나지도 않았다. 약도 먹지 않았다.

그는 내 방 문 앞에 가만히 서 있다 내 이름을 불렀다. "잉웨이 씨." 그리고는 엄마에게 말하는 소리가 들렸다. "내일 다시 오겠습니다."

그가 떠난 후, 나는 뭉그적뭉그적 일어나 창문 밖으로 베개를 던졌다. 내가 던진 베개가 그에게 명중해, 그가 날 돌아볼 수도 있으니까. 그렇게 한참을 멍하니 앉아 있었더니, 엄마가 내 베개를 도로 가지고 올라오셨다.

넷째 날, 엄마가 날 씻겨준 후 막 옷을 갈아입혀 줬을 때 그가 도착했다. 내 몸에선 좋은 향기가 뿜어져 나오고 있었다. 거울을 보니 혈색도 꽤 좋아 보였다.

"엄마 얼른 가. 나 오늘 누드 사진 찍을 거야."

엄마의 눈이 동그래졌다. "얘가 못하는 소리가 없어!"

엄마가 나가고 난 후 난 똑바로 앉아 정색하며 말했다. "진심이에요. 오늘 우리 전라 사진 찍어요. 다 찍고 엄마한테도 보여드려야지. 분명 깜짝 놀라실 거예요."

그는 카메라를 만지작거리며 대답했다. "그래요."

난 화장도 하지 않았다. 머리카락 역시 말리지도 않고 축축한 그대로 풀어헤친 상태였다.

그가 내 얼굴만 클로즈업하며 말했다. “벗어요.”

진짜 벗을 때가 오자 난 조금 부끄러워졌다.

하지만 두려울 게 뭐 있겠는가. 어차피 조만간 난 한 줌의 재가 될 텐데. 난 옷을 벗기 시작했다. 그는 탁상을 옮기고 카펫을 깨끗이 정리한 후, 가방에서 새하얀 천을 꺼내 깔고 나서야 나를 부축해 앉혔다. 나의 손가락이 그에게 닿을 때는 마치 전류가 몸속으로 흘러 들어오는 것 같은 느낌이 들었다.

“저기요.” 난 그를 놀리기로 했다. “딱딱해졌어요?”

나를 차마 쳐다보지도 못하고 그저 웃는 그의 얼굴이 새빨갛게 달아올랐다.

불행이 우리를 잠식하게 두어선 안 돼요. 우리는 불행한 게 아니라, 다른 사람보다 아주 조금 더 불편하게 살고 있을 뿐이에요.

나도 안다. 이런 나를 보고 성적 충동을 느낄 사람은 아무도 없다는 것을. 누구보다도 내가 제일 잘 알고 있단 말이다. 하지만 이 남자를 자극하지 못한다는 사실은 어쩔 수 없이 상처가 되었다. 그래서 첫 번째 사진은 매우 상처 받은 모습이 찍혔다.

"저기요." 나는 또 다시 그를 놀리고 싶었다. "나 어때요?"

그는 진지하게 대답했다. "원래 주 선생님이라고 부르지 않았어요? 자꾸 '저기요'라고 부를 거예요?"

"장난하는 거 아니에요." 내가 말했다. "이런 상태인 내게 남자들이 성적 충동을 느낄 수 있을까요?"

그는 한숨을 푹 내쉬었다. 내가 곤란한 질문을 한 것이 분명했다. 하지만 곧 진지하게 대답해줬다. "물론이죠."

"그럼 나랑 한 번 잘래요?" 난 실없이 웃어보였다. 하지만 마음속에서 쿵쾅대는 심장은 금방이라도 목구멍 밖으로 튀어나올 것만 같았다.

"사진 찍죠, 고객님." 그가 여전히 진지한 자세로 말했다.

"여자친구가 무섭구나. 그렇게 안 봤는데. 공처가시네요." 나는 개의치 않고 들이댔다.

"맞아요. 무서워요."

나는 속이 쓰렸다. 그래서 두 번째 사진은 가슴이 쓰라리고 아픈 모습이 되었다.

그러다 금방 시시해져 그를 놀리는 것을 그만두었다. 그저 얌전히 그의 지시를 따라 촬영을 진행했다. 얌전하게 앉았다가, 과감한 포즈로 앉았다가, 왼쪽으로 누웠다가, 오른쪽으로 누웠다가 하면서.

아무래도 에어컨을 너무 세게 틀었는지, 나는 기침을 연이어 네 번쯤 한 뒤 코를 훌쩍였다. "이런, 감기 걸렸네요."

"어떡해요." 그는 재빨리 에어컨을 껐다.

"잠깐만요." 나는 그를 향해 손짓을 했다.

"네?"

"와 보라고요. 우리 키스해요. 내 감기 그쪽한테 옮기고 나면 괜찮아질 거예요."

그의 얼굴이 순식간에 달아올랐다. 그 후 아무 말 없이 옷을 건네준 후, 바보처럼 허둥지둥 물건을 챙겨 돌아가 버렸다.

나는 혼자 옷을 챙겨 입으며 터지는 웃음을 참을 수 없었다.

집에 돌아온 엄마가 날 보고는 화를 버럭 내셨다. "쉬잉웨이! 진짜 벗고 찍었어!"

나는 그저 웃었다. "응."

엄마는 내 귓불을 꼬집었다. 어렸을 때 그랬던 것처럼. 하지만 전혀 아프지 않았다. 나는 이미 알고 있었다. 내가 지금 무슨 짓을 하든지 전부 용서받을 수 있다는 것을.

죽는 것만 빼고.

밤이 되어, 엄마와 나는 꼭 껴안고 잠자리에 누웠다. 내가 엄마에게 물었다. "아빠 보고 싶어?"

"아니."

"왜 안 보고 싶어? 아빠는 분명히 엄마 보고 싶어 할 텐데. 아빠는 분명 엄마가 너무 예뻐서 사람들이 많이 쫓아다니는 거 아닌지 걱정할 거야."

"그래. 내가 여든 살이 되어도 네 아빤 그렇게 생각할 거야." 엄마는 으스대며 말했다.

"하지만, 날 좋아한다고 쫓아오는 사람은 없어."

"아가." 엄마는 나를 꼭 껴안아주셨다.

"엄마. 내가 없으면 엄마도 행복할 거야. 날 책임질 필요 없으니 재혼해도 되고. 엄마 고등학교 동창 아저씨 있잖아, 아직도 엄마 좋다고 따라다녀?"

"쉬잉웨이!" 엄마는 끝내 화를 내셨다.

아침에 눈을 뜨자, 그가 이미 도착해 있었다. 거실에서 엄마와 그가 이야기를 나누는 소리가 희미하게 들려왔다. 엄마는 울고 계셨다. 절대 내 앞에선 눈물을 보이지 않으시면서, 다른 사람 앞에서는 마치 수도꼭지처럼 툭하면 눈물을 흘리셨다.

나는 따분하게 누워만 있었다. 회사에 다닐 땐 아침마다 정신이 없어 자고 싶을 때까지 자는 게 소원이었다. 지금은 그 소원을 이뤘지만, 생각만큼 좋진 않다.

잠시 후, 엄마가 내 방으로 와 옷 입는 걸 도와주셨다. 그 후 난 세수와 화장을 마치고 거울 속에 비친 나를 향해 활짝 웃어보였다.

정말 열심히도 웃어보였다.

그리고 나는 나에게 인사를 건넸다. 산뜻하게 웃는 얼굴로.

엄마가 평소와 다름없이 집을 나설 때, 그가 엄마를 불렀다. "같이 사진 몇 장 찍으시죠."

마침 나도 그러고 싶었는데, 그가 먼저 말을 꺼내는 바람에 나는 조금 놀랐다.

엄마는 마치 어린아이를 안는 것처럼 날 껴안고는 나에게 입을 맞추고, 머리를 쓰다듬어 주셨다. 그리고 그는 이 모든 순간을 쉬지 않고 찰칵찰칵 카메라에 담았다.

잠시 후 엄마가 말씀하셨다. "그럼 난 이만 나갔다 올 테니, 마지막까지 둘 다 열심히 해."

그가 대답했다. "알겠습니다."

그제야 그가 평보보다 훨씬 더 큰 가방을 메고 온 것을 발견했다. 안에서는 각종 소품들이 쏟아져 나왔다. 모자와 안경, 망토, 그리고 우쿨렐레까지, 별의 별 물건들이 다 있었다.

난 그다지 수다 떨 기분이 들지 않았다. 그 역시 말없이 나에게 이것저것 얹어놓고 사진만 찍어댔다.

그렇게 몇 시간이 흘렀다.

"그만 찍을래요." 내가 말했다. 보기엔 굉장히 무거워 보이지만 사실 하나도 무겁지 않은 소품 책을 던져버리곤 안경을 벗었다. "난 이런 작위적인 설정 별로 안 좋아해요."

"그래요, 그럼." 그는 대답한 후 소품들을 치우기 시작했다. "사실 사진은 이미 충분히 찍었어요. 그래서 오늘은 뭘 찍어야 할지 몰라 가장 흔한 걸 준비해온 것뿐이에요."

"네." 나는 고개를 끄덕였다. 헤어짐에 대한 아쉬움을 애써 감추며. 오늘 이 보너스 같은 하루는 그가 개인적으로 내어준 시간이란 걸 잘 알고 있었다.

짐을 모두 정리한 후 그는 한참을 앉아 있다가 겨우 입을 열었다. "잉웨이 씨, 허튼 생각 말아요. 살아있는 동안은 무엇이든 가능해요. 언젠가는 좋아질 거예요. 물론 견디기 쉽지만은 않다는 거 알지만, 당신을 사랑하는 사람들을 위해서라도 견뎌야 해요."

"네." 난 또다시 고개를 끄덕였다. "얼른 가 보세요. 원래 이틀만 찍기로 한 건데 시간 뺏어서 미안해요."

"잘 지내요. 알았죠?" 그는 일어나 내 곁으로 다가와서는 내 머리를 쓰다듬어줬다. 손가락의 힘이 느껴졌다. 난 고개를 푹 숙이고 눈물을 참았다.

그가 떠난 후 얼마 지나지 않아 곧 엄마가 돌아왔다. 난 이미 알고 있었다. 엄마는 한 번도 어딜 간 적이 없다. 계속 1층에서 기다리고 있었을 것이다. 괴롭고 무기력한 기분이 밀려들어왔지만, 그것은 이미 오랜 시간을 거쳐 습관이 되었다.

엄마는 날 침대로 옮겨준 후 다정하게 물었다. “또 뭐 해보고 싶은 거 있니? 엄마가 해줄 수 있는 거라면 뭐든지 해줄게.”

“나 자고 싶어.” 나는 몸을 돌렸다.

1주일 후, 그가 찍어준 내 사진들이 담긴 CD가 집으로 도착했다. 엄마는 잔뜩 신이 나서서 플레이어에 넣고 보기 시작했다. 몇 장 보자마자 보고 싶지 않아진 나는 우격다짐으로 CD를 도로 꺼냈다.

카메라 속의 내가 그런 모습이었는지, 그 사람 눈에 비친 내가 그런 모습이었는지 난 미처 알지 못했다.

시간은 그렇게 모래시계의 모래알이 떨어지는 것처럼 흘러갔다. 해가 점점 짧아져 7시까지 밝았던 밖이 어느새 5시면 어두워지고 있었다.

내 방 창틀에도 더 이상 생명의 흔적은 보이지 않게 되었다. 가끔 바람이 창을 흔들고 갈 뿐.

앞머리를 두 번쯤 자르는 만큼의 시간이 흐른 후, 나는 마침내 그 사진을 다시 꺼내 보기로 결심했다. 그날 저녁, 난 일부러 엄마에게 피부 관리를 받으라며 집 밖으로 내보낸 후, CD를 꺼내 컴퓨터에 넣었다.

때론 웃고, 때론 웃지 않는 사진을 한 장 한 장 천천히 넘겨보며 난 그동안의 추억을 다시금 떠올렸다. 사진은 상당히 많았다. 300장을 훨씬 넘는 듯했다. 다 보지도 못하고 지쳐버릴 정도였다. 그렇게 마지막을 향해 넘기는데, 끝부분에 동영상이 하나 보였다. 클릭했더니 상당히 자극적인 음악이 흘러나왔다.

그리고 그가 있었다. "헤이, 쉬잉웨이, 잘 봐요. 지금부터 스트립쇼가 시작됩니다."

그는 춤을 추기 시작했다. 거침없이 교태를 부리면서 옷을 벗더니, 어느 순간 작은 천 쪼가리 하나만을 남기고 모두 벗어 던져버렸다.

나는 터져 나오는 웃음을 참을 수가 없었다.

그 다음 갑자기 장면이 바뀌더니 휠체어에 앉은 한 여자가 보였다. 한 송이 백합꽃처럼 환하게 미소 짓는 그 여자는 조곤조곤 말을 꺼냈다. "잉웨이 씨 안녕하세요. 저는 주췌의 여자친구, 왕린이라고 해요. 아마 내가 나이가 좀 더 많을 거예요. 난 예전에 메이크업 아티스트였어요. 주췌와 함께 웨딩 사진을 찍는 스튜디오에서 2년 정도 함께 일을 했었죠. 우린 출장이 잦았어요. 거의 매 주말마다 유명한 장소에 가서 웨딩 사진을 찍었거든요. 이를테면 라싸라든가, 싼야, 구랑위, 다리 시 같은 곳 말이에요. 한번은 커플 한 쌍과 함께 윈난 성에 간 적이 있어요. 산길을 지나던 중 사고로 차가 산길 아래로 굴러 떨어지게 되었죠. 제 다리는 그때 사고로 이렇게 된 거예요. 주췌 역시 지금은 저렇게 쌩쌩해 보여도, 그때 갈비뼈 11대가 부러져 장장 1년을 침대에 누워만 있었답니다. 지금도 다리에 철심을 박고 있어요. 거짓말 아니에요. 잉웨이 씨, 주췌가 처음 당신의 일을 말하던 날, 난 그가 이 일을 하게 될 거란 걸 알았어요. 게다가 아주 잘 찍어줄 거란 것도. 왜냐하면 우린 모두 같은 고통을 겪었잖아요. 다른 점이 있다면 난 이미 극복했다는 거예요. 내가 다시 일어나 달릴 수는 없어도, 할 수 있는 다른 일들이 아직 많아요. 좋은 소식을 알려줄게요. 나, 곧 엄마가 돼요. 다음 달에 혼인 신고를 할 거예요. 결혼식은 아마도 그 이후에 할 거 같아요. 그때 초대할 테니 꼭 와 줘요. 이 동영상을 찍기 전에 고민 많이 했는데, 잉웨이 씨가 이걸 보고 생각을 바꿨으면 좋겠어요. 불행이 우리를 잠식하게 두어선 안 돼요. 우리는 불행한 게 아니라, 다른 사람보다 아주 조금 더 불편하게 살고 있을 뿐이에요. 내 다리가 이런 것은 확실히 약점이지만, 장점이 아주 없는 것도 아니랍니다. 이 사람, 예전에는 틈만 나면 잔꾀를 부렸는데 지금은 내 곁에서 절대로 떠나지 않잖아요. 하하, 내가 무슨 말을 하는 거람. 너무 신경 쓰지 말아요. 주췌가 그러는데 잉웨이 씨는 책을 참 많이 읽으신다면서요? 나중에 우리 아이 이름 좀 부탁하고 싶은데…."

난 동영상을 보고 또 보았다.

어느새 엄마도 다가와 내 옆에 앉아 함께 보았다.

주췌가 그랬다. 사고가 났을 때 여자친구는 목숨 걸고 자신의 몸으로 주췌를 안아 보호해줬다고…. 감동 받은 엄마가 말씀하셨다.

"여자친구한테는 자신의 다리보다, 심지어 목숨보다 사랑이 더 중요했던 거야."

"응." 난 코를 훌쩍였다.

"엄마에게는 네가 엄마 목숨보다 더 중요하단다." 엄마는 날 꼭 껴안았다.

"알았다고!" 나는 일부러 토라진 척 고개를 돌렸다. "다시는 허튼 짓 안 할게. 죽어도 살 거라고. 죽도록 열심히 살아서 남편도 만들고, 애도 낳고, 이 세상의 좋은 것도 나쁜 것도 다 보고 살 거야."

엄마는 만족스러운 듯 컴퓨터를 끄고, 베개를 대어준 뒤 문을 닫고 나가셨다.

"엄마."

"왜?" 엄마가 다시 문을 열었다.

"안녕히 주무세요."

"응. 잘 자." 엄마가 다시 문을 닫았다. 세상은 여전히 외롭고 공허하지만, 난 더 이상 방황하지 않기로 했다. 창밖 어디선가 새어나오는 한 줄기 빛이 내 방 창틀에 내려앉았다.

때마침, 젊은이 하나가 창밖을 지나가며 취객처럼 노래를 흥얼거렸다.

"인생의 모든 불운은 꼭 한꺼번에 밀어닥치고는 해. 그래서 난 당당히 맞서 즐기기로 했네."

그래도, 아름다운 날들

9월 24일
글 후이구냥

이 세상은 잔인한 동시에 또 얼마나 상냥한가요.

간절히 원하는 걸 얻기 힘든 대신, 생각지도 못한 일이 벌어지곤 하잖아요.

그러니, 아직 일어나지도 않은 일에 마음 쓰지 말아요.

급할수록, 침착하게.

오늘 밤

안녕히.

순간, 난 태어나 처음으로 천사의 모습을 보았다.
그 천사는 꽃을 들고 나타나, 향기를 남기고 사라졌다.
따스한 어둠 속에, 가장 아름다운 인사를 남기고.

버스에 오르고 나서야 잔돈이 없다는 것을 알아차린 나는 땀을 삐질삐질 흘렸다. 하는 수 없이 백 위안짜리 지폐를 꺼내는데, 쉼 없이 밀고 들어오는 사람들 때문에 구석으로 점점 밀려나게 되었다. 나는 당황해서 발만 동동 굴렀다.

버스 기사가 그런 내 모습을 흘끔 보더니, 주머니에서 동전 두 개를 꺼내 요금통에 넣었다.

까무잡잡한 피부를 가진 그 남자는 굵고 낮은 목소리로 벨소리 흉내를 냈다. "딩동, 딩동."

그리고는 페달을 밟고, 차를 출발시켰다.

단골 마트에서 소고기를 사서 막 나오는데, 사장님이 부르시더니 무를 하나 주셨다.

"소고기 찜을 할 땐 역시 무를 넣어야 맛있지. 이거 가져가요."

잎사귀가 다 정리된 무 두 덩이가 반질반질하게 빛이 났다.

사장님은 빙긋 웃으며 말씀하셨다. "봐봐요, 토끼 같죠?"

공원에서 산책을 하다 마침 벤치가 보이기에 잠시 쉬려고 다가갔다.

그때 어디선가 튀어나온 한 소년이 쪼르르 앞질러가며 외쳤다. “엄마, 앉으세요.”

소년의 뒤로는 임신한 여인이 따라오고 있었다. 벤치는 딱 두 사람이 앉을 수 있는 크기였기에 일찌감치 포기하고 지나치려는데, 그 소년이 이번엔 날 불렀다. “누나!”

돌아보니, 소년이 엄마를 부축해 앉히고 난 후 소매로 그 옆자리를 스윽 닦고는 나를 향해 손짓하고 있었다.

“누나, 앉으세요. Lady first.”

재미있는 소년이라면 생각나는 아이가 또 있다.

기차를 탔을 때였다. 한 소년이 내 옆 좌석 노인의 품에 안겨 그림책을 보다가, 갑자기 울음을 터뜨리더니 좀처럼 그칠 줄을 몰랐다.

내가 왜 그런지 묻자 소년은 훌쩍이며 책 속의 그림을 가리켰다.

아기 판다 한 마리가 어깨에 큰 나무를 메고 힘겹게 발걸음을 옮기고 있는 그림이었다.

소년은 눈물을 훔치며 말했다. “나무가 너무 무거워서 아기 판다가 깔려버리면 어떡해요?”

그러자 노인은 마른 손으로 소년의 눈물을 스윽 닦아주고는 말씀

노인은 마른 손으로 소년의 눈물을 스윽 닦아주고는 말씀하셨다. "걱정 말거라. 아기 판다의 친구인 아기 코끼리와 아기 호랑이가 도와주러 올 거야."

하셨다. "걱정 말거라. 아기 판다의 친구인 아기 코끼리와 아기 호랑이가 도와주러 올 거야."

교토의 한 금붕어 가게에서였다.

주인과 여자 손님이 즐겁게 웃으며 대화를 하고 있었다.

일본어를 할 줄 아는 내 친구가 작은 소리로 통역을 해주었다.

주인이 손님에게 물었다. "손님, 어항 크기가 어떻게 되세요?"

그러자 손님이 손으로 대강 그려보였는데, 크기가 제법 컸다.

주인은 가볍게 "아" 하고 반응한 후 곧 두리번거리며 뜰채를 찾았다. 그리고는 어항 속에서 금붕어 두 마리를 조심스레 건져 올렸다.

주인이 말했다. "그 정도 크기엔 두 마리가 딱 좋아요! 금붕어는 거만하면서도 나약한 생물이라, 너무 여럿이 모여 있으면 금세 죽어버리거든요."

손님은 금붕어가 든 비닐봉지를 받아들었다. 금붕어들은 주황색 지느러미를 흔들며 물속을 즐겁게 헤엄쳐 다니고 있었다.

주인은 손님에게 허리 숙여 인사했다.

"잘 돌봐주세요, 감사합니다!"

포르토(포루투칼의 북부)의 이름 모를 작은 광장에서의 일이다.

행색이 남루하고 가진 것도 없어 보이는 부랑자 한 명이 벽에 기대 앉아있었다.

사람들이 빵조각을 던져 주자, 그는 앉은 자리에서 몸을 곧추세우며 눈을 반짝였다.

그러다 잠시 망설이더니, 이내 빵을 반으로 쪼개 입 속으로 욱여넣고 허겁지겁 삼켰다. 그리고는 나머지 반을 잘게 찢어 힘껏 뿌리기 시작했다. 광장 곳곳에 있던 비둘기들이 순식간에 그곳으로 모여들었다.

그는 계속 빵을 찢어서 뿌렸다.

비둘기들은 점점 더 모여들어 그의 머리 위에, 발치에, 몸 주변에, 심지어 어깨 위에도 내려앉았다. 새하얀 깃털이 코앞에서 파득거렸지만 그는 몸을 피하지 않고 그대로 손만 뻗어 비둘기들이 계속 빵을 먹을 수 있게 해주었다.

이는 내가 그 도시에서 본 가장 아름다운 장면이었다.

기차를 타고 가던 중 옆자리엔 주름이 자글자글하고 머리가 눈처럼 하얗게 센 노부인이 앉아계셨다. 연로하신 몸으로 오랜 시간 앉아있었던 탓인지 창문에 기대 졸고 계셨는데, 그 때문에 머리가 살짝 흐트러진 상태였다.

종점에 도착할 때 즈음 나는 그 노부인을 가볍게 흔들어 깨웠다. 비몽사몽간에 눈을 뜬 노부인은 창밖을 보시고는 가볍게 탄식을 내뱉었다.

그 노부인은 부끄러워 하셨다. 그렇다. 내 할머니뻘은 족히 될 법한

노년의 여인이 소녀 같은 표정을 짓는 것이다. 하지만 그 표정마저 참 어울리는 분이셨다.

부인은 작은 소리로 조심스레 내게 말을 걸었다. "아가씨, 곧 역에 도착하기 전에 머리를 좀 빗고 싶은데, 내 나이 들고 손이 떨려 빨리 못할까봐 걱정이 돼서 말이지. 좀 도와줄 수 있겠어요?"

나는 흔쾌히 그러겠노라 대답한 후 빗을 받아들고 물었다. "할머니, 어떻게 빗어드릴까요?"

할머니의 두 뺨이 발그레하게 물들었다.

"하나로 묶은 다음 틀어 올려줄 수 있을까…?"

난 미소 지으며 대답했다. "그럼요."

서둘러 할머니의 은빛 머리카락을 정갈하게 빗은 나는 꽈배기 모양으로 틀어 묶었다.

할머니는 작은 손거울을 꺼내 이리저리 비춰보시고는 미소 지었다.

"아가씨, 손재주가 좋구먼. 예쁘게 묶어줘서 정말 고마워요."

기차에서 내려 짐을 정리한 후 몸을 일으키는데, 그 할머니가 플랫폼의 한 할아버지를 향해 걸음을 서두르시는 모습이 보였다.

할아버지는 마치 어린 소년이 사랑하는 소녀를 어루만지듯 할머니의 머리를 쓰다듬으시다 귓속말을 하셨다.

무슨 말씀을 하셨는지는 몰라도 그 말을 들으신 할머니는 얼굴이 환하게 빛나더니, 세상에서 가장 달콤한 미소를 지으셨다.

할아버지의 어깨를 가볍게 미는 할머니의 얼굴엔 행복이 가득했다.

그 해 늦가을, 나는 저녁의 찬 기운을 느끼며 톨레도(스페인 중부)의 한 술집 안으로 들어갔다.

술집의 분위기는 썩 좋지 않았다. 먼저 바에 엎어져 술주정을 하고 있는 손님 하나가 보였다.

작은 무대 위에는 슬픈 멜로디를 건성건성 연주하고 있는 밴드와 알 수 없는 노래를 흥얼대는 가수가 있었다.

한쪽 구석에서 한 집시 여인이 누군가와 통화를 하다 갑자기 흐느껴 울기 시작했다.

다른 한쪽에서는 네 식구가 식사를 기다리고 있었다. 음식이 조금 늦게 나오는 모양인지 두 아이가 안절부절 못하고 옴짤대다 물이 가득 찬 컵을 쏟아버렸다. 엄마는 서둘러 처리하느라 분주한데, 아빠는 미간을 찌푸리며 그 모습을 보기만 하고 있었다.

난 자리에 앉자마자 의자가 삐걱거리며 조금씩 흔들리는 것을 느꼈다. 자리를 바꾸고 싶었지만 빈 의자가 있을 것 같지 않았다.

종업원이 살짝 식은 스테이크를 내 앞에 갖다 놓았다. 고기는 질기고, 소스는 후추 맛이 너무 강하게 느껴졌다. 나는 나이프와 포크를 내려놓고 길게 한숨을 쉬었다. 어느새 어두워진 창밖엔 비가 내리고 있었다. 그 때의 기분이란 말할 수 없을 만큼 우울했다.

바로 그 순간, 문이 열리는 소리가 들리며 꽃을 파는 소녀가 들어왔다.

옷이며 머리카락이며 모든 것이 비에 흠뻑 젖은 소녀는 역시 젖어버린 난초 몇 송이가 담긴 바구니를 들고 있었다. 그녀는 큰 눈동자를 굴리며 가게 안을 훑어보고는 조금 당황하는 듯했다.

하지만 소녀는 금세 웃음을 지어 보였다. 그 맑은 웃음이 이곳의 어두운 기운을 모두 씻어주는 기분이 들었다. 소녀는 재빨리 네 식구가 있는 테이블로 다가가더니 이렇게 말했다. “아저씨, 부인께 꽃 한 송이 선물하세요!”

아저씨의 잔뜩 찌푸리고 있던 인상이 천천히 펴졌다. 조금 고민하던 아저씨는 결국 지갑을 꺼내들었다.

그는 하얀색 난을 집어 들어 부인의 옷자락에 꽂아주었다.

정신없이 움직이던 부인이 순간 동작을 멈추었다. 꽃을 가만히 보던 부인이 다시 남편을 말없이 쳐다보다 미소 지었다. 희미한 눈가의 주름마저 섹시하게 보이기 시작하는 순간이었다.

그 후 소녀는 곧장 내 앞으로 다가왔다.

“언니, 난 좀 사주세요!”

나는 그것을 하나 사 들고, 잠시 고민했다. 그리고는 이내 집시 여인에게로 갔다.

그녀는 전화를 끊고 조금 당황스런 눈으로 날 쳐다보았다.

난 꽃을 그녀 앞에 놓아주었다. 그렇게만 하면 조금 냉정해 보일까 봐 한 마디 덧붙였다. “다신 울지 말아요.”

집시 여인은 꽃을 들어 냄새를 맡아보고는 감동받은 눈빛으로 나에게 웃어주었다.

그리고는 눈물이 채 다 마르지 않은 얼굴로 일어나 무대로 향했다.

그녀는 놀란 표정의 가수에게 꽃을 건네며 뭐라 말을 하는 듯했다. 그러자 가수는 천천히 자리에서 일어나 꽃에 가볍게 입을 맞추고는 휙 던지는 것이었다. 뒤에 있던 드러머가 꽃을 받자 몇몇 남자들이 웃음을 터뜨렸다.

음악이 시작되었다. 경쾌한 리듬의 음악이었다.

무대에 오른 집시 여인이 가수와 함께 열정적인 춤을 추었다. 치맛자락이 너풀거렸다.

그녀를 울게 만들었던 핸드폰은 탁자 위에 저 혼자 내팽개쳐져 있었다.

네 식구와 나는 모두 일어나 박수를 쳤다. 만취해 엎어져있던 손님이 깨어나 반쯤 감긴 눈을 비비며 무대를 향해 휘파람을 불었다.

종업원이 웃으며 그에게 뜨거운 홍차를 건네주었다.

음악 소리를 들은 행인들이 잇따라 작은 술집 안으로 들어왔다. 그들은 신나게 마시고 장단을 맞추며 큰 소리로 샴페인을 몇 병씩 주문했다.

가게 창문에 뿌연 김이 서렸다. 주변에 온기가 번져나갔다. 가게 안은 신나게 춤을 추는 사람들로 가득했다. 심지어 주방에서 튀어나온 가게 주인까지 탁자 위로 올라가 목청 높여 스페인 노래를 부르기 시작했다. 흥분한 사람들이 바닥과 벽을 치고, 큰 소리로 웃으며, 서로 잔을 부딪치다 껴안고 키스를 나눴다.

어느새 비가 그치고, 꽃을 팔던 소녀가 문 앞에 서있는 모습이 보였다. 바구니에는 단 한 송이의 난이 남아있었다. 소녀는 그 마지막 난을 꺼내 자신의 귀에 꽂았다.

왁자지껄한 사람들 속에서 그녀는 나를 향해 미소를 지었다. 그리고는 입술을 오물거리며 한 마디 인사를 건넸다.

시끌벅적한 분위기 탓에 목소리가 들리진 않았지만, 소녀가 무슨 말을 했는지는 충분히 알 수 있었다.

소녀는 이렇게 말했다. "좋은 밤 되세요."

순간, 난 태어나 처음으로 천사의 모습을 보았다.

그 천사는 꽃을 들고 나타나, 향기를 남기고 사라졌다. 따스한 어둠 속에, 가장 아름다운 인사를 남기고.

이토록 매력적인 밤, 무슨 말이 더 필요하겠는가?

그러니, 좋은 밤 되길.

도시에서
혼자 살기

5 월 20 일
㉠ 리 샹 룽

우리는 종종 잘못된 일을 저지르고,
잘못된 길에 들어서고, 잘못된 사랑을 하면서도
좀처럼 그 잘못을 고치지 못할 때가 있어요.
괜찮아요. 그 역시 인생에서 반드시 거쳐야 할 과정인 걸요.
이 잔혹한 세상에서 버틸 수 있는 힘,
그것은 오로지 시련을 통해서만 얻을 수 있음을 잊지 마세요.

오늘 밤
안녕히.

이 삭막한 도시생활에서 사람 사이의 진심 어린 온정은 반드시 필요하다.
현실에 묻혀 금세 사라지고 잊히는 것이 있다면,
그것이야말로 무엇보다 소중하게 여겨야 하지 않을까?

2008년, 학업을 위해 홀로 베이징으로 오게 된 나는 고향을 떠나기 전 친구 열 명의 전화번호를 따로 추렸다. 여섯 명은 고향 친구, 네 명은 베이징에서 함께 공부할 동기들이었다. 기차가 베이징 서부역에 도착한 그 순간, 나는 깨달았다. 이제는 이 도시 속에서 나 자신 그리고 내 곁의 몇몇 친구들만을 의지해 나아가야 할 것임을. 부모님에게는 더 이상 어떠한 도움도 받을 수 없었다.

익숙함과 점점 멀어지는 것, 그게 바로 성장의 고통 아니겠는가.

기차표를 구하지 못해 발을 동동 구르던 때를 어렴풋이 기억한다. 술 마시자고 불러낼 친구가 단 한 명도 없어 우울했던 내 생일도 또렷이 기억하고 있다. 이어폰으로 음악을 들으며 길게 뻗은 창안제 거리의 동쪽 끝에서 서쪽 끝까지 무작정 걸었던 그날의 고독함마저 여전히 잊을 수 없다.

그때 난 다짐했다. 앞으로 내 친구들 중 누구라도 베이징에 오게 된다면 다시는 나와 같은 고독과 쓸쓸함을 경험하게 만들지 않겠노라고.

몇 년 간 악착같이 산 결과 지금은 핸드폰에 몇백 명의 연락처가 있고, 그들 역시 나를 알고 있다. 그렇게 외로움은 서서히 사라져갔지만 마음속에는 차마 떠올리기조차 힘든 그 쓸쓸했던 풍경들이 각인처럼 새겨져 있다.

때때로 도시의 조명은 사람의 감성을 자극한다. 정신없이 돌아가는 도시의 모습 속에서 현재 자신의 처지를 떠올려보면, 꿈이나 청춘과는 점점 멀어지는 느낌이 드는 것이다. 화려한 네온사인을 물끄러미 바라보다 문득 돌아본 내 곁에 투정부릴 사람 하나 없다는 것도 참 외롭게 만들곤 한다. 이런 감정을 어떻게 아느냐고? 내가 그 모든 순간을 거쳐 한 걸음 한 걸음 여기까지 왔으니까.

거대한 도시일수록 이런 감정을 느끼고 있는 사람들이 많을 것이다. 대도시에서는 언제나 외로운 사람이 약자가 된다.

지난 몇 년간 나는 악착같이 번 돈으로 베이징에 거처를 구했다. 이곳에서 재작년 대학교를 졸업하고 베이징으로 온 하오와 함께 고군분투하며 살고 있다.

가끔 술을 마시며 하오에게 내가 가지고 있었던 쓸쓸함에 대해 얘기한 적이 있다.

하오는 내게 말했다. "나는 너처럼 그렇게 외로웠던 적 없어."

내가 물었다. "어째서?"

그러자 하오는 "난 베이징에 오자마자 너랑 같이 지냈잖아. 그래서 여기가 집이랑 똑같아."라고 대답했다.

나는 친구란 서로 마음의 온도가 통하는 사이라고 생각한다. 친구를 사귈 때 그 사람의 배경이나 재산상태보다는 상대방을 진심으로 대하는지를 무엇보다 중요하게 생각한다. 나 또한 상대에게 늘 최선을 다하고 있음은 물론이다.

다행히도 지금 내 곁에는 의리 있는 친구들이 아주 많다. 물론 뒤통수를 맞은 적도 있었지만 그래도 난 여전히 이 세상에 진심은 통한다고 믿는다. 게다가 이 친구들은 내 고달픔이 극에 달했을 때에

익숙함과 점점 멀어지는 것, 그게 바로 성장의 고통 아니겠는가.

도 내 곁을 지켜주고, 응원해주고, 도와주며, 날 떠나지 않던 사람들이다.

난 적어도 내가 겪은 고통만큼은 내 친구들이 겪게 하고 싶지 않으며, 내가 겪어 본 아픔을 사랑하는 이에게 똑같이 겪게 하고 싶진 않다.

브라질에서 귀국한 친구 하나가 웨이보(중국판 페이스북 - 옮긴이 주)를 통해 내게 연락을 해 왔다. 그녀는 베이징에 도착한 지 얼마 안 돼 모든 것이 낯설다며, 한번 만나자고 했다.

난 옛 친구였던 그녀를 흔쾌히 내 동료들과의 저녁 술자리에 초대했다. 그녀는 얼마 만에 이렇게 재미있게 놀아보는지 모르겠다며 즐거워했다.

내가 말했다. "도움이 필요하면 언제든지 내게 연락해. 잊지 마, 이곳이 우리의 집이야."

지금, 그녀는 나의 절친이며, 우리 모두의 절친이다.

나는 그렇게 내 주변 사람들을 서로서로 소개시켜 주는 게 이미 습관이 되었다. 삼삼오오 모이는 자리를 마련해 함께 식사를 하고 가끔 영화나 연극을 보러 가거나 술을 마시고 다 함께 노래방에 가기도 한다. 내가 돈을 조금 더 쓰고 수고를 조금 더 해서라도 말이다.

갓 베이징에 올라온 친구들이나 막 사회생활을 시작한 사람들은 인간의 온정을 느낄 수 있는 아주 사소한 일만으로도 매우 행복해

한다. 이를 테면 친구가 몇 명 더 생겼다거나, 낯선 이가 친절을 베풀었다거나 하는 일들 말이다. 이게 바로 내가 삭막한 도시에서 따스함을 잃지 않으려 애쓰는 이유이기도 하다.

베이징에서 나는 수많은 사람들의 인생을 보고, 수많은 사람들의 이야기를 들었다. 주변을 한번 유심히 살펴보라. 대다수의 사람들이 매일같이 출근했다 집에 돌아오면 강아지 산책시키기, 식사, 운동, TV 시청, 웹서핑, 그러다 잠에 드는 반복된 생활을 하고 있을 것이다. 친구와 어울리지도 않고 별다른 취미 생활도 없이 거의 매일 똑같이 살아간다. 마치 80대의 삶을 사는 20대처럼.

나는 주변의 동료 한 명에게 물었다. "너도 친구들이랑 잘 안 만나?"

그가 말했다. "만나서 노는 친구는 없고, 다들 인터넷에서만 알고 지내는 사람들이야."

나는 한숨이 나왔다.

소셜미디어가 때론 허구의 모습을 만들어내기도 한다고 생각하는 나는 인터넷 속 사람들의 모습이 진짜가 아닌 것처럼 느껴질 때가 있다. 블로그 속의 나, 웨이보 속의 나, 그리고 위챗 모멘트 속의 내가 전부 다른 사람인 것이다.

팔로워 수가 많으면 많을수록 실생활 속에서 대화를 나누는 사람은 점점 줄어들고, 사진을 자주 올릴수록 마음은 점점 공허해진다.

그래서 우울하다는 이야기라도 쓰면, '좋아요'를 누르는 사람은 많겠지만 직접 찾아오는 사람은 없을 것이다. 그러니 이렇게 삭막한 도시에서일수록 상대방에게 더 많이 웃어주는 게 좋지 않을까. 우리는 분명 모두가 미약하고 나약한 존재일 테니까.

적어도 친구들에게 각박하게 굴지 않고, 도시의 삭막함에 마음이 메말라버리지 않도록 노력하는 일쯤은 할 수 있지 않을까.

며칠 후면 미국에서 누나가 온다.

그래서 나와 친구들은 환영 모임을 열어서 고기를 구워 먹기로 했다. 누나는 매번 귀국할 때마다 새로운 친구를 소개시켜주는 내게 매우 고마워한다. 그리고는 얘는 웃기고 쟤는 멋있다며 떠들다가 결론은 늘 "룽, 이렇게 다양한 네 친구들에게는 한 가지 공통점이 있어. 모두들 진심으로 서로를 대한다는 거야." 라고 말한다.

내가 말했다. "내가 친구를 선택할 때 고려하는 단 하나의 조건이 바로 그거니까." 이런 게 바로 '끌어당김의 법칙' 아닐까. 우리는 모두 닮은 사람에게 끌리는 것이다.

요즘 나는 종종 차를 몰고 도로로 나가 오가는 차를 멍하니 바라보곤 한다. 그 화려한 밤거리를 보며 이 복잡한 도시의 이면에 숨겨진 사람들의 고독과 눈물을 떠올린다. 그리곤 생각한다. 늦은 밤 친구에게 거는 전화 한 통, 낯선 이를 향해 지어보이는 미소 하나가 그 사람의 하루를 바꿀 수 있지 않을까 하고. 적어도 난 그런 방법을 통해 긍정의 에너지를 전달해왔다.

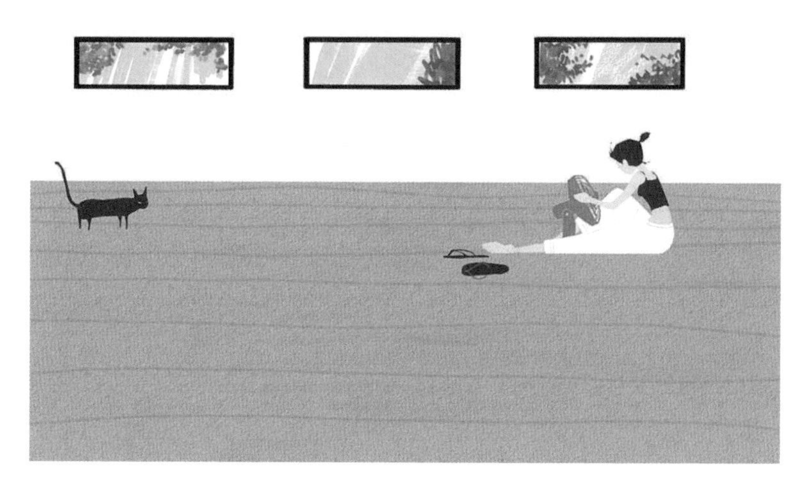

난 적어도 내가 겪어 본 고통만큼은 내 친구들이 다시 겪게 하고 싶지 않으며, 내가 겪어 본 아픔을 사랑하는 이에게 똑같이 겪게 하고 싶진 않다.

난 여전히 이 세상엔 우리가 알아채지 못한 따스한 온기가 많고 많음을 굳게 믿는다.

사람들은 종종 어떻게 그 많은 친구들과 어울리며 즐겁게 지낼 수 있는지 내게 묻곤 한다. 내 대답은 늘 간단하다. 진심을 다한다는 것.

그러므로 이 삭막한 도시생활에서 사람간의 진심 어린 온정은 반드시 필요하다. 혼자라면 금세 현실 속의 돈과 이익만을 좇게 된다. 나는 단 한 번도 대도시에서 홀로 성공하는 것이 고향에 있는 가족들과 함께 지내는 것보다 중요하다고 생각해본 적이 없다. 한 달 월급이 친구들과 포장마차에서 술잔을 기울이는 횟수보다 중요하다고 생각하지 않으며, 얼마나 큰 집에 사는지가 얼마나 사랑 받고 사는지보다 중요하다고 생각하지 않는다. 바쁘게 흘러가는 인생 속에서 소홀하기 쉬운 것들이 있다면, 그것이야말로 무엇보다 소중하게 여겨야 하지 않을까?

도시의 시간은 유난히 빠르게 흘러가는 것처럼 느껴질 때가 있다. 하지만 잊지 말길. 내 곁의 사람들과 풍경을 감상하기 위해 가끔 멈춰 선다고 해서 늦어지는 것은 아무것도 없음을. 오히려 그 편이 더 오래도록, 더 먼 길을 가게 해 준다는 사실을.

또 하나 잊지 말아야 할 것이 있다. 도시의 삭막함과 마주하는 순간이 오면 스스로에게 이렇게 말해줄 것. 내 안의 따뜻한 마음만은 잊지 말자고.

좋은 밤 보내길.

매일 밤 건네는 사랑 고백

9 월 9 일
㉡ 다이르창

예전엔 욕심이 참 많았어요. 넓은 집과 대단한 직업만을 원했죠.
세계 여행도 하고 싶었고, 인생의 모든 순간이 새로움으로 가득 차길 바랐어요.
아주 많은 사람들과 알고 지내며, 그 사람들이 전부 나를 좋아해주었으면 했답니다.
하지만 당신을 만난 후, 그 많던 욕심들이 점점 사라졌어요.
당신만 좋다면 그 무엇도 상관없었죠.
내가 바라는 인생은 오직 하나,
그대와 매일 잘 자라는 인사를 나누며 함께 잠들고 함께 눈 뜨며,
그렇게 함께 늙어가는 것.

오늘 밤
안녕히.

사랑이란 때론 늦깎이 사춘기의 열병과 같아서
내 안의 뜨거운 감정을 일깨워
시간과 거리까지도 극복할 힘을 준다.

매일 밤 잠들기 전, 잘 자라는 인사를 하고픈 이가 있는가?

매일 밤 잠들기 전, 잘 자라는 인사를 해주는 이가 있는가?

드라마 《선전 셰어하우스(深圳合租记)》(2014년 7월 후난위성에서 방영한 드라마로, 이 글을 쓴 다이르창이 각본을 맡았다. - 옮긴이)가 한창 방영 중일 당시, 나는 웨이보에서 메이다이(배우 우잉제(吴映洁)의 극중 이름)를 놀리는 데 한창 재미를 붙였었다. 그러다 정저우시에 사는 그녀의 팬 샤오러우에게 발각돼 그 뒤부턴 내가 놀림감이 되고 말았다.

그렇게 친해진 우리는 한 카페에서 만나 수다를 떨었다. 달빛이 아름다워서였을까, 내가 입고 있던 체크무늬 셔츠가 제법 잘 어울려서였을까. 밤이 깊어도 그녀의 수다는 그칠 줄을 몰랐다.

그때, 샤오러우의 핸드폰에 문자가 도착했다. 그녀는 확인하자마자 인상을 쓰더니 곧장 핸드폰을 꺼버렸다.

"왜 그래요? 몰래 못된 짓 하다 딱 걸린 사람처럼?"내가 물었다.

샤오러우는 나를 흘겨보다 대답했다. "그게 아니라, 밤마다 '잘 자'라는 문자를 보내는 사람이 있어요. 2년이 넘도록 매일 밤 이런다니까요."

난 웃으며 말했다. "바보 같은 짓을 한 번만 하면 장난이지만, 그렇게 오랫동안 하면 더 이상 장난이 아닐 텐데요."

"장난이 아니면요?"

"노골적으로 들이대는 거죠."

샤오러우는 어리둥절한 눈빛으로 날 바라보았다.

"그렇잖아요. 2년이 넘는 시간동안 매일 밤마다 같은 문자를 보내는 지극정성이라면 못 이긴 척 넘어가 주지 그래요?"

"그럴 순 없어요. 이미 끊어진 인연인 걸요."

그녀가 말하는 '끊어진 인연'이란 그녀의 전 애인, 구아바를 말하는 것이다.

3년 전 구아바는 출장 차 정저우 시에서 열린 한 IT 제품 설명회에 참석했다. 현장에 도착하니 제조사에서 온 참가자 전원은 방명록에 이름을 남기고 가라는 규칙이 있었다.

구아바는 지나치게 꼼꼼한 성격으로 방명록에 함부로 자신의 이름을 남기고 싶지 않아 망설이고 있었다. 그 때, 뒤에서 튀어나온 한 여성이 구아바의 손을 막무가내로 잡아끌고 이름을 쓰게 했다.

그녀가 바로 샤오러우다. 그녀의 맑은 미소를 보며 구아바는 정저우 시 여자들이 친절하진 않아도 얼굴은 예쁘구나 하고 생각했다.

그렇게 그는 현장에 있는 사람들이 주목하는 가운데 자신의 이름을 쓰게 되었다. 악필도 그런 악필이 없었다.

그런 구아바가 샤오러우를 만난 후 많은 것이 변했다.

뒤이어 시작한 설명회에서 그는 샤오러우에게 작업을 걸 방법을 궁리하느라 정신이 팔려 있었다. 그렇게 내린 결론은 세상에서 가장 몹쓸 작업 멘트. 그는 샤오러우에게 다가가 이렇게 말했다. "코털이 삐져나왔군요. 제가 잘라드리죠."

하하, 설마 그렇게 말했겠는가? 실제로는 이렇게 말했다. "제 노트북이 방전돼서 그런데, 그쪽 것 좀 빌릴 수 있을까요?"

친절한 정저우 여자인 샤오러우는 당연히 빌려주었다. 구아바는 샤오러우의 노트북에 일부러 문제를 일으켜 놓으면서, 샤오러우의 사진을 자신의 USB에 옮겨 담았다.

밤이 되면 노트북에 문제가 생긴 걸 눈치챈 샤오러우가 자신에게 연락을 해 오리라. 기대에 부푼 구아바는 본인 회사의 신제품 소개 차례가 되자 한결 가벼운 마음으로 무대에 올랐다. 진행 스태프가 구아바의 문서를 클릭했다. 하지만 무대 위 화면에 뜬 것은 샤오러우의 사진이었다.

현장의 모든 사람들이 그 사진을 멍하니 쳐다보았다. 무대 아래에 있던 샤오러우 역시 사진을 보곤 얼굴이 화끈 달아올랐다. 모두들 구아바의 해명을 기다리는 가운데, 아무도 예상치 못한 구아바의 담담한 고백이 이어졌다. "전 이제까지 제가 만든 상품이 세상에서 가장 좋은 물건이라고 생각했습니다. 그러나 정저우에 와서 깨달았습니다. 세상 그 어떤 좋은 물건도 정저우 여인보다 완벽할 순 없다는 걸요. 그래서 저는 이 정저우 여인의 사진으로 본 상품 설명회를 시작하려 합니다. 여기 모인 여러분들도 이렇게 한없이 완벽에 가까운 상품을 만들어내길 바라면서요."

무대 아래에서 우레와 같은 박수가 터져 나왔다. 구아바는 샤오러우를 바라보았다. 샤오러우 역시 구아바를 바라보았다. 두 사람은 서로를 향해 미소를 지어 보였다.

그날 밤, 샤오러우는 정말로 구아바에게 컴퓨터를 고쳐 달라며 연락을 해왔다. 미처 예상하지 못한 게 있다면 샤오러우에게는 룸메이트가 있었고, 컴퓨터를 다 고치고 나니 시간이 너무 늦어버렸다는 점이다. 하는 수 없이 구아바는 샤오러우에게 "잘 자요"라는 인사만 남기고 돌아와야 했다.

그날 이후, 매일 같은 시간에 구아바는 샤오러우에게 "잘 자요"라고 인사했다.

일정을 마친 구아바는 다시 베이징으로 돌아갔다. 하지만 공교롭게도 샤오러우의 상사가 그녀와 구아바를 한 팀으로 엮어 상품 개발을 진행하게 되었다. 덕분에 두 사람은 몇 주 동안 끊임없이 연락을 주고받을 수밖에 없었고, 그럴수록 둘의 감정은 점점 깊어져만 갔다. 그리고 구아바는 상품 개발을 위해 다시 정저우 시를 찾게 되었다.

어느 날 퇴근 후 직장 상사가 구아바를 술자리에 초대했다. 정저우 시에는 술자리 전통이 하나 있는데, 손님이 먼저 석 잔을 마신 다음

주인이 술을 마시기 시작하는 것이다. 더군다나 옆집 왕 서방의 개가 새끼를 낳아도 잔치를 벌일 정도로 술을 사랑하는 정저우 사람들 아니던가. 구아바는 그런 정저우 사람들 여덟 명의 술잔을 연거푸 받아 마시며 금세 만취한 나머지 매일 같은 시간에 샤오러우에게 보내는 잘 자라는 문자조차 보내지 못하고 있었다.

한편, 샤오러우는 자기 전 침대에 누워 핸드폰을 꼭 쥔 채 구아바의 문자를 기다리고 있었다. 그녀는 문득 자신이 언제부턴가 그가 보내는 이 "잘 자"라는 문자에 길들여졌음을 깨달았다. 하지만 그만큼 매일 오던 문자가 오지 않자 실망과 원망이 싹트기 시작하려는 바로 그 때였다.

누군가 창문을 두드리는 소리가 들렸다. 깜짝 놀란 샤오러우가 창문을 열자 곤드레만드레 취한 구아바가 창문을 기어 올라와 있었다. 샤오러우가 그를 나무랐다. "이게 무슨 짓이에요, 위험하게!"

구아바가 대답했다. "잘 자라는 말을 직접 해주고 싶어 왔어요."

샤오러우는 피식 웃음이 나왔다. 그는 말을 이었다. "매번 당신의 잘 자라는 답장을 받을 때마다 핸드폰 액정에 입을 맞췄어요. 오늘은 당신에게 직접 입 맞추고 싶어요."

그의 황홀한 고백을 들은 샤오러우는 그렇게 구아바와 첫 굿나잇 키스를 나누었다.

"뭐하는 겁니까!" 어디선가 들린 고함에 둘은 고개를 돌렸다. 경비원이 건물 아래서 구아바를 향해 플래시를 비추고 있었다.

깜짝 놀란 구아바는 미끄러지면서 그대로 경비원 위로 떨어졌다.

그날 이후 둘은 정식으로 연인 사이가 되었다. 구아바는 언제나처럼 매일 밤 잘 자라는 문자를 보냈고, 샤오러우의 답장이 오면 핸드폰 액정에 입을 맞췄다.

그 후 매주 주말이면 구아바는 정저우시로 향하는 기차에 몸을 실었다. 그렇게 샤오러우를 만나 귓가에 '잘 자'라는 인사를 건넨 후 이마에 입을 맞추고 함께 잠들어, 아침이 되면 함께 눈을 떴다.

여기까지 듣고 나는 샤오러우에게 말했다. "그렇게까지 열렬히 사랑하기도 쉽지 않은데, 대체 왜 헤어진 거예요?"

샤오러우는 헤어진 과정을 이야기하기 시작했다. 사실 장거리 연애의 말로란 헤어지거나, 헤어지는 과정에 있거나 둘 중 하나임이 당연할지도 모른다. 제 아무리 아름다운 사랑이라 해도 눈에서 멀어지고 용기가 부족한 것까지 이겨내기는 쉽지 않을 테니까.

사건의 발단은 두 사람이 교제한 지 일 년 쯤 지난 어느 날의 핸드폰 검사에서 비롯됐다.

샤워를 마치고 나온 구아바가 막 베개에 머리를 대었을 때였다. 샤오러우가 핸드폰을 가지고 다가와 다짜고짜 물었다. "이 여자 누구야?"

구아바는 이실직고할 수밖에 없었다. 회사에 자신을 좋아하는 여자가 있다고. 하지만 자신은 전혀 관심 없다고.

샤오러우는 그 말을 믿지 않았다. 이 때문에 둘은 크게 다투었고, 그대로 구아바는 비행기를 타고 베이징으로 돌아와 버렸다.

다음 날, 구아바의 '잘 자'라는 문자에 샤오러우는 이별을 고하는 답장을 보냈다.

그녀는 내게 말했다. "제 아무리 열렬했던 사랑이라도 일단 잊고자 하면 생리통보다도 쉽게 잊히는 법이죠."

그 후 샤오러우는 사귈만한 남자를 찾기 위해 핸드폰의 친구 목록을 샅샅이 뒤지다 못해, 부모님의 권유에 따라 선자리가 들어오는 족족 마다하지 않았다.

반면 실연의 아픔에서 벗어나지 못한 구아바는 매일 밤 잘 자라는 문자를 보내는 것밖에 할 수 있는 일이 없었다. 그녀가 선을 보러 갈 때마다 폭탄을 만나기를 저주하는 것도 잊지 않았다.

나는 샤오러우에게 말했다. "사실, 현명한 여자라면 남자의 핸드폰을 뒤지는 짓 따윈 하지 않죠."

샤오러우는 이해하지 못하는 듯했다. 나는 말을 이었다. "핸드폰을 뒤지는 순간, 다음 순서는 헤어지거나 혹은 헤어지기 위해 준비하거나 둘 중 하나일 수밖에 없거든요."

그녀는 내 말에 발끈하며 말했다. "아니죠. 사랑한다면 상대방에게 숨기는 게 있으면 안 되죠. 제 핸드폰은 당당하게 보여줄 수 있어요."

"뭐든지 공유해야만 사랑이라고 할 수 없어요. 사랑이라는 명목 하에 상대방을 제멋대로 소유하려 하지 말아요. 진심으로 사랑한다면 믿어야죠."

내 말에 그녀는 한숨을 쉬며 말했다. "그 말도 맞네요. 하지만 그게 다 무슨 소용이에요. 우리가 그때 화해했더라도 전 정저우에, 그 사람은 베이징에 사는 건 변함없었을 텐데요. 어차피 헤어지는 건 시간 문제였을 거예요."

내가 말했다. "둘 중 한 사람이 상대방 쪽으로 옮기면 되잖아요?"

"현실적으로 힘들죠. 그 사람은 비록 베이징에서 나고 자란 건 아니지만 그곳에서 터를 잡고 일을 한 지 오래 돼서 모든 것을 버리고 떠날 수 없을 거예요. 저는 정저우에서 나고 자라 이곳을 떠나본 적이 없어요. 대학교 때도 매주 주말마다 집에 갔을 정도인 걸요. 그런 제가 어떻게 베이징으로 가겠어요."

"어쩌면 당신들은 사춘기 청소년에게나 있을 법한 무모함이 다시 한 번 필요한 걸지도 모르겠군요."

그 후로도 구아바는 여전히 매일 밤마다 잘 자라는 문자를 보냈고, 샤오러우는 계속해서 선을 봤지만 한 번도 성공하지 못했다. 하지만 둘이 다시 만나는 일은 없었다.

약 한 달 전, 구아바의 회사는 또 다시 정저우시의 상품 설명회에 참석하게 되었다. 이번에도 역시 샤오러우가 안내를 맡았다. 하지만 구아바는 현장에 나타나지 않았다.

오랜만에 만날 수 있었던 기회였다는 걸 알면서, 그것을 다른 사람에게 넘겨버린 구아바에게 샤오러우는 단단히 화가 났다.

설명회가 시작되고, 풀이 죽어 자리를 지키고 있던 샤오러우는 익숙한 목소리에 고개를 들었다. 무대 위 화면에는 엄청난 수의 기차표와 함께 특수효과로 정저우에서 베이징까지의 거리가 그려졌다.

그 위로 누군가의 나레이션이 시작되었다. "베이징에서 정저우까지 총 700킬로미터, 50번 넘게 왕복하면 7만 킬로미터가 넘습니다. 이는 곧 지구 두 바퀴와 비슷한 거리입니다. 샤오러우, 아무리 멀고 험한 길이라도, 너에게 잘 자라는 인사를 해 주기 위해서라면 난 얼마든지 갈 수 있어."

샤오러우는 얼어붙었다. 누가 들어도 구아바의 목소리였다. 곧이어 기타를 연주하며 '정저우의 기억'을 부르는 구아바의 모습이 화면에 나타났다.

"정저우에서의 내 기억은 온통 너야.

생각해보면 인생은 고통과 아름다움뿐.

정저우에서의 내 사랑은 온통 너야.

마지막까지 사랑했지만 갈 곳 없는 우리…."

노래가 끝나기도 전에 샤오러우는 펑펑 울며 현장을 뛰쳐나갔다. 그 길로 곧장 기차역으로 가 베이징 행 표를 산 후 검표소를 지나려는데, 누군가 그녀를 잡아당겼다. 돌아보니 구아바가 그곳에 서 있었다.

"샤오러우, 내가 직접 설명회에 가지 못한 이유가 있어."

"무슨 이유?"

"사직서를 낸 직원이 어떻게 회사 대표로 설명회에 참석할 수 있겠어?"

구아바의 말을 듣고 샤오러우는 눈이 댕그래졌다.

구아바는 계속해서 말했다. "샤오러우, 사람들이 우리보고 무모해질 필요가 있다고 하기에, 널 위해 한 번쯤 무모해져 보기로 했어. 나 베이징 생활을 정리하고 네가 있는 정저우에서 다시 시작할 거야."

샤오러우는 감동의 눈물을 흘렸다. "왜 그렇게 바보 같아?"

구아바가 대답했다. "매일 밤 널 품에 안고 귓가에 잘 자라는 인사만 해줄 수 있다면 난 그걸로 좋아."

깊은 밤, 잘 자라는 인사를 하고 싶은 이가 있는가? 혹은, 잘 자라는 인사를 듣고 싶은 이가 있는가?

창밖의 가로등이 꺼지고 음악 소리가 잦아든 까만 밤, 잠자리에 누워 당신이 그리워 멀리서 잘 자라는 메시지를 보내는 이.

혹은 바로 곁에 누운 당신을 꼭 껴안고 귓가에 잘 자라는 인사를 속삭여주는 이.

매일 밤 건네는 이 모든 인사가 모두 사랑 고백이었음을.

그러니 편히 잠들길.

사랑이 기억하는 맛

11 월 16 일

㉠ 양 시 원

이곳의 겨울은 무척이나 추워요.

사방이 꽁꽁 얼어붙고, 속눈썹에 눈송이가 내려앉지요.

그런 이곳에 나는 꽃을 한가득 심었어요.

당신이 오실 그 날에 활짝 피어나길 바라봅니다.

오늘 밤,

안녕히.

어떤 사람은 마음을 따스하게 해주고,
어떤 음식은 뱃속을 따뜻하게 채워줬다.
마음은 그 사람을 기억하고, 그 사람은 사랑이 기억하는 맛이 되었다.

사랑하는 자밍에게.

결혼한다는 소식 들었어. 상대는 착하고 현명한 타이완 여자라고. 나와는 사뭇 다른.

사랑하기 참 좋은 계절이지, 남반구의 봄은. 흐린 날도 없이 매일같이 뭉게구름 사이로 쏟아져 내리는 따스한 햇살이 새 생명을 재촉하는 느낌이겠지. 이런 날 퀸즈타운(뉴질랜드 도시)에서 찍는 웨딩 사진은 얼마나 아름다울까.

당신과 처음 만난 것도 딱 이맘때였지 아마. 그 때 핀 벚꽃도 이만큼 아름다웠던가, 잘 기억나진 않지만. 당시 난 타국에서의 생활을 막 시작했을 때였어. 일정한 거처가 없어 여기저기 참 많이도 얹혀살았지. 창고, 차고, 지하실, 친구네 집의 마룻바닥까지 피곤에 찌든 내 한 몸 쉴 곳만 있다면 그걸로 만족했어. 그러다 사방에서 바람이 숭숭 들어오는 컨테이너 가건물에 있는 방 두 개짜리 작디작은 집에서 당신을 룸메이트로 만난 거야.

사교성과 거리가 먼 나는 당신을 처음 봤을 때 내가 이 30대 노총

각과 친해질 일은 결코 없을 거라 생각했어. 몇 평 되지도 않는 공간은 온갖 잡동사니들이 쌓여 발 디딜 틈조차 없었고, 공동으로 사용하는 주방과 욕실 그리고 거실에서는 서로 낯을 가리는 탓에 몇 마디 나누지도 못했지. 당신은 평범한 외모에 키는 훤칠했어. 높은 코와 동글동글한 눈, 그리고 두툼한 입술로 웃는 얼굴이 꽤 호감형이었지. 비록 얼굴을 마주칠 일은 얼마 없었지만, 난 매일 아침 당신이 차 시동 거는 소리에 잠이 깨곤 했어. 커튼 너머의 하늘에 동이 트기도 전에 말야. 그 생활이 얼마나 힘들지 짐작이 가더라.

당신은 언제나 구깃구깃한 검정색 티셔츠와 얼마나 빨았는지 색이 다 바랜 바지를 입고 있었어. 그런 모습이 썩 깔끔해 보이지 않았던 것도 사실이야. 하지만 룸메이트로서의 당신은 더없이 세심한 사람이었어. 내가 화장실 청소를 해 놓으면 다음 날 당신은 거실 청소를 말끔히 끝냈고, 내가 테라스에 파릇파릇한 새싹을 심어놓으면 당신은 어느새 화분을 사와 탁자에 놓아두곤 했어. 그밖에도 열쇠를 복사해주고, 쓰레기통을 비워주기도 했지. 심지어 테라스에 의자도 두 개 놓아준 덕분에 난 거기서 책도 읽고 글도 쓰고 커피도 마시며 좋은 날씨를 실컷 즐길 수 있었어. 그럴 때마다 당신은 바닥에 깔린 카펫에 앉아 영화를 보며, 먹다 남긴 초콜릿을 마저 먹다가 나와 눈이 마주치면 사람 좋게 웃어 보였지. 앞니엔 까맣고 끈적끈적한 초콜릿을 잔뜩 묻힌 채. 내 앞가림만으로도 벅찬 나는 당신의 인생에까지 참견하고 싶은 마음은 조금도 없었지만, 그렇지만 말야. 아주 가끔,

불을 끄고 침대에 누워 잠들기 전에 얇은 벽 너머로 들려오는 당신의 통화 소리를 듣게 될 때가 있었어. 이곳에서 얼마나 풍족한 생활을 하고 있는지 말하며 엄마를 안심시키다가도 금세 친구들에게 힘들어 죽겠다며 하소연하던 당신의 목소리를. 내가 너무 힘들고 지쳤던 어느 날 엉엉 울던 내 목소리 역시 그 얇은 벽 너머 당신에게 들렸을 거야.

그 시기는 내게 정말이지 최악의 한 해였거든. 집시 같이 살던 생활을 청산하고 다시 학교에 들어가 공부를 시작하는 바람에 학비를 버느라 온갖 아르바이트를 해야 했지. 그러다보니 어느 순간 마음도 내 주머니처럼 텅텅 비어버리더라. 타국의 이름 모를 길가 벤치에서 햄버거를 먹고 있는 노숙자 옆에 나란히 앉아 바닥난 통장 잔고를 보며 생각했어. 다행이다, 이 아름다운 햇살은 공짜라서. 비록 노숙자도 먹는 햄버거를 살 돈조차 나는 없지만.

그렇게 훌쩍이며 걷다 퉁퉁 부어버린 얼굴을 하고 컨테이너 집으로 돌아와 문을 연 순간, 자욱한 연기와 함께 음식 냄새가 코를 찔렀지. 국자를 들고 능숙하게 간을 보며 요리를 하고 있는 당신이 보였어. 그 옆에 어질러져 있는 온갖 조미료와 싱크대에 잔뜩 쌓여있는 조리도구들도 함께. 집밥 냄새로 가득한 그곳에서 난 일부러 아무렇지도 않은 척 침과 함께 눈물을 삼켰어. 그런 나를 향해 당신은 헤벌쭉 웃으며 말했지. "같이 먹어요. 밥솥에 밥 많아요." 난 일말의 망설임도 없이, 마치 기다렸다는 듯 고개를 끄덕였지. 일사천리로 밥그릇과 숟가락, 젓가락을 챙기는데 자욱한 연기 사이로 당신이 보였어. 앞치마를 하지 않아 입고 있는 티셔츠가 기름얼룩으로 엉망이 된 그 모습이. 시간이 좀 더 흐르면 알 수 있을까. 지금까지 내 인생을 스쳐 지난 수많은 사람들은 시간이 지날수록 그 모습도 함께 희미해지는데, 왜 유독 당신의 모습만 내 가슴에 이토록 선명히 남아있는지.

나는 비록 요리에 조예가 깊은 편은 아니지만 당신의 솜씨가 뛰어나다는 것만큼은 확실히 알 수 있었어. 특히 '매운 맥주새우볶음'은 지금까지도 당신이 해준 것보다 더 맛있는 걸 먹어본 적이 없어. 재료라곤 냉장고에서 반년이나 방치된 새우와 전날 마시고 남은 맥주, 이미 싹이 나기 시작한 마늘 그리고 언제부터 거기 있었는지도 모를 마른 고추뿐이었는데도 말야. 당신은 이런 재료 상태에도 전혀 개의치 않더라.

반면 먹다가 찔리는 일 없도록 새우 수염을 꼼꼼히 제거한다거나, 센 불에서 볶아야 제 맛이 난다며 전기레인지가 아닌 가스레인지를 이용하는 등의 세심한 부분에 유독 신경을 썼어. 요리 순서도 어찌나 꼼꼼히 지키던지. 제일 먼저 달궈진 팬에 기름과 마늘, 생강을 넣고 볶다가 마른 고추와 마자오(麻椒; 후추의 일종으로 혀가 마비되는 듯한 얼얼함을 내 중국식 매운 요리에 빠지지 않고 들어가는 향신료 - 옮긴이)를 넣고 향이 날 때까지 뒤적여줬지. 그 다음 새우를 넣고 붉은 색이 오를 때까지 볶다가 맥주를 붓고 소금을 살짝 넣어 간을 본 후 불에서 내리면 끝.

그날 저녁, 식탁에 마주앉아 새우 껍질이 산처럼 쌓일 동안 우리는 별의 별 이야기를 다 나눴어. 당신은 악덕 사장에 대한 이야기와 이민을 오게 된 경위를, 나는 아르바이트와 학교생활, 그리고 작가가 되고 싶다는 꿈에 대해 털어놓았지. 그리고 함께 술을 마시며 백인들 사이에서의 인종차별이나 먼저 이민온 사람들의 텃세, 중국인 사장들이 눈 하나 깜짝하지 않고 꿈과 희망을 담보로 동포들의 임금을 착취하는 행위를 실컷 욕했어. 당신은 취해서 눈이 풀리고 혀가 꼬인 상태였지만 제법 단호히 말했지. 세상에 건너지 못할 강은 없으며, 견디지 못할 고통은 없다고. 난 잔을 들며 크게 외쳤어. 빌어먹을 인생을 위하여! 그때 내가 울었던 이유는 힘들어서가 아니야. 이 낯설고 각박한 도시에서 마침내 누군가를 만나서 그랬던 거야. 애써 설명하지 않아도 내가 얼마나 힘든지 알아주는 그런 사람을.

그날 이후 우린 말 그대로 가족 같은 사이가 되었어. 당신이 음식을 만들다 팔뚝에 화상을 입으면 내가 붕대로 감아주었고, 내가 빈혈 때문에 고생할 땐 당신이 날 한약국에 데려가 지어온 한약을 밤새 달여 주었지. 당신 방에 있던 유통기한이 언젠지도 모를 초콜릿을 모두 버리고, 대신 아침 시장에서 3달러 주고 산 각종 군것질거리들을 바구니에 담아주기도 했어. 그날 당신은 제일 잘 만드는 말레이시아 음식을 한상 가득 차렸고, 난 그릇 바닥이 보이도록 싹싹 먹어치웠지. 함께 장을 보러 가서 가격 흥정에 성공해 연어 한 마리를 통째로 사오는 날엔, 당신은 솜씨 좋게 뼈와 살을 깔끔히 분리하고, 난 그 옆에서 콩을 삶거나 그날그날 당기는 조미료를 꺼내서 상상력을 최대한 발휘해 실미역과 오이를 무쳐내곤 했지. 우린 둘 다 레드 와인을 좋아해서 매주 다른 브랜드로 한 병씩 사오다보니 일 년이 지나자 55병의 각기 다른 브랜드의 와인 병이 앞마당에 쌓이게 됐잖아. 그쯤 되니 전문가 버금가는 수준이 되었지. 겨울엔 소고기와 양고기, 그리고 각종 야채를 산더미처럼 쌓아놓고 각자 입맛에 맞는 육수를 만들어 훠궈(중국식 샤브샤브 - 옮긴이)를 해 먹었어. 더운 여름밤엔 창문을 활짝 열고 별을 보며 당신이 가장 좋아하는 와사비 땅콩을 안주 삼아 맥주를 마셨지. 그 때마다 재채기 오래 참기 내기를 했는데, 결국 군것질 바구니 속 와사비 땅콩이 바닥날 때까지 승패를 가리지 못했어.

정말 행복한 일 년이었어. 넌 내가 사준 와사비 땅콩을 사랑했고, 난 그런 너를 사랑했어.

그날은 내가 카펫 위에서 대만제 누가캔디를 까먹으며 평소 그토록 좋아하던 007을 보고 있었어. 마침 숀 코너리와 본드걸이 사랑에 빠지는 장면이 나오는 순간이었지. 난 눈 한 번 깜빡이지 않고 온 정신을 집중해서 그 장면을 보고 있었어. 그때 곁에 앉아있던 당신이 갑자기 말을 꺼냈어.

나 다른 도시로 이사가.

놀랍고, 슬프고, 아쉬웠지. 마음속에 빈자리가 남아있다면 또 어떤 감정을 느낄 수 있었을까. 참 철저하게도 숨겼더라. 심지어 조금 신난 것처럼 보이기도 했어. 그곳에 가면 지금보다 훨씬 좋은 근무환경과 처우를 보장받을 수 있다고, 여긴 자신에게 도무지 맞지 않는다고 희망에 가득 찬 말투로 주절대는 당신을 나는 애써 웃는 얼굴을 하고 볼 수밖에 없었어. 그 순간 입 안에서 다 녹아 땅콩 조각만 남은 누가캔디의 맛이 내겐 이별의 맛이 되어 버렸어.

자밍, 그날 이후 난 두 번 다시 누가캔디를 먹지 않아. 007 DVD도 다른 사람 줘버렸어. 당신은 모를 거야. 내가 이별을 얼마나 두려워하는지.

당신이 떠나기 하루 전날, 난 일부러 휴가를 내고 어설프게나마 당신이 했던 방법대로 새우볶음을 만들었어. 그리고 당신은 진지하게 맛을 보곤 고개를 끄덕이며 정말 맛있지만 너무 맵다고 말했어. 그럴 만도 해, 태국 스리라차 칠리소스를 넣었으니까. 그 덕에 우리는 먹는 내내 눈물을 쏟았지. 떠나는 당신의 뒷모습을 보며 난 폭우라도 내리길 얼마나 바랐는지 몰라. 아니면 가는 길에 당신의 낡은 차가 고장이라도 나서 어쩔 수 없이 다시 돌아오게 되거나. 아쉽게도 아무 일도 일어나지 않았지만. 당신이 떠난 후, 나도 이사를 했어. 우리의 과거는 버클랜드 가 24번지 컨테이너 집에 남겨둔 채.

그 후 점점 연락이 뜸해졌지만 난 당신이 바쁘고 성실하게 살고 있으리라 믿었어. 형편도 예전보다 많이 나아졌을 거야. 팔뚝의 화상 자국은 여전할까? 이사 간 그 동네에도 초록색 캔에 든 와사비 땅콩 과자가 있을까? 난 줄곧 당신에게 연락해서 알려주고 싶었어. 내 형편도 점점 괜찮아지고 있다고, 여윳돈도 제법 생겼다고, 훌쩍이는 횟수도 많이 줄었다고, 글 쓰는 일도 진전을 보이기 시작한다고, 매일 매일 정직하게 살고 있다고, 다만 배가 고플 때면 당신이 생각난다고.

며칠 전 우리 둘 다 잘 아는 친구들의 모임이 있었어. 말레이시아 음식이 한상 가득 차려져 있었지만 몇 점 먹지 않고 술만 잔뜩 마셨어.

그 애들이 말해주더라. 당신 그곳에서 식당을 열었다고. 식당 이름이 무척 이상한 외국어인데, 해석하면 '그리움'이라는 뜻이라고.

와사비 땅콩.

2014년 어느 늦은 밤.

사랑하는 자밍, 이 부치지 못한 편지는 서랍 속 깊은 곳에 넣어둘게. 붉어진 눈시울로 당신 결혼식에 갈 수는 없을 것 같아. 다시는 당신을 떠올리지 않으려 노력할 거야.

다만 혀끝에 남은 이 맛으로 당신을 사랑하는 마음을 대신할게. 영원히.

그가
날 사랑한 이유

6 월 1 일
㉠ 평 충 쯔

오늘은 어린이날 .

언젠간 너희들도 어른이 되겠지 . 영원히 지금 같을 순 없겠지 .

아무쪼록 아프지 말길 . 언제까지나 어린이처럼 순진무구하길 .

현실의 사악함 따위는 영원히 모를 수 있길 .

오늘 밤 ,

안녕히 .

그것은 진정한 보물이었다.
그러니 보물답게 살아가야 한다.
자신의 가치를 당당히 뽐내며 말이다.

1.

20대 초반의 골동품 감정사를 꿈꾸는 량은 직장 사수인 옌캉을 따라 송나라 시대의 황옥 마패를 감정하러 출발했다.

그 마패에는 다음과 같은 고사가 전해온다. 산시 성의 타이위안 시에 사는 조씨 노인은 본처에 첩까지 거느리는 것도 모자라 본인의 딸보다도 어린 시녀 황옥에게까지 호감을 보였다. 이에 그의 처첩은 황옥을 괴롭혔고, 조씨는 그 사실을 알면서도 도와주지 않아 황옥은 외로이 목숨을 잃고 말았다. 숨을 거두기 직전, 황옥은 자신을 좋아해주던 하인에게 조씨 노인으로부터 받은 마패를 건넸다. 그 마패가 지금까지 전해져 내려왔다는 것이다.

만나기로 한 건물 로비에 까무잡잡한 피부의 의뢰인 한 명이 기다리고 있었다. 그에게 다가가 간단한 인사를 나눈 후 옌캉은 의뢰인으로부터 꽁꽁 싸맨 황옥 마패를 받아들었다. 량도 마패를 살피기 위해 몸을 숙였다. 일 년 반 동안 옌캉을 따라 다니며 어깨 너머로 어느 정도의 골동품 감정 상식을 익혀둔 상태였다.

옌캉은 매우 정교하게 조각된 그 마패를 밝은 조명 아래에 놓고 십여 분간 숨죽여 관찰하다가 마침내 입을 열었다. "진품이 아니군요." 의뢰인은 순간 발끈했다. 량은 이런 경우를 많이 보았다. 다들 자신이 가져온 물건이 집안 대대로 내려오는 귀한 보물이라며 높은 감정가를 기대한다. 량도 마패를 받아 살펴보았다. 표면에서 불그스름한 광택이 나고, 정밀하게 세공된 장식이 있으며, 보석의 순도도 매우 높아 보였다. 량은 어리둥절했다. 이게 어째서 모조품이라는 거지?

량은 옌캉에게 말했다. "옌 선배, 그럴 리가요." 그러자 옌캉은 순간 차갑게 식은 얼굴로 량을 엄하게 꾸짖었다. "네가 뭘 알아?" 그 사나운 말투에 량은 목까지 빨갛게 달아올랐다. 억울함과 창피함이 마치 덩굴의 잔가지처럼 온몸을 타고 올라왔다. 옌캉은 잠시 고민하다 다시 한 번 마패를 살펴보고는 의뢰인이 기존에 받아두었다는 감정서조차 펼쳐볼 필요 없다는 듯 단호히 고개를 흔들었다.

2.

의뢰인과 헤어진 후, 옌캉은 슬그머니 량에게 다가와 괜스레 말을 걸었다. "량, 전에 어머니가 십자수를 하신다고 말한 적 있지? 내 친구 중에 십자수 전문점을 하는 녀석이 있는데, 어머니께 완성된 작품 있으면 가져와 팔아보시라고 해. 수입이 제법 짭짤해."

좋은 제안이었지만 량은 즉답을 하지는 않았다. 그래도 량은 아직 상대방의 사소한 말 한 마디에 기분이 풀리곤 하는 20대 초반의 어린 여자였다. 옌캉의 호의적인 태도에 마음속에 드리웠던 먹구름이 금세 가시는 듯했다.

게다가 그녀는 누구보다 잘 알고 있었다. 자신이 감정사 자격증을 취득하려면 옌캉의 도움이 필요하다는 사실을. 그게 아니라면 저 사람과 뭐 하러 가까이 지내겠는가.

퇴근 시간이 되자 옌캉이 모든 직원들 앞에서 큰 소리로 말했다. "량, 별 일 없으면 같이 저녁 먹지 않을래? 병풍 감정 의뢰가 들어와서 지금 거기 가려는 참인데."

직원들은 웃음을 터뜨렸다. 누군가 놀리듯 말했다. "꼭 이 시간에 안 가도 되잖아요? 다른 꿍꿍이가 있는 게 아니라면! 하하하."

옌캉 역시 따라 웃다가 다시 한 번 진지하게 말했다. "야근한다고 생각해!" 사무실에 있던 모두가 웃음을 터뜨렸다. 량은 얼굴을 붉혔다. 사실 옌캉은 제법 능력 있는 사람이다. 모 감정 칼럼의 필진을 스승으로 모시고 있으며 본인 역시 평판이 좋은 감정사였다. 베이징에 집과 차를 소유하고 있을 정도니 형편도 나쁘지 않았다. 다만 40대의 나이에 아직 미혼이었다. 듣자 하니 연애 경험은 적지 않지만 눈이 워낙 높아 이것저것 따지는 게 많다고 했다. 이런 사람들은 업무 능력은 좋지만 일상생활에 빈틈을 많이 보이곤 한다. 또한 사람들과 어울리는 경우가 드물어 사생활이 베일에 가려있기 때문에 량과 같은 젊은 여자들이 호기심을 가지고 관심을 보이기 쉽다. 이런 남자들은 평소에는 여자에게 별 관심이 없어 보이다가도 어떤 여자에게 작업이 들어가면 당해낼 재간이 없을 때가 많다.

옌캉은 본인 소유의 잘 빠진 빨간색 볼보에 량을 태우고 바비큐 식당으로 향했다. 그곳은 남성들이 자신의 매너를 뽐내기 좋은 식당이었다. 음식을 구워주고, 소스를 챙겨주고, 쌈을 싸서 입어 넣어주는 등 데이트 상대를 위해 할 수 있는 일이 많았다. 옌캉 역시 량을 위해 분주히 움직였다. 그 모습을 보는 량은 그저 얼떨떨한 기분이었다.

머뭇거리던 옌캉이 마침내 입을 열었다. "량, 오늘 일은 너무 담아두지 않았으면 해. 나도 감정이 있는 사람이잖니. 사람들 앞에서 체면이 중요하기도 하고." 량은 잘 이해가 가지 않아 잠시 고민에 빠졌다. 직장 사수가 실수를 할 때 제자가 나서서 바로잡으면 안 된다는 뜻인가? 설령 바로잡는다 해도 다른 사람 앞에서는 하면 안 된다는 뜻인가? 량은 마지못해 고개를 끄덕였다. 심장이 요동치기 시작했다.

그러나 둘은 곧 아무렇지도 않게 밥을 먹었다. 식사 도중 옌캉이 냅킨으로 량의 입 주변에 묻은 소스를 세심하게 닦아주기도 했다. 그는 참 성숙한 남자였다. 량으로 하여금 태어나 처음 느껴보는 감정을 경험하도록 이끌어주는 장교 같은 느낌도 들었다. 처음은 사랑이 아니었을지도 모른다. 우물 안 개구리가 우물 밖 스승을 올려다보며 가지는 존경과 동경뿐이었을 수도 있다. 그러나 옌캉은 량의 그런 작은 감정까지 좌지우지하기에 충분한 능력을 가지고 있었다. 량의 감정이 금세 사랑에 빠질 만했다.

그날 밤 그들이 병풍을 보러 가지 않았음은 당연했다. 그건 단지 핑계였을 뿐이니까. 식사를 마친 후 옌캉은 량을 얌전히 집에 바래다주었다. 일은 핑계일 뿐이었다는 것을 량도 모르진 않았을 터였다. 그렇게 그들의 애매했던 감정이 확실히 불타오르게 되었다.

3.

날이 갈수록 둘은 가까워졌다. 옌캉이 용무차 호출을 하면 량이 기다렸다는 듯 쪼르르 달려갔다. 예전에는 스승에게 거리를 두고 복종하는 느낌이었다면 지금은 기꺼이 즐기고 있는 상태인 것이다.

그렇게 며칠이 지난 어느 날 저녁, 옌캉은 큰 규모의 업무를 무사히 끝마치고 한숨 돌리고 있었다. 두 사람 모두 오랜만에 갖는 휴식이었다. 퇴근하기 전, 옌캉은 메신저를 통해 량에게 말을 걸었다. “량, 우리 오늘 뒷풀이 하러 갈까? BABY FACE 어때?”

BABY FACE는 생긴 지는 얼마 되지 않았지만 벌써부터 인기가 좋은 술집이었다. 하지만 한 번 가면 천 위안 이상은 거뜬히 나올 정도로 비싼 곳이라, 량은 아직 가본 적이 없었다.

둘은 저녁으로 뽀자이밥(煲仔饭; 흙으로 빚은 냄비에 쌀을 넣고 그 위에 다양한 재료를 얹어 조리하는 광동식 냄비밥 - 옮긴이)을 먹었다. 술집은 열 시 이후에 가야 제대로 놀 수 있기 때문에 옌캉은 식사 후 차를 몰고 스차하이로 향했다. 그곳에서 호수가 보이는 곳에 차를 세운 그들은 차 안에서 이야기를 나누었다.

그러다보니 둘은 자연스럽게 좀 더 사적인 이야기까지 하게 되었다. 옌캉은 전 여자친구, 전의 전 여자친구와 잘 되지 않은 이유까지 술술 털어놓았다. 그러다 한숨을 푹 내쉬더니, 양팔을 벌리며 말했다. “량, 한번 안아 봐도 될까?”

량이 미처 대답하기도 전에, 옌캉은 거침없이 다가와 량을 품에 안았다. 그 순간, 그 둘의 호르몬이 강렬하게 반응했다. 곧 차창에 뿌옇게 김이 서렸다.

9시가 넘어 두 사람은 함께 술집에 들어갔다. 그땐 이미 서로에게 꼭 붙어 걷는 게 자연스러워진 상태였다. 새벽까지 술을 마시고 잔뜩 취해 운전을 할 수 없게 된 옌캉은 량과 함께 택시를 타고 자신의 집으로 향했다. 푹신푹신한 침대에 누워 옌캉은 그녀만을 원하고 또 원했다. 량에게는 그 모든 것이 꿈만 같았다. 량은 그를 사랑하는 걸까? 그에게 사랑받고는 있는 걸까? 이렇게 쉽게 그를 받아들인 이유는 뭘까?

20대 초반이란 실로 무모하기 쉬운 나이다. 그녀 역시 본인이 무얼 원하는지 잘 알지 못했다. 그저 나약한 내면의 소리를 따를 뿐이었다. 막연히, 대책 없이, 오로지 치기 어린 즐거움만을 간직한 채로.

4.

일주일간 매일같이 옌캉은 퇴근 후 회사 근처의 골목길에서 량을 기다렸다. 량은 마치 도둑질이라도 한 사람처럼 몰래 회사를 빠져나와 주위를 둘러본 뒤 아무도 없다는 걸 확인하고 나서야 차에 올라탔다. 그런 그녀에게 옌캉은 말했다. "당장 사람들에게 알리지 않는 건 다 너를 위해서야." 량 역시 그 말에 동의했다. 지금까지 수없이 많은 여자친구를 갈아치운 그인데, 자신이라고 영원할 거란 보장이 어디 있겠는가?

다만 량은 자신의 월세가 아까웠다. 지금처럼 지낸다면 옌캉의 집으로 아예 이사를 가는 편이 나을 거라 생각했다. 하지만 그런 말을 먼저 꺼내는 것 역시 쉽지 않았다.

월요일 아침, 옌캉은 외근을 나가기 전 량에게 사무실 열쇠를 주며 말했다. "저번 주에 본 도화나무 침대 감정보고서 좀 작성해줘."

사무실에 들어가 옌캉의 컴퓨터를 켜니, 바탕화면에 사진 폴더가 하나가 있었다. 량은 그 폴더를 본 이상 클릭하지 않을 수 없었다.

폴더 안에는 옌캉이 누군가와 단 둘이 찍은 사진이 가득 들어있었다. 여자친구였던 것이다. 량보다 열 살은 더 많아 보이는 여자가 옌캉의 품에 안겨 꽃처럼 아름다운 미소를 짓고 있었다. 량은 가슴이 철렁 내려앉았다. 이 여자는 누구지? 물어볼까? 내가 무슨 자격으로?

점심 때 회사로 돌아온 옌캉은 부드럽게 웃으며 량의 자리로 다가가 책상을 똑똑 두드렸다. 량은 그에게 보고서를 전달하면서 애써 아무렇지 않은 척 말을 꺼냈다. "여자친구랑 같이 찍은 사진 봤어요." 량의 말에 옌캉은 놀라기는커녕 저녁 메뉴보다 더 하찮다는 듯 대답했다. "응, 캐나다에 있어." 그런 그의 대답이 비수가 되어 량의 가슴에 꽂혔다. 하지만 그녀는 티내지 않으려 안간힘을 썼다. 왜 진작 말하지 않았냐는 둥 이성을 잃고 다그치게 되면 그에게 지는 거라고 생각했다. 하룻저녁 만에 자진해서 마음을 열고, 키스를 하고, 애무를 하고, 사랑까지 나눈 것은 다름 아닌 그녀 자신이었다. 그것이 정상적인 연애 진도가 아니라는 것은 그녀도 잘 알고 있었다.

한편 옌캉은 그런 식으로 모든 부담을 량에게 미뤄둘 수 있었다. 옌캉 입장에서는, 만약 그녀가 아무 일도 없었다는 듯 이대로 넘어간다면 계속 '같이 자는 사이'로 지내면 된다. 반대로 만약 그녀가 받아들일 수 없다고 해도 옌캉이 손해 볼 것은 없었다. 량으로서는, 자신이 한 때 그런 그와 한 집에 살며 월세를 아낄 생각을 했다니, 정말이지 기가 막힐 노릇이었다.

하지만 량은 생각보다 고통스럽진 않았다. 다만 굴욕적이었을 뿐이었다. 량은 잠시 고민에 빠졌다. 그녀의 감정도 사실 사랑까지는 아니었을지도 모른다는 생각이 들었다. 그저 우물 안 개구리와 같은 심정이었던 것이다. 그 나이대에 흔히 생기는 자괴감, 그리고 직장 사수에 대한 선망과 동경 말이다. 그녀가 옌캉을 받아

그저 우물 안 개구리와 같은 심정이라고 여겼다. 그 나이대에 흔히 생기는 자괴감, 그리고 직장 사수에 대한 선망과 동경 말이다.

들이는 데는 그 감정만으로도 충분했다. 옌캉은 보고서를 들고 자신의 사무실로 돌아갔다.

5.

다음 날 오후, 옌캉은 량에게 메시지를 보냈다. "오늘 집에 가서 빨래하는 날이지? 나도 같이 가. 나 아직 당신 집 가본 적 없잖아."

량은 여전히 기분이 풀리지 않은 채로 대답했다. "룸메이트 있어요. 불편할 거예요."

옌캉은 다시 한 번 말했다. "괜찮아, 그냥 앉아있기만 할게. 내가 좋아하는 여자가 어떻게 살고 있는지 보고 싶어."

그 말을 들은 량의 마음이 또 다시 흔들렸다.

퇴근 후, 옌캉은 량이 가르쳐주는 대로 차를 몰았다. 량의 집은 그녀를 포함해 세 명의 여자가 같이 살고 있었고, 월세는 한 사람 당 2천 위안이었다. 창틀은 오래된 목재였고, 창턱에는 룸메이트 중 한 명이 키우는 선인장이 놓여있었다. 베란다가 없어서 속옷을 비롯한 모든 빨래는 창밖에 설치된 긴 막대기에 널어 말리고 있었다.

옌캉은 한숨을 쉬었다. "이렇게 열악하게 사는 줄 몰랐어." 하지만 자신의 집으로 들어오라는 말은 하지 않았다. "얼른 옷 챙겨. 집에 가자." 라는 말이 전부였다.

량과 함께 집으로 돌아가는 도중에 옌캉은 은행 앞에 잠시 주차한 뒤 지갑을 챙겨 밖으로 나갔다. 잠시 후 돌아온 옌캉의 표정은 한

결 밝아져 있었다. 그는 2만 위안을 앉아있는 량의 허벅지 위에 척 던져주며 말했다. "가져 가. 그런 집에서 살고 있었다니, 마음이 너무 아프다." 량은 그가 준 지폐다발을 물끄러미 바라보았다. 몇 달치 월급은 되어 보였다. 그녀는 떨리는 눈으로 옌캉을 향해 고개를 들었다. 마치 반지를 받은 《색계》의 '왕치아즈'가 된 기분이었다. 량은 아무 말도 할 수 없었다.

옌캉은 소리 내어 웃었다. "알아, 무턱대고 현금을 주면 이상해 보인다는 거. 하지만 달리 어떻게 도와야 할지 몰라서…."

량은 민망함 때문에 돈에 선뜻 손을 대지 못했다. 하지만 그 돈이 필요한 것도 사실이었다. 옌캉은 직접 그녀의 가방을 열어 돈을 넣어 주었다. "가져가, 착하지."

순간, 량은 있는 힘껏 감동의 눈물을 참았다. 눈앞에서 벌어진 일을 믿을 수 없었다. 자신이 진짜 사랑을 받고 있다는 생각이 들었다. 량은 감격에 젖어 간신히 입을 떼었다. "이걸 왜 나한테 줘요?"

당연히 그녀는 '사랑하니까'라든가 '걱정되니까', 혹은 '캐나다에 있다는 그 여자와 당장 헤어지겠다'는 대답을 기다렸다.

그러나 옌캉의 대답은 그녀의 모든 기대를 처참히 무너뜨렸다. 그는 량이 생각지도 못한 말을 꺼냈다. "내일 타이위안에 가. 황옥 마패의 주인이 그쪽에 있는 다른 감정회사에 다시 감정을 의뢰했나 봐. 내가 그쪽 회사 부사장이랑 친하진 않지만 안면이 있어서, 직접 전면에 나서기에는 조금 곤란하거든."

엔캉은 량에게 출발 직전 2만 위안을 더 줄 테니 그쪽 부사장에게 그 돈을 전달해달라고도 덧붙였다. "일단 부사장을 만나서, 내 제자라고 밝힌 다음에 그 마패를 의뢰인으로부터 사고 싶다고만 말해. 다른 건 네가 신경 쓸 거 없어. 안심해, 부사장한테 그렇게 전해놓기만 하면, 새로 감정해도 감정 결과가 달라지지 않도록 그 사람들이 다 알아서 할 거야. 그렇게 되면 두 곳에서 모조품 판정을 받은 게 되니까, 이제 의뢰인을 다시 만나서 모조품값보다 조금 더 쳐주고 마패를 사오기만 하면 돼."

량은 온몸이 후들거렸다. 이 엄청난 일을 어떻게 받아들여야 할지 알 수 없었다. 무언가가 심장을 꽉 쥐고 있는 것처럼 숨이 잘 쉬어지지 않았다.

엔캉은 계속해서 떠들었다. "정말 맘에 들어서 사는 거야. 처음 봤을 때부터 사고 싶었어. 저건 내 거라고, 정말 아름답다고 생각했어. 살면서 그렇게 아름다운 마패는 처음이었어. 그래서 특별히 조사를 좀 해봤는데, 타이위안에 조씨 노인이란 사람이 정말 있었더라고. 아쉽게도 기록이 많진 않지만…."

엔캉은 차를 주차시키면서도 쉬지 않고 말을 이었다. 그 마패의 시장가격은 최소한 백만 위안 이상이다. 량에게 준 2만 위안 따위는 새 발의 피였다.

그렇다! 처음부터 엔캉은 자신의 거짓 감정을 알아본 량의 입을 막기 위해 이제껏 일부러 잘해준 것이다. 그리고 그는 량이 이미 모든 걸 눈치채고 있으면서 자신에게 장단 맞추는 거라고 생각했다. 컴퓨터 바탕화면에 사진을 넣어둔 건 일부러 떠본 것이었다. 그걸 보고 량이 화를 낸다면 그를 사랑한다는 뜻이니 군말 없이 협조해 줄 것이다. 만약 그를 사랑하는 게 아닌데도 만나는 거라면 돈을 좀 쥐어주면서 한 패가 되도록 구슬리면 그만이라 생각했던 것이다. 다만 돈을 줄 때는 반드시 량이 납득할 수 있는 방법으로 상냥하게 전해주어야 한다. 그는 방금 그런 방법을 쓴 것이다.

그녀에게 자신의 제자라고 말하라 지시한 것도 나름의 의도가 숨어 있었다. 혹여 문제가 생긴다 해도 타이위안 쪽 부사장과 옌캉은 빠져나가고, 미숙한 제자인 량이 꾸민 짓이 될 테니 말이다.

그렇게 모든 것은 철저하게 준비되어 있었다. 단 한 가지를 제외하고.

이 일은 량이 인생에서 겪는 첫 번째 '음모'였다는 점이다. 그녀는 자신이 이런 일에 엮이게 될 거라고는 꿈에도 생각하지 못했다.

"속이 좀 안 좋아요." 량이 말했다.

옌캉의 집에 도착한 후 량은 곧장 화장실로 들어가 흐느껴 울었다. 이제야 확실히 알게 된 진실을 마주하는 데는 너무도 많은 용기가 필요했다. 울음소리를 꾸역꾸역 삼킨 탓에 코피가 흘렀다. 움직임을 멈춘 채 세면대로 뚝뚝 떨어지는 코피를 물끄러미 쳐다보며 량은 생각했다. 죽을지도 모르지만, 한번 해 보자고.

6.

다음 날, 량은 휴가를 내고 타이위안 시로 향했다. 3만 피트 상공엔 구름이 마치 바다처럼 포근히 깔려 있었다.

옌캉이 알려준 번호로 전화를 걸어 그때 본 까무잡잡한 의뢰인을 다시 만났다. 의뢰인은 량을 보곤 무척 놀라는 듯하면서도 한편으론 기뻐하는 눈치였다. 그는 량을 믿었다. 일전에 옌캉의 감정 결과에 동의하지 않는 모습을 기억하고 있었기 때문이었다. 당시 량은 의뢰인의 물건을 보며 진심으로 감탄했었다.

"그 황옥 마패를 다시 한 번 보여주시겠어요?" 량이 말했다.

9백 년의 세파를 겪은 마패가 그녀의 눈앞에 모습을 드러내었다. 죽은 황옥의 혼은 하찮은 이 세상사 따위를 떨쳐버리고 일찍이 어디론가 떠나버렸을 테지만, 마패만은 이곳에 남아 처음 모습 그대로 찬란한 빛을 발하고 있었다.

량은 조심스레 마패를 받아들었다. 그것은 진정한 보물이었다. 보물은 보물답게 살아가야 했다. 자신의 가치를 당당히 뽐내며 말이다.

량이 말했다. "이건 세상에 둘도 없는 진귀한 물건이에요. 이 말을 전하러 왔습니다."

잘 가,
전 남친

8 월 12 일
㉠ 양 시 원

애써 외면했던 일천 번의 지난밤을, 넌 남쪽에서 북쪽으로, 다시 북쪽에서 남쪽으로, 마치 나와 남남이 된 듯이 무정하게 멀어져 갔지. 그러다 어느 낯선 밤 너의 소식을 듣게 되었어. 다시는 볼 수 없는 곳으로 떠났다는 걸. 괜찮아. 시간이 흐르고 계절이 바뀌어도, 붉은 노을 지는 곳에서 언제까지나 널 기다리는 한 사람이 여기 있으니.

오늘 밤,
안녕히.

죽도록 사랑했던 이가 내 마지막 사랑이 되지 못한다 해도,
떠나간 이유 역시 당신을 사랑하기 때문이라 믿기로 하자.
상처를 줄까 두려워 떠난 거라고, 속인 게 아니라고.

1.

지난 일 년 간 자취를 감추었던 중청이 돌아왔다. 하지만 사람들은 자이에게 이 사실을 알리지 않았다.

중청의 전 여자친구이자 갓 서른 살이 된 자이는 요즘 세상에서 가장 화려한 결혼식을 준비하느라 눈코 뜰 새 없이 바쁘다. 신랑은 IT업계의 인재고, 신부는 바로 그녀이다. 자이는 억지로 끌려 나간 선 자리에서 노총각이었던 그를 만나 앞으로의 여생을 함께 하게 되었다. 그는 키가 크지도 작지도 않고, 몸이 뚱뚱하지도 마르지도 않았으며, 검은색 뿔테 안경을 낮은 콧대에 간신히 걸치고 있는 평범한 남자이다. 하지만 과학 기술 분야에서만큼은 타의 추종을 불허하는 인재로 됨됨이 또한 겸손하고 성실하다. 줄곧 혼자인 자이를 못마땅하게 생각하시던 부모님은 남자가 시내 중심가에 55평짜리 아파트를 가지고 있다는 사실을 알고는 "이런 사람이 우리 사위가 되면 얼마나 좋을까."하고 말씀하셨다. 친구들 역시 그녀의 손가락에 끼워진 3캐럿짜리 약혼반지를 보며 부러움에 가득 찬 목소리로 말했다. "자

고로 이런 남자를 만나야 해. 돈은 많고 시간이랑 눈치는 없는 사람."
심지어 그녀의 절친까지 나서서 한 마디 거들었다. "자이, 중청은 벌써 일 년이나 소식이 없잖니. 이제 그만 벗어날 때도 됐어."

자이가 어디서 빠지는 인물은 아니었다. 몸매 좋고, 성격 활발하고, 강단 있고, 그러면서도 우아하고 부드러운 면모 또한 갖추고 있었다. 만약 중청을 만나지 않았다면 일찍이 번듯한 집안과 맺어졌을 것이다. 그러나 그녀는 하필이면 가진 것 하나 없는 중청을 만나 5년을 함께 했다. 그가 사라지기 전까지.

가난만큼 사랑을 시험에 들게 하는 것도 없다. 하지만 자이는 중청과 동거하는 동안, 싸구려 만터우(중국 동북지방의 주식으로, 밀가루 반죽을 소 없이 그대로 쪄낸 것 - 옮긴이)로 끼니를 때우고, 물이 새는 집에 살며, 새벽같이 일어나 버스 타고 두 시간 반 거리를 다니면서 시장에서 몇 푼이라도 깎으려 아등바등하는 생활을 군말 없이 견뎠다. 그러나 중청은 돌연 모습을 감췄다. 꼬박 1년간 자이는 중청이 갈만한 곳을 샅샅이 뒤지고 다녔다. 심지어 기차와 버스를 갈아타고 산을 두 번 넘어 중청의 외할머니 댁까지 찾아갔다. 하지만 중청은 마치 연기처럼 흔적도 없이 사라졌다. 자이는 하염없이 기다리는 것밖에 할 수 있는 일이 없었다. 그래서 더욱 일에만 매달리며 평사원에서 팀장까지 고속 승진을 이루었다. 예전부터 그녀를 따라다니던 상사 하나는 그런 그녀에게 질려 나가떨어진 후 갓 입사한 어리바리한 여직원을 좋아하기 시작했다. 그렇게 자이는 앞만 보고 달리며 승

승장구를 거듭했다. 하지만 그 기쁨을 함께 나눌 사람은 없었다.

기다림은 여자를 늙게 만든다던가. 자이는 중청을 기다리는 시간 속에서 서른 살 직전의 청춘을 모두 허비해버렸다. 그녀의 눈가엔 어느새 수없이 흘린 눈물로 인한 주름이 새겨져 있었고, 이마에도 옅은 가로줄이 보이기 시작했으며, 코 양옆으로는 어느새 웃지 않아도 선명히 보이는 팔자 주름이 자리하게 되었다. 그것은 바로 뜬눈으로 지새운 수많은 밤들이 남긴 흔적이었다.

결국 실연의 아픔에 내성이 생긴 서른 살의 자이는 다음 달이면 기혼자의 반열에 오르게 된다. 하지만 조금 난감하기도 했다. 자신이 그토록 경멸하던 '나이가 차서 쫓기듯 시집가는 여자'가 바로 자기 자신이 되었기 때문이다. 그래서인지 웨딩드레스를 고르면서도 유난히 심란해 보였다. 행복한 얼굴로 웨딩드레스를 보는 이 신부들 가운데 진정으로 사랑하는 사람을 만나 기꺼이 이 드레스를 입는 행운아가 몇 명이나 될지 궁금했다. 이미 턱시도 선택을 마친 천진난만한 신랑이 정신이 반쯤 나간 자이를 향해 말했다. "자이, 가격은 신경 쓰지 말고 사고 싶은 걸로 사." 그리고는 어수룩하게 웃어 보이는 신랑의 얼굴이 조금 멍청해 보이기까지 했다. 그는 모르는 것 같았다. 세상엔 다이아몬드보다 사랑을 선택하는 여자도 있다는 사실을.

자이는 보란 듯이 제일 비싼 드레스를 향해 손을 뻗었다. 동시에 자이의 핸드폰이 울렸다. 자이는 괜히 뜨끔했다. 분명 저녁 먹으러 오라는 시어머니의 재촉 문자일 거라 생각하고 문자를 확인한 그때였다.

자이, 나 중청이야. 만날 수 있을까?

그가 돌아왔다. 그녀의 결혼식이 코앞으로 다가온 바로 그 순간에.

제일 비싼 웨딩드레스로 향하던 자이의 손이 허공에서 우뚝 멈춰섰다.

2.

자이는 주변 사람들에게 비밀로 한 채 중청과 이 도시에서 제일 높은 건물에서 만나기로 약속을 잡았다. 연애할 때 가장 와보고 싶었던 곳이 바로 이 건물에 있는 회전 초밥 가게였다. 매번 이 앞을 지날 때마다 "우리 취업하면 여기에 와서 배 터지게 먹자!"하고 다짐하곤 했다. 당시는 둘 다 너무도 가진 게 없었다. 대학교를 갓 졸업한 후 변두리의 낡은 주택에 살면서 흰쌀죽과 장아찌만으로 끼니를 때우곤 했다. 새벽같이 나갔다가 인파 속에 섞여 밤늦게 귀가하고, 이력서를 낼 때마다 복사비를 걱정할 정도였다. 자이의 취업이 확정된 그 날 저녁조차 둘은 싸구려 포장마차를 벗어나지 못했다. 그 기름 냄새 잔뜩 풍기던 한여름 밤을 자이는 생생히 기억하고 있다. 색 바랜 티셔츠와 반바지를 입고 맞은편에 앉은 중청은 배가 많이 고팠는지 마라탕(고기, 야채, 당면 등 다양한 재료를 매운 육수에 데친 후 한 그릇에 담아내는 음식 - 옮긴이) 속 남은 건더기까지 말끔히 먹어치웠다.

자이는 중청과 함께 허리띠를 졸라매며 살던 시절을 떠올리니 감회가 새로웠다. 사람이란 정말이지 불행한 동물이다. 사랑과 돈을 동시에 가지기가 이토록 어려우니 말이다. 한때 그리 깊었던 정은 가난의 늪에 빠져버리고, 이제 형편이 좀 나아지니 그 시절 먹었던 싸구려 마라탕이 그 무엇보다 그리워진다.

어느 책에서, 사람들이 죽은 뒤 가는 세상은 전부 어둠뿐이기 때문에 모든 영혼은 결국 고독해진다는 말을 읽은 적 있다. 한 번 사라졌다 돌아온 후 다시 영원히 사라져버린 중청도 외로운 영혼이 되어 구천에서 돌아올 길을 찾아 헤매고 있는 건 아닐까?

중청은 두 사람이 가장 힘들었던 시기에 사라져버렸다. 좀처럼 취업이 되지 않는 날들이 이어지고, 그는 점점 자이의 수입에 의지하며 살게 되었다. 그러다 맞이한 자이의 생일, 자이는 멀끔하게 생긴 직장 상사에게 값비싼 팔찌를 선물 받아 왔다. 중청은 손수 만든 생일카드를 남몰래 갈기갈기 찢어버렸다. 장미 한 송이도 사 줄 능력 없는 자신에게 사랑은 가당치도 않아 보였다. 높은 물가의 이 도시에서 남자의 지갑은 곧 자존심과 마찬가지였다. 돈으로 여자들의 청춘을 통째로 사버리는 남자들의 이야기를 들을 때마다 중청은 가난한 인생 속에서 자신의 남성 호르몬이 조금씩 조금씩 증발되는 느낌이 들었다.

그의 만성 두통도 그때쯤 시작되었다. 처음엔 간헐적으로 찾아오던 두통이 어느새 끊임없이 중청을 괴롭혔다. 업무 스트레스가 많았던 자이도 점점 짜증이 늘어갔다. 그러다보니 둘 사이엔 하루가 멀다 하고 싸움이 일어났다. 그러던 어느 날, 알딸딸하게 취한 자이가 승진 소식을 가지고 집에 돌아왔을 때 그 낡은 집에 중청의 흔적은 이미 사라지고 없었다. 누렇게 변색된 양말, 색 바랜 러닝셔츠, 아무리 씻어도 커피 자국이 사라지지 않던 커플 머그, 심지어 침대 맡에 둔 지 한참 된 그릇까지 전부 보이지 않았다. 후에 자이는 텅 빈 서랍에서 중청이 휘갈겨 쓴 쪽지 한 장을 발견했다. 자이, 난 그만 잊고 잘 살아.

자이는 일식집 입구에 서서 크게 숨을 들이마셨다. 1300위안짜리 쉬폰 원피스를 걸치고 있는 현재 그녀의 모습 속에서 동전 한 닢에도 전전긍긍하며 살던 과거의 모습은 조금도 찾아볼 수 없었다. 입구에서 가장 먼 쪽 코너 자리에 어쩐지 중청 같아 보이는 남성이 희미하게 보였다. 그 순간 자이의 마음속에 수많은 물음표가 떠올랐다. 왜 갑자기 사라졌는지, 어디로 갔던 건지, 그동안 어떻게 지냈는지 등등…. 하지만 자이는 눈가를 한 번 쓰윽 훔치고는 아무것도 묻지 않겠노라 다짐했다. 이미 기다릴 만큼 기다린 그녀였다. 그와 새로 시작하고 싶은 생각은 추호도 없었다.

더군다나 결혼이 바로 다음 달이었다. 그녀는 고개를 숙여 자신의 손에 끼워져 있는 반지를 흘끔 보았다.

그렇다. 기다림은 여자를 늙게 만든다. 자이는 중청의 미안한 기색 가득한 눈을 마주보는 순간 이 말을 다시 한 번 실감했다. 비싼 화장품과 옷으로 세월의 흐름을 가려보려 무던히도 애를 썼지만 모두 실패해버렸다.

그리고 중청은 너무도 야위어 뼈밖에 남지 않은 상태였다. 툭 튀어나온 광대와 눈동자가 자이의 마음을 잔인하게 찔렀다. 그는 잘 지낸 것 같아 보이지 않았다. 반가워하는 표정마저 간신히 지어보이는 것 같았다. 그럼에도 애써 신나는 말투로 자이에게 인사를 건넸다.
"자이, 다시 보니 정말 기쁘다."

그들의 대화는 즐거웠다. 한때나마 진심으로 사랑했던 사이니

만큼 여전히 마음속에 상대방에 대한 일말의 호감이 남아있었다.

그는 그녀의 반지를 보고도 애써 모른 척했다. 그녀 역시 그가 말도 없이 사라진 것 따윈 기억에 없다는 듯 행동했다. 그렇게 둘은 민감한 문제는 애써 묻어둔 채로 장장 세 시간을 웃고 떠들었다. 자이가 무슨 얘기를 그렇게 재미있게 했는지는 기억하지 못해도 "자이, 내일 같이 하겐다즈 아이스크림 먹으러 가자."는 중청의 말만은 또렷이 기억했다. 그녀는 끼고 있던 다이아 반지를 만지작거리며 뭐에 홀리기라도 한 듯 고개를 끄덕거렸다.

3.

그날, 중청은 돈이 매우 많아 보였다.

그는 자이와 함께 하겐다즈 아이스크림 가게에 가서, 가격표도 보지 않고 곧장 직원이 추천해주는 것으로 골랐다. 덕분에 그녀는 처음으로 불타는 아이스크림을 먹어보았다. 가난했던 시절 참을 수밖에 없었던 식욕을 모두 보상 받는 느낌이었다. 당시만 해도 이런 건 그들에게 엄청난 사치였다. 매일같이 이 문 앞을 지날 때마다 가게 안에서 우아하게 아이스크림을 떠먹는 커플들의 모습이 사무치게 부러웠다. 그때마다 자이는 자신의 옆에서 풀죽어 있는 중청에게 일부러 더 밝은 목소리로 말하곤 했다. "야, 이게 다른 집 아이스크림이랑 다를 게 뭐 있겠어? 더울 때 먹으면 다 똑같지 뭐!" 그런 아이스크림을 오늘 드디어 맛보게 된 것이다. 당시의 부러웠던 감정이 허무하게 느껴졌다. 회사 송년회에서도 이 브랜드의 음료수를 마신 적 있다. 그땐 별 다른 감흥이 없어 전부 비서에게 줬었다. 그런 그녀가 오늘 여기서 이렇게 맛있게 먹고 있는 건 분명 중청과 함께 있기 때문이리라.

중청은 스카이라운지의 회전 초밥집을 예약했다고 했다. 이 도시에서 단 한 군데밖에 없는 식당으로, 한 끼 식사비가 월급의 반은 되는 곳이었다. 깔끔한 정장을 입은 중청과 우아한 롱스커트를 입은 자이는 함께 건물 꼭대기 층에 있는 식당에서 와인잔을 들고 도시의 야경을 감상했다. 여전히 바쁘게 돌아가고 있는 이 도시는 8시가 넘은 시간에도 생계를 위해 바쁘게 발걸음을 옮기는 사람들로 가득했다. 그 모습을 보며 중청은 과거의 자이를 떠올렸다. 자신과 함께 저 인파 속에 서있던 그녀를. 그녀는 그 당시 희미하게 비치는 이곳 꼭대기층 사람들의 모습을 올려다보며 순진하게도 말했다. "세상에, 저런 비싼 데서 밥 먹는 사람들은 대체 뭐 하는 사람들일까?"

중청은 자이와 함께 영화를 보기 위해 상영관 전체를 빌리는가 하면, 호화 스파에도 가고, 술집에서 가장 비싼 칵테일을 주문해주기도 했으며, 사진전에 데려가기도 했다.

그리고는 옛날에 살던 집 앞의 싸구려 마라탕을 파는 포장마차를 찾았다. 과거 5위안이었던 마라탕 한 그릇은 7.5위안으로 가격이 올라 있었다. 사장님은 옛날에 몰고 다니던 작은 스쿠터 대신 이제는 작은 봉고차를 가지고 계셨다. 예전부터 있던 종업원은 여전히 부지

런하고 친절한 모습 그대로였다. 예전보다 조금 더 넓어진 포장마차에는 20대 젊은이들이 허름한 나무 의자에 앉아 꼬치를 안주 삼아 맥주를 마시며 웃고 떠들고 있었다. 취기가 오른 모습으로 이상과 현실에 대해 떠드는 모습이 몇 년 전 자이와 중청의 모습과 닮아 있었다.

이 도시에는 꿈을 이룬 사람도 많지만 그렇지 못한 사람도 너무나 많다. 자이는 줄곧 궁금했다. 과거 자신과 함께 포장마차에 앉아있던 수많은 젊은이들은 지금쯤은 원하던 생활을 하고 있을지.

중청은 자이가 부러워했던 모든 것을 기억하고 있었다. 소리 소문 없이 사라졌던 일 년의 시간을 그는 반드시 보상해주고 싶었다. 하지만 자이는 이 모든 게 한탄스러웠다. 연애할 때의 약속을 왜 하필 헤어지고 나서야 지키는 건지. 순간순간 그녀는 잊어버리곤 했다. 자신은 곧 결혼할 사람이란 사실을.

중청은 자이와 함께 관람차를 타러 갔다. 그 놀이공원은 완공된 지 얼마 안 된 근사한 곳이어서 커플이라면 비싼 돈을 들여서라도 한 번쯤 와보고 싶어 하는 장소였다. 심야의 도시란 얼마나 아름다운가. 대낮의 스트레스는 온데간데없이 사라지고, 화려한 네온사인만이 반짝이니 말이다. 자이는 달빛 아래 보이는 중청의 야윈 옆모습을 물끄러미 바라보았다. 예전처럼 그의 이마에 얼마나 입을 맞추고 싶었는지 모른다.

하지만 그녀는 돌연 이렇게 말했다. "중청, 우리가 다시 시작할 수 없다는 건 알고 있지?"

관람차가 멈추고 두 사람이 내렸다. 밤하늘의 별처럼 빛을 내고 있는 자이의 다이아몬드 반지를 중청이 모르진 않을 터였다.

중청이 말했다. "자이, 행복해야 해."

중청의 떠나는 뒷모습이 조금 이상했다. 마치 술 취한 사람처럼 비틀대다 기둥에 부딪힐뻔하기도 했다. 자이는 애써 덤덤하게 말했다. "청첩장 보내줄게."

4.

자이의 결혼식이 있는 그 날, 청첩장은 중청이 입원한 병실 한켠에 놓여 있었다. 침대 위에 누워있는 중청은 곧 뇌종양수술을 앞두고 있었다.

일 년 전, 중청은 뇌암 말기 선고를 받았다. 자이에게 부담을 주고 싶지 않았던 그가 할 수 있는 선택이란 말없이 떠나는 것뿐이었다. 이는 남자로서 마지막 자존심이기도 했다. 그렇게 자이에게는 휘갈겨 쓴 쪽지 한 장만을 남기고 모든 연락을 끊어버린 중청은 의사인 친구 집에서 지내게 되었다. 얼마 남지 않은 돈과 기력을 이용해 광고 카피를 써주는 일을 하며 크고 작은 수입을 얻어 친구에게 고마움을 전했다. 말기에 발견된 암은 종양이 뇌의 중요 부위까지 퍼진 상태였기에 더욱 나빠지지 않게 유지하는 정도의 치료밖에

그녀는 중청과 껴안고 잠들던 수많은 밤, 사랑 하나로 서로의 몸에 온기를 전하며 견딘 그 힘들었던 날들을 떠올렸다.

할 수 없었다. 그럼에도 중청의 건강 상태는 하루가 다르게 악화되어 갔다. 한 번 시작된 두통은 벽에 머리를 찧고 싶을 정도로 심했다. 오밤중에도 구토가 올라와 변기 앞으로 달려가기 일쑤였다. 그러다 결국 시력에도 문제가 생기기 시작했다. 한땐 비행기 조종사를 해도 문제없을 정도로 시력이 좋았던 그였거늘 지금은 모든 것이 흐릿하게만 보였다. 더욱 끔찍한 것은, 체중이 날로 줄어 언제 쓰러져도 이상하지 않은 상태가 되었다.

의사인 친구는 치료를 중단하고 종양 제거를 위한 개두 수술을 하자고 제안했다. 이에 중청은 진지하게 물었다. "그 수술, 성공할 확률이 얼마나 되는데?" 친구는 난감한 기색이 역력했다. "성공한다 해도 앞으로 장애를 안고 살아야 할 거야. 각오하는 게 좋아."

중청은 현실을 냉정히 받아들이기로 했다. 이 세상에 불공평한 일이 얼마나 많은가. 인생이 나에게만 혹독한 것은 아니다. 암에 걸린 덕에 그는 너무 많은 인생사를 깨우쳐버렸다. 그는 개두수술을 받기 전에 자이를 꼭 다시 만나야 했다. 자신이 많이 실망시켰지만 여전히 너무도 사랑하는 여자친구를 말이다. 생사가 달린 수술을 받기 전에 그녀와 나눈 모든 약속을 꼭 지키고 싶었다. 이는 그의 마지막 소원인 셈이었다.

중청은 침대에 누워 수술실까지 들어가면서 자이와 함께 했던 한 달 간의 시간을 되새겨보았다. 이 형편없는 전 남친이 과거의 소망을 하나하나 들어줬던 시간이 그녀에게도 즐거웠을까? 그저 이것이 나쁘지 않은 이별이 되기만을 바랄 뿐이었다. 그의 입가에 가만히 미소가 지어졌다. 수술실 문이 닫혔다.

그 시각, 도시의 다른 한쪽에서는 순백의 웨딩드레스를 입은 자이가 택시를 타고 병원으로 향하고 있었다. 결혼식을 올리기 직전 누군가 중청이 오늘 수술을 받을 거라는 말을 한 것을 우연히 듣게 된 것이다. 그녀는 즉시 신고 있던 하이힐을 벗어 던지고 하객들을 뒤로 한 채 식장을 빠져나왔다. 자이의 머릿속에 저마다 당황스런 표정을 짓고 있던 하객들, 경악을 금치 못하는 신랑의 표정, 부모님의 분노, 놀라는 친구들, 그리고 수많은 낯선 이들의 얼굴이 떠올랐다. 그들은 모를 것이다. 이 세상에 '나이가 차서 쫓기듯 하는 결혼'을 원하지 않는 여자도 있다는 사실을. 몇 번을 물어도 다이아몬드보다 사랑을 택할 여자도 있다는 사실을.

자이가 입은 흰 웨딩드레스가 병원의 흰색 벽면과 하나가 된 것처럼 보였다. 그녀는 그곳에 가만히 서서 수술실 문이 열리기만을 초조하게 기다리고 있었다. 중청이 어떤 모습을 하고 나오든, 그와 영원히 함께하겠노라 다짐하면서.

5.

자이와 중청이 막 사귀기 시작했을 때, 둘은 종종 학교 뒷산에 올라가 데이트를 했다. 돌이켜보면 까마득한 옛날처럼 느껴졌다. 즐겁게 노는 데도 지금처럼 비싼 돈이 들지도 않았다. 네잎클로버 하나와 아름다운 석양만 있으면 영원히 사랑할 수 있을 것만 같았다. 자이는 중청과 함께 한 봉지에 2위안짜리 해바라기 씨를 사서 비옥한 초원에 뿌렸던 일이 떠올랐다. 그때 중청이 자기는 해바라기 꽃을 가장 좋아한다고 했다. 보고만 있어도 밝은 빛이 느껴진다고.

한 손에 해바라기 꽃을 든 자이가 묘비 앞에 구부려 앉았다. "중청, 여기 네 빛을 가져왔어."

자이는 사람이 죽은 후 또 다른 세계가 있다는 말을 결코 믿지 않았지만, 지금은 생사에 관한 책을 열심히 읽는 중이다. 그 중 어느 책에서, 사람들이 죽은 뒤 가는 세상은 전부 어둠뿐이기 때문에 모든 영혼은 결국 고독해진다는 말을 읽은 적 있다. 한 번 사라졌다 돌아온 후 다시 영원히 사라져버린 중청도 외로운 영혼이 되어 구천에서 돌아올 길을 찾아 헤매고 있는 건 아닐까? 자이는 매주 주말 해바라기 꽃을 들고 그를 찾아온다. 그 꽃이 중청의 길을 밝혀 주길 바라며.

자이는 몸을 일으켜 저린 두 발을 땅에 두드렸다. 하늘엔 어느새 태양이 지고, 이곳 살아있는 인간들의 세상에도 어둠이 깔리고 있었다. 어느새 가을이 성큼 가까워졌음이 느껴지는 여름의 끝자락이었다. 그녀는 중청과 껴안고 잠들던 수많은 밤, 사랑 하나로 서로의 몸에 온기를 전하며 견딘 그 힘들었던 날들을 떠올렸다. 그리곤 조심스레 해바라기 꽃을 내려놓았다. 어느새 여름날의 흔적이 깨끗이 사라지고 없었다. 그것은 그렇게 인간 세상에서 보내는 마지막 빛이 되었다.

자이는 묘비에 가만히 입 맞추고는 말했다.

"잘 자."

내 생애 마지막으로 가난했던 날들

9 월 1 7 일
㉠ 팡차오차오

술을 마시는 건 꼭 구름을 삼키는 것과 같아 .
소란스럽지 않게 , 그러나 진심으로 날 위로하면서 .
인생이란 분명 언젠가는 좋아지지 .
그 때가 되면 , 험한 길 저 끝에 네가 있길 바랄게 .

오늘 밤
안녕히 .

내 생에 마지막으로 가난했던 날들

과거는 이미 잊혀지고, 추억은 그렇게 슬픔이 되었다.
그땐 내 생애 마지막으로 가난했던 시절이었다.

옛말에 "젊어 고생은 사서도 한다"는 말이 있다. 그러나, 내가 인생에서 처음으로 빈털터리가 되었을 때 난 이미 스물일곱, 마냥 젊다고만은 할 수 없는 나이였다.

그 당시 나에겐 나보다 더 가난한 남자친구가 있었다.

그렇게까지 가난해지기 전 우리는 그저 평범한 회사원이었다. 그는 가죽 가방을 만드는 회사에서 일을 했고(본인 말로는), 나는 공항에서 탑승교를 담당했다. 비행기가 완전히 멈춘 후 탑승교와 비행기 출구를 연결해주는 업무이다.

다시 말해 우리는 이 도시 속에 살고 있는 아주 평범한 젊은이들일 뿐이었다. 부자는 아니지만 그렇다고 엄청나게 가난한 것도 아니었다. 딱히 즐거운 인생은 아니었지만 그렇다고 우울증에 시달릴 정도도 아니었고, 죽을 만큼 좋아하는 일을 하는 건 아니지만 그렇다고 억지로 하고 있는 것도 아니었단 말이다. 특별할 거 하나 없는 우리는 각자 사회 속에서 맡은 바 임무를 성실히 수행하며 살고 있었다. 즉, 남자친구가 없다 해도(일단 그를 A라고 부르겠다) 그 회사는 하청업체를 관리할 담당자가 없어 잠시 잠깐 불편함을 겪을 뿐이었다. 만약 내가 돌연 파업을 선언한다 해도 어떤 비행기에서 승객들이 내리는 시간이 조금 지체될 뿐이었다. 그 때문에 사소한 소동이 일어날지도 모르고 아닐지도 모른다. 어쨌든 누군가 금방 내 자리를 대체하게 될 것이다. 다시 말해 이 사회가 우리 때문에 바뀔 일이란 절대로 없단 말이다.

연애를 막 시작했을 무렵 우리는 둘 다 직장을 잃은 상태였다. 정확히 말해 직장이 우리를 잃은 게 아니라 우리가 직장을 잃은 것이다. 보통 우리 같은 사정이 되면 일반적으로 직업이 없는 쪽이 직업이 있는 쪽의 수입에 의지해 다음 직장을 잡을 때까지 버티는 게 보통이다. 하지만 당시 우리 둘의 상황은 별반 다를 바가 없었다.

다를 바가 없다니! 무슨 운명의 장난인지 우리는 동시에 같은 처지가 된 것이다.

그 때의 생활을 한 단어로 표현한다면 어울리는 단어는 딱 하나뿐이다. 가난. 더 적나라하게 표현해 볼까? 당시 우리에겐 콘돔 살 돈도 없었다.

물론 계속 그 상태인 건 아니었다. 직장은 없었어도 가끔 아주 약간의 수입이 생기곤 했다. 그가 뭘 하고 다니는지 확실히 알 순 없었지만 말이다. 나 역시 광고회사의 포스터를 디자인해 주는 일을 했다. 광고 회사에 다니는 대학 동기 한 명이 내가 실직했다는 소식을 듣고 외부 업체에 맡기는 디자인 일을 나에게 넘겼다. 내가 "나 디자인 프로그램 사용할 줄 모르는데."라고 말하자 그가 호탕하게 손을 내저으며 말했다. "어차피 다른 사람들도 다 알고 하는 거 아닐 텐데 뭐. 어떻게 생각해?"

어떻게 생각하냐고? 당시 나는 이 '생각하는' 능력에 문제를 가지고 있었다. 세상 사람들은 물론이고 나를 비롯한 내 주변 사람들이 무슨 생각을 하고 사는지조차 점점 알 수 없게 되어가는 상태였다. 그래서인지 일이 잘 풀리지 않을 때면 연애가 하고 싶었다. 남자친구만 생기면 모든 게 좋아질 것만 같았다. 그런 생각으로 소개팅도 자주 하고 적지 않은 연애를 해왔지만, A를 만난 후 그런 생활은 모두 청산했다.

A에게 어쩌다 그런 처지가 됐는지 물어본 적은 없다. 하지만 우리가 얼마나 가난하게 살았는지 생각해보면 그도 나와 같은 처지였음은 의심할 여지가 없었다. 가난에도 여러 종류가 있는데, 우리는 막연하지만 떳떳한 그런 종류의 가난이었다. 지난 인생을 가만히 돌이켜보면 딱히 잘못한 게 없으니 당연했다. 제때 받아야 할 교육받고, 봐야 할 시험도 빠짐없이 보고, 심지어 성적도 괜찮았으며, 적당한 나이에 취업도 했다. 직장생활도 다른 사람들과 별반 다를 바 없이 해왔다. 상사에게 적당히 아부하고, 군말 없이 야근하며, 연말에 승진도 하면서 말이다.

그런 우리가 어쩌다 이렇게 되어버린 걸까?

A를 처음 만난 날은 내가 백수가 된 지 얼마 지나지 않았을 무렵이었다. 회사 숙소에서 나온 나는 시내 중심에 집을 얻어 살고 있었

다. 그간 교외에서 4년을 살다 보니 이번엔 반드시 도심에서 살고 싶었다. 그때만 해도 직장은 금방 구해질 거라고 생각했다. 돌이켜 생각해보면 그렇게 무작정 긍정적이었던 것이 가난해진 이유 중 하나인 것 같다.

그 날은 날씨가 매우 좋았다. 한산한 버스는 신호도 한 번 걸리지 않고 내달렸다. 난 버스 의자에 편안히 앉아 창밖을 구경했다. 그렇게 더없이 편안한 마음으로 운명을 받아들였다. 바로 A와 사랑에 빠지게 된 것이다.

그날 우리는 꽤 오랜 시간 함께 걸었다. 그러다 지어진 지 얼마 안 된 다리 위에서 잠시 걸음을 멈추었다. 정말이지 끝내주는 날씨였다. 태어나 그렇게 좋은 날씨는 처음이라는 생각이 들 정도였다. 습하지도 않고, 바람도 상쾌하고, 햇살은 황금빛으로 빛나고, 공기도 맑았다. 다리 위에서 보니 평소엔 보이지 않던 먼 곳까지 볼 수 있었다. 그뿐만이 아니었다. 다리 위에 서서 서로의 손을 꼭 잡고 먼 곳을 가만히 보고 있던 그 날, 그 순간 나는 마치 새로운 세상을 만난 것만 같은 기분이 들 정도였다. 지금까지 견뎌왔던 날들보다 몇 배는 더 찬란할. 그 역시 나와 같은 감정이었음을 느낄 수 있었다. 내 손을 잡은 그의 손에 점점 힘이 들어가더니 고개를 돌려 눈물이 그렁그렁 맺힐 정도로 감격해서는 날 바라보던 그 표정을 보면 알 수 있다. 그런 눈빛을 본 건 그때가 처음이었다. 그 이후로 두 번 다시 그런 눈빛을 볼 수 없었다. 그때는 미처 몰랐지만.

그와는 이미 남남이 되어버린 지금 돌이켜 생각해 보아도 그 날 보았던 모든 풍경은 마치 어제 일처럼 생생하다. 깨끗하고 반듯한 도로, 그 양옆으로 늘어선 나무들이 바람에 흔들리며 솨솨 소리를 내던 나뭇잎, 한가롭게 도로를 달리는 자동차들…. 헬멧을 쓰고 자전거 도로를 달리는 싸이클 선수들과 각양각색의 옷차림을 한 사람들까지 눈에 보이는 모든 것이 가깝고 선명하게 보였다. 우리는 그 모든 모습을 마치 영화를 감상하듯 보고 있었다. 눈 깜짝할 새 사라져버리는 모습에 안달이 나 더욱 눈을 부릅뜨고 말이다. 하지만 우리가 그 장면의 일부가 되는 일은 결코 일어나지 않았다.

가난한 인생을 견디기란 쉽지 않다. 사는 게 버거워 행복까진 신경 쓸 겨를도 없다. 시내 중심지에 얻은 자취방에서 도시의 북쪽 변두리에 있는 남자친구의 집으로 옮기면서 나는 한 달 치 월세에 해당하는 보증금과 반 개월 치의 월세를 손해 보고 이사 비용까지 지출해야 했다. 당시에는 어쩔 수 없는 손해라고 생각했기에 크게 신경 쓰지 않았는데, 그 다음부터가 더 큰 문제였다. 그런 식의 어쩔 수 없는 손해가 꼬리에 꼬리를 물고 이어지는 것이다. 먼저 합격이 거의 확실했던 면접이 물거품이 되더니 그 다음엔 목돈을 벌 기회가 눈앞에서 사라졌다. 야금야금 나가는 돈도 무시하지 못했다. 그러던 어느 날, 선납한 전기와 가스조차 바닥을 보이게 되었다.(중국은 전기와 가스에 대해 쓴 만큼 요금을 내기도 하지만 미리 선금을 내고 그 만큼만 쓰는 것도 가능하다. - 옮긴이) 그땐 이미 가난의 늪에 턱 끝까지 빠져있던 시기였다.

"어쩌지?"

"모르지."

"어떻게든 돈을 벌어야 할 텐데."

"그러게."

말은 그렇게 했지만 돈을 벌고 싶다고 쉽게 벌 수 있는 건 아니지 않은가. 대학 동기에게서 받은 디자인 일을 죽자 사자 완성해 보냈지만, 동기는 "아주 좋아."라고 말해놓고는 보수에 대해서는 깜깜무소식이었다. 카페나 패스트푸드점에서라도 일하고 싶었지만 살고 있는 집 주변에는 자리가 없었다. 차를 타고 두 시간을 가야 하는 곳에서 간신히 일자리 하나를 구한 적이 있지만 다음 날 아침 일어나지 못했다. 솔직히 못 일어났다는 건 핑계고, 내가 가기 싫었던 거다.

같은 이유로 전단지 돌리기, 부동산 중개, 택배, 마트 배달원과 같은 일도 하기 싫었다.

어떻게 설명해야 할까. 우리의 전직이 이런 일들보다 더 고차원적이거나 복잡했다고 할 순 없지만(어쩌면 더 단순했을지도 모른다) 아무래도 '육체 노동직'에 대한 공포를 극복할 수 없었던 거다. 아니, 더 솔직히 말해볼까? 당시 우리의 상황은 사회 최하계층에서 고작 0.01 밀리미터 떨어져 있을 뿐이었다. 그 상황에서 진짜 그런 일을 시작했다간 아예 최하계층으로 주저앉게 될 게 뻔했다.

"뭘 해야 하지?"

"몰라."

고백하건대 백수 인생은 활발한 성생활을 하는데 더없이 적합하다. 하지만 당시 무기력의 정점을 달리고 있던 우리가 섹스를 하고 싶은 마음이 들 리 만무했다. 물론 그땐 몰랐지만. 당시 우리가 할 수 있는 놀이라곤 돈이나 힘이 들지 않는 '수다 떨기'밖에 없었다. 그래서 서로에 대한 거의 모든 것을 발가벗겼다. 심지어 그가 교실에서 소변을 참지 못해 실수한 이야기까지 알게 됐을 정도였다.

"대학 땐 연애 안 했어?" 내가 물었다.

"안 했어. 그 시간에 게임을 한 판 더 했지."

"그럼 너 혹시 내가 처음…?"

"어허!" 그리고는 그가 한 마디 덧붙였다. "남자란 다 그런 법이야."

참 내.

"넌 대학 때…?" 이번엔 그가 물어왔다.

"안 했어. 연애도, 잠자리도."

"그럼 너 늙은 남자랑 자 봤어?"

"…응."

"얼마나 늙었는데?"

"40살."

그는 금방이라도 토할 것 같은 표정을 지었다. "혹시 네 상사?"

"미쳤니? 그런 사람이랑 자게?"

사실은 맞았다. 상대는 바로 내 직속상관이었다. 하지만 어쩐지 이 말만큼은 그에게 하고 싶지 않았다.

그렇게 지칠 때까지 수다를 떤 우리는 별다른 인사 없이 그대로 잠이 들었다. 만약 A가 먼저 잠이 들었다면 난 분명 짜증을 냈을 거였다. 그러나 대다수는–전부가 아니라 대다수는–내가 먼저 잠이 들어버렸다.

A와 처음 만났을 때는 가을이었다. 초가을인지 늦가을인지는 확실히 기억나지 않는다.

겨울나기가 너무도 힘들었던 한 해였다. A의 집은 누추한 정도에 비해 볕이 놀랍도록 잘 들었다. 전에 살던 사람이 놓고 간 온도계의 온도는 31도를 크게 벗어나지 않았다. 공기가 좋은 날이면 우리는 창문을 활짝 열고 집 안의 열기를 식혔다. 그러나 그 해 겨울은 흐린 날이 전체의 78.2%를 차지했다고 한다. 이 수치는 권위 있는 매체에서 공식 발표한 것인데, 대체 소수점 뒷자리까지 어떻게 계산한 것인지는 잘 모르겠다.

원래 이야기로 돌아와, 모아둔 돈은 신정(1월1일)이 되기 전 이미 다 써버린 상태였다. 새해가 되고 회사들이 서서히 구인 공고를 내기 시작했다. 우리는 매일같이 이력서를 뿌려댔고, 점차 반응이 왔다. 우리는 심지어 '팀장'직만 골라 지원하는 대담함을 보이기도 했다. 뭘로 보나 가당치도 않았는데 말이다.

재무 팀장, 운영 팀장, 상품 관리자.

내 전공이 뭐든 일자리라면 일단 내고 보았다.

동시에 우리는 인터넷으로 안 쓰는 물건을 내다 팔기도 했다. 가진 물건을 전부 인터넷에 올렸다. 대부분 쓸모없는 물건들이었지만, 거래가 성사되는 건 언제나 우리가 가장 아끼는 것들이었다. 난 양털 외투 한 벌과 양털 목도리 하나, 그리고 실크 스커트 몇 벌을 팔았다. 그는 레이밴 선글라스와 꽤 비싼 배드민턴 채를 팔았다. 혹여 물건을 사는 사람이 없으면 어쩌나 걱정한 나머지 우리는 모든 물건의 배송비를 받지 않겠다고 했다. 한번은 신장자치구에 사는 사람이 내 신발을 사가는 바람에 배송비로만 80위안이 들었다. 신발 두 켤레를 판 적도 있었는데, 뭘 내놓으면 늘 맘에 드는 쪽이 팔렸다. 안 팔린 쪽은 내가 신고 산책을 나갔다가 밑창이 두 갈래로 갈라져 있는 걸 발견했다. 구체적으로 말하자면, 완벽히 둘로 갈라져 있는 모습이 마치 돌이킬 수 없는 혼인 관계 같았다.

"수선할 수 있나?"

"안 될 걸."

"집에 어떻게 가…, 나한테 업혀."

"됐어."

우리 둘의 관계도 어쩌면 그 때부터 금이 가기 시작했는지 모른다. 아니, 금은 진작부터 있었지만 줄곧 보이지 않다가 그제야 눈앞에 나타난 걸 수도 있다. 난 죽어도 그의 등에 업히고 싶지 않아 절뚝거리며 집까지 걸어와, 들어오자마자 누워 자버렸다. 어렴풋이 들리는 그의 저녁 먹으라는 소리도 무시한 채. 하지만 진짜로 잠이 들기 전에 문득 떠올랐다. 그 날 저녁 당번은 나였다는 걸.

이후의 일은 꿈일지도 모른다. 그가 면접 발표 났냐고 묻기에 나는 아직 모른다고 대답했다. 그러자 그는 구정 후에 두 군데서 면접을 보기로 했다고 말했다. "취업 되면 새 신발 사줄게." 하지만 그 말은 내게 더 이상 어떠한 감동도 주지 못했다. 사실 그리 귀담아 듣지도 않았다. 당시 우리는 수없이 많은 약속을 나눴다. 그 돈 받으면 스키 타러 가자. 이 물건 팔아서 디자인 학원 등록해야지. 취업하면 좋은 거 먹으러 가자…. 그런 소원을 말하는 것만으로도 행운이 올 것 같았다. 하지만 그것들 중 실현된 건 아무것도 없었고, 행운을 바라면 바랄수록 커지는 건 불안뿐이었다. 그리고 그런 불안 속에서 더 중요한 어떤 것을 놓치고 있는 것만 같았다. 그게 무엇인지, 얼마나 중요한지 그 때는 잘 모른다. 인생이란 본래 쉼없이 흐르는 것 아니던가. 당시에는 그런 불확실성이 우리의 하루하루를 더욱 초조하게 만드는 것이 분명했다.

몸에서 열이 나기 시작했다. 아마도 신발이 망가진 그 날 돌아오는 길에 얼음을 밟아서 감기가 걸린 것 같았다. 어쩌면 다른 이유일 수도 있다. 그때 그는 나에게 병원에 가라는 말을 하지 않았다. 직장을 잃고서도 꾸준히 내던 의료보험비와 사회보험비를 그 달에는 돈이 없어 내지 못하고 있던 것이다. 집에 감기약이 있었지만 먹지 않았다. 그러다 결국 나는 그에게 이어폰, 게임기 그리고 망원경을 터무니없이 높은 가격에 내놓아 일부러 팔리지 않게 한 거 아니냐며 트집을 잡기 시작했다. 신발처럼 꼭 필요한 물건도 아니라고 하면서 말이다.

잠에서 깬 나에게 그가 말했다. "봄이다."

처음엔 농담인 줄만 알았다. 아니면 비아냥거리는 말이거나. 하지만 그의 말은 진짜였다. 봄이었다. 난 조심스레 침대에서 내려오다, 문득 그럴 필요가 없다고 느껴졌다. 몸이 무서운 기세로 호전되어 있었다. 몸의 각 기능들이 '띵'소리를 내며 제자리로 돌아간 느낌이었다. 나는 반쯤 열린 창가 앞에 섰다. 한기라곤 조금도 느껴지지 않았다. 햇살에 눈이 부셨다.

봄은 그렇게 우리 곁으로 성큼 다가왔다. 내가 정신없이 잠들어 있는 사이 봄바람이 안개를 걷어내고 따스함을 불어넣어준 것이다. 인터넷 포털 사이트에는 봄이 예정보다 일찍 왔다는 소식이 한가득 떠있었다. 그걸 보고 있자니 마지막 남은 돈으로 인터넷 비용을 지불했던 게 생각났다. 이미 복숭아꽃이 핀 거리엔 사람들이 넘쳤다. 그들은 너도나도 자신의 SNS에 꽃을 찍어 올리기 바빴다. 괴로웠던 겨울은 그렇게 등 뒤로 멀어져갔다.

이런 계절에는 또 어떻게 살아가야 할까? 나는 메일을 클릭하고 잔뜩 쌓인 광고 메일 속에 면접 소식이 있는지 살펴보았다.

그러다 문득 지금 '내가 뭐하고 있는 건가?'하는 생각이 들었다. 그동안 정신이 그토록 말똥말똥했던 적이 없었다. 나는 마음을 다잡고 생각했다. 나는 어쩌면 가장 소중한 것을 이미 손에 넣었는지도 몰라. 그러니 앞으로는 터무니없는 욕심을 내지 말자. 그러나 말똥말똥한 상태는 오래 가지 않았다. 메일함엔 그 어떤 소식도 없었다. 나는 메일함을 닫았다. 그때 A가 내게 말했다. "나가서 맛있는 거 먹자."

"그럼 좋지. 근데 돈은?"

"나한테 있어."

돈이 어디서 났는지, 무엇을 먹을지 묻지 않았다. 그저 예쁜 옷으로 갈아입고 따라 나섰을 뿐이다. 아무리 멀어도 택시를 타지 않는 건 이미 습관이 되어버렸다. 하지만 시간이 지날수록 어딜 가는지 도무지 알 수가 없었다. 대략 30분 정도를 걸으니 날이 어두워졌다. 그가 물었다. "추워?" 난 고개를 저었다.

"길을 잘못 들었어." 갑자기 그가 말했다. 그러더니 앞쪽을 가리켰다.

앞쪽엔 엄청나게 큰 나들목이 있었다.

"길 말야. 우리가 지금 길을 잘못 들었다고." 그는 다시 한 번 강조했다. 그러더니 그 나들목을 가리키며 말했다. "지금부터 저 위를 건너서 반대 방향으로 돌아가자."

나는 묵묵히 그의 뒤를 따라 올라가기 시작했다. 처음에는 별로 힘들지 않았다. 하지만 점점 높은 곳으로 올라갈수록 거센 바람이 느껴졌다. 몸이 날아가지 않도록 난간을 꽉 움켜잡았다. 그렇게 간신히 위에 도착하자마자 차 한 대가 바로 옆을 쏜살같이 지나갔다. 맞은 편 난간에서는 먼저 거기까지 간 그가 이미 내려갈 준비를 하고 있었다. 망설이는 나를 향해 그는 빨리 건너오라고 손짓했다.

나는 옷을 단단히 여몄다. 또다시 차 한 대가 눈앞에 나타났다 사라졌다. 기온은 점점 떨어지고 있었다. 그는 잠시 날 기다리고 있었다. '잠시'가 얼마나 오래인지는 기억나지 않지만, 아마도 30초는 안 되었을 것이다. 그보다 오래 서 있었으면 얼어버렸을 게 분명하니까. 결국, 그는 나에게 포기하라는 손짓을 지어보이곤 그쪽 길을 혼자 내려가기 시작했다.

그의 모습이 사라진 후 나는 몸을 돌려 올라왔던 길을 따라 다시 천천히 내려왔다. 그 후 나는 우리가 함께 살던 집으로 돌아와 잠을 청했다. 하지만 다음 날 아침이 되어도 그는 돌아오지 않았다. 나도 얼마 남지 않은 짐을 챙겨 그곳을 떠났다.

신기한 건 그 이후 내 일이 잘 풀리기 시작했다는 것이다. 시작은 광고회사에 다닌다는 대학 동기로부터 걸려온 한 통의 전화였다. 그는 밀린 보수를 모두 보냈다고 했다. 금액 또한 내가 예상했던 것보다 더 많았다. 곧이어 한 건축 회사에서 배수설비 도면을 그리는 일을 맡게 되었다. 일은 시작할 땐 조금 힘들었어도 금세 능수능란해졌다. 대학교 전공을 살린 덕분이었다.

그렇게 어느덧 서른 살이 되었다. 그동안 승진도 하고 업계에서 제법 명성도 얻었다. 다른 회사에서 스카웃 제의도 받았다. 팀장급으로 채용하며 연봉도 후하게 주겠다고. 하지만 그 제안을 받아들일 수 없었다. 지금의 남자친구와 함께 건축 설계 사무소를 개업하기로 했기 때문이다. 나는 지금 건축가인 남자친구와 안정적인 연애 중이다. 이미 양가 부모님께 인사도 드렸으며 곧 결혼식을 올릴 예정이다.

한번은 남자친구와 함께 새로 생긴 음식점에서 식사를 한 후 그가 골라놓은 사무소 터를 보러 가기로 한 날이었다. 나는 내비게이션의 안내에 따라 운전을 하고 있었는데, 어쩐지 갈수록 길을 잘못 든 것 같은 느낌이 들었다. 그러다 한 고가도로에 진입하게 되었다. 돌연 속이 안 좋아졌다. 나는 조심스레 차를 갓길에 대고 밖으로 나왔다.

차 문을 열자 바람이 불어왔다. 계절이 언제였는지는 잘 모르겠다. 그저 내 곁을 지나다니는 차들이 대부분 내가 몰고 있던 차보다 좋았던 것만 기억난다. 그리곤 문득 슬퍼졌다. 그 슬픔은 내 마음속에서 생겨난 게 아니라 바람이 가져다 안겨준 과거의 기억이었다. 그 순간 어떤 눈빛 하나가 떠올랐다. 어느 봄날, 휙휙 지나다니는 차들을 사이에 두고 날 바라보며 마치 이렇게 말하는 듯했던. "이리 와! 이것만 건너면 모든 게 잘 될 거야. 여기가 옳은 길이라고." 나는 난간 밖으로 몸을 최대한 내밀어보았다. 하지만 그 무엇이 보이지도 들리지도 않았다. 쉭쉭 바람소리만이 귓가를 스칠 뿐이었다.

세상에서 가장 따뜻했던 우리들의 겨울

10월 15일
㉠ 룽룽

그 시절, 너무도 철이 없던 우리는

자제할 줄도 모르고, 상냥할 줄도 몰랐어요.

그저 누군가를 미친 듯이 사랑하며 요란하게 부딪히고 깨지기 바빴을 뿐.

나이가 드니 조금은 알 것 같아요.

바다는 파도가 고요할 때 가장 즐겁다는 것을.

오늘 밤,

안녕히.

있지, 청춘이란 지나고 나면 다시 돌아올 수 없는 거야.

그래서 난 박물관이 되려고 해.

널 영원히 간직할 수 있도록.

18살 때까지 샤오예는 나와 함께 헤이룽장성 북부의 작은 마을에서 자랐다.

살을 에는 듯한 헤이룽장성의 겨울바람 탓에 우리는 늘 커다란 마스크를 쓰고 눈은 제대로 뜨지도 못한 채 자전거를 타고 학교에 갔다.

어느 날, 내가 샤오예에게 물어본 적이 있다. “샹펑을 벌써 몇 번째 거절하는 거야?”

큰 소리를 낸다고 낸 것이지만 입을 가리고 있는 두꺼운 마스크에 막혀 소리가 밖으로 잘 나가지 않는 듯했다. 샤오예 역시 목청껏 큰 소리로 외쳤다. 목소리가 조금 쉰 것 같았다. “뭐라고?”

샹펑이 샤오예를 죽자사자 쫓아다닌다는 사실을 모르는 사람은 없었다.

샹펑은 늘 책가방에 학교에서 봐서는 절대 안 될 남자들만의 ‘금기서’를 숨겨가지고 다니는 아이였다. 그는 항상 우리가 집에 가는 길 어딘가에서 파란색의 비싼 자전거를 세워두고, 거기에 몸을 비스듬히 기댄 채 샤오예를 기다리고는 했다.

남자란 호르몬이 분비될 때마다 사랑하는 사람에게 고백하고 싶은 충동이 생기는 법이라고 하면서 말이다.

그리고 샹펑은 남성 호르몬 분비가 한창 왕성할 16살이었다. 그래서인지 적어도 일주일에 4일 정도는 그런 충동이 생기는 것 같았다. 가끔 모습이 보이지 않을 때는 숙제를 안 했거나 혹은 다른 이유로 담임 선생님께 걸려 나머지 공부를 하고 있기 때문이었다.

그렇게 나와 샤오예의 하교길에는 종종 그 이상한 녀석이 잘 빠진 자전거를 타고 쏜살같이 달려와 우리 앞을 막아서곤 했다. 잔뜩 폼을 잡은 모습이 그렇게 우스울 수 없었다.

샤오예는 샹펑을 안 좋아하는 정도가 아니라, 끔찍이도 싫어했다. 샹펑이 나타나는 길목이 가까워져 올 때마다 샤오예는 원래도 얼굴보다 제법 큰 마스크를 최대한 끌어 올려 얼굴을 가린 후, 인상을 잔뜩 쓰고 바람이 얼마나 불든 상관 않고 번개처럼 내 앞을 추월해 한없이 쏟아지는 눈 속으로 사라졌다.

샹펑은 자전거에 기대고 있던 몸을 재빨리 일으킨 후 휘파람을 불며 우릴 따라왔다.

나 역시 마스크를 당겨쓰고 열심히 페달을 밟으며 외쳤다. "같이 가, 샤오예!"

우리 셋은 굳이 말하지 않아도 서로의 마음을 다 알고 있음에도 고집스레 매일같이 그 일을 반복했다. 바람이 어디서 얼마만큼 불어오든, 매일같이 그 바람을 가르며 일렬로 달렸다. 따릉따릉 울리는 자전거 경적 소리가 사방에서 불어오는 바람을 뚫고 귓가에 꽂혔다.

따릉따릉, 그 해 겨울이 끝나고 그 다음 해 겨울이 왔다.

따릉따릉, 그 겨울이 쌓여 수많은 겨울이 되었다.

2004년, 저우제룬(周杰伦)의 《칠리향》 앨범이 공전의 히트를 기록하면서 사방팔방에서 이 곡을 틀어댔다. 모든 음반 판매점의 싸구려 스피커에서도 마치 약속이나 한 듯 이 곡만 울려퍼졌다.

샤오예는 귀마개로 귓구멍을 틀어막으며 나에게 말했다. "저우제룬 노래를 이런 식으로 들어선 안 돼."

내가 물었다. "그럼 어떻게 들어야 하는데?"

샤오예는 낡은 청바지로 잘라 만든 파우치를 꺼내보였다. 그 안에는 100위안짜리 지폐가 눈부시게 빛나고 있었다.

그녀가 말했다. "앞으로 600위안 더 모아서 초소형 MP3 플레이어 살 거야."

그 해 우리는 고3이 되었다. 샤오예 같은 우등생은 보통 집에서 용돈을 두둑이 받는다. 어른들은 공부를 잘 하는 학생일수록 머리를 쓰느라 열량 소모가 많으니 더욱 잘 먹고 다녀야 한다는 이상한 논리를 가지고 있다. 반면 성적이 좋지 않은 학생의 머리는 자는 데밖에 안 쓴다고 생각하시나 보다. 그런 아이들이 밥을 많이 먹든 적게 먹든 신경 쓰지 않으신다.

아무튼 샤오예는 한 끼에 3위안으로 계산해 점심 한 끼, 저녁 한 끼를 먹는다고 치고, 매일 부모님께 10위안을 받아 4위안을 저금했다. 그렇게 한 달이면 거의 100위안을 모을 수 있다. 먹는 걸 줄이면 더 모을 수도 있을 것이다.

그렇게 샤오예는 고음질의 초소형 MP3 플레이어를 가지기 위해 장장 6개월의 시간을 투자했다.

한 달이 지나고, 샤오예의 수중에 300위안이 모였다. 그녀는 나를 초대해 주머니에 돈을 넣는 '의식'을 감상할 기회를 주었다. 100위안짜리 지폐 세 장을 세 번이나 반복해 세어보고는, 한 장 한 장 엄숙하게 주머니 안으로 집어넣는 것이다.

샤오예가 말했다. "이거 사면, 내가 앞에서 운전하는 자전거에 타서 둘이 이어폰 한쪽씩 나눠 끼고 같이 듣자."

그 말을 들은 나는 책가방을 탈탈 털어 돈을 꺼내보았다. 5마오, 1위안, 5위안, 그리고 10위안짜리 지폐도 있었다.(마오는 위안보다 한 단계 아래인 돈의 단위. 그 아래는 '펀'이다. 1위안은 10마오이자 100펀. - 옮긴이) 그렇게 모아진 500위안은 내가 무려 1년 동안 잔돈을 모아 만든 금액이었다.

나는 샤오예에게 말했다. "사실 나도 음반 가게 싸구려 음질엔 질렸거든."

우리는 이 800위안을 전부 청바지 천으로 만든 파우치 속으로 털어 넣고는 신나서 서로를 껴안고 방방 뛰었다. 그리고는 주말에 함께 우리만의 MP3를 사러 가기로 약속했다.

낡은 청바지 천이 순식간에 빵빵해졌다. 천에 있던 무늬가 늘어나 마치 웃는 얼굴처럼 보였다. 이빨을 전부 드러내고 우리를 향해 웃어 보이는 듯한 모습에 나는 기분이 좋았다.

그러나 그 돈은 주말까지 우리를 기다려주지 않았다.

금요일의 어느 수업시간이었다. 반 전체 학생들의 표정이 심각한 가운데 샤오예가 책상에 엎드려 엉엉 울고 있었다. 담임 선생님의 안경 너머 반짝이는 눈빛이 소름끼치게 매서웠다.

그리고는 이어진 말은 더욱 소름이 끼쳤다. “샤오예 돈 800위안을 가져간 사람이 도대체 누구야?”

MP3를 사려고 했던 돈 800위안.

담임 선생님의 말씀이 이어졌다. 이실직고하는 사람이 나올 때까지 전부 이 교실에서 한 발자국도 나가지 못한다고. 누가 이기나 한번 해 보자고!

그 날은 내 인생에서 가장 긴 오후였다. 모두들 입을 꽉 다물고 있었다. 심지어 화장실에 가고 싶어도 의심받을까 무서워 선불리 손을 들 수 없었다. 전부 초긴장 상태로 교과서나 볼펜을 손에 꼭 쥔 채어서 누군가 일어나 이 숨 막히는 침묵을 끝내주기만을 바라고 있었다. 그러나 동시에 그 누구도 일어나지 않았으면 하는 마음도 들었다. 아무리 800위안이 소중하다한들 같은 반 친구의 이마에 주홍글씨를 새기고 싶진 않으니까.

마지막까지 아무도 일어나지 않았다. 아무리 기다려도 없었다.

선생님도 말씀은 그렇게 했지만, 정말로 우리 중 자백하는 사람이 나오기 전까지 마냥 그렇게 가둬놓을 수만은 없는 일이었다.

저녁 수업 종료 벨이 울리자 선생님은 한숨을 푹 내쉬었다. 그 매서웠던 눈가에 눈물이 반짝였다. "집에 가!" 선생님이 말씀하셨다.

집으로 돌아가는 길에 우리는 자전거를 타지 않았다. 샤오예는 나와는 비교도 되지 않을 정도로 상심에 빠져, 보는 사람도 힘들만큼 울음을 멈추지 않았다.

나는 발걸음을 멈추고 말했다. "샤오예, 울지 마. 내가 더 많이 잃어버렸거든!"

순간 샤오예가 우뚝 멈춰 섰다. 그리고는 눈물을 닦고 자전거에 올라타더니 어둠 속으로 쌩하니 사라졌다.

그 주 주말, 샹펑은 내게 새로 산 MP3를 건네주며 샤오예에게 전해달라고 말했다.

나는 깜짝 놀라 물었다. "어디서 났어?"

샹펑은 입을 헤벌쭉 벌리고 웃으며 마냥 해맑은 표정을 지었다. 남회색 후드티의 모자를 뒤집어쓰고, 오른쪽 다리는 낡아 빠진 중고 자전거에 올려놓은 채.

그 후부터 우리는 점점 이상해졌다.

샤오예는 샹펑이 자신의 값비싼 자전거를 팔아 MP3를 사왔다는 사실을 알고 나서도 생각만큼 좋아하지 않았다. 게다가 매일 학교를 마치면 샹펑이 준 MP3를 귀에 꽂고, 그 누구보다 먼저 학교 밖으로 튀어나갔다. 마치 전장에 나가는 군인들의 선봉장이라도 된 것처럼 하교하는 학생들을 제치고 맨 앞에서 발걸음을 서둘렀다.

나와 샹펑은 영문도 모른 채 점점 멀어져 곧 어둠 속에 모습을 감추는 샤오예를 바라볼 수밖에 없었다.

나는 아무래도 샤오예의 세상에서 이미 쫓겨난 듯했다. 고백의 기회를 잃은 샹펑 역시 학교에 와서도 풀이 잔뜩 죽어 있었다. 그가 말했다. 매일 저녁 장난처럼 반복하던 그 고백이, 샤오예에게 다가갈 수 있는 유일한 방법이었다고.

2004년 크리스마스에도 나와 샹펑은 샤오예를 만날 수 없었다.

우리는 종종 학교 옥상에 갔다. 그곳에 있는 옥탑방은 우리가 하늘을 가장 가까이 볼 수 있는 장소였다. 우리는 그곳에서 담임은 왜 늘 짜증만 내는지, 샤오예는 언제쯤 예전처럼 돌아올 수 있을지 같은 이야기를 나눴다.

하지만 해답은 역시나 닿을 듯 닿을 수 없는 곳에 있는 듯했다. 마치 저 하늘처럼.

그 날 저녁, 나는 샹펑에게 물었다. "자신을 좋아하지 않는 사람을 좋아하는 느낌은 어떤 거야?"

샹펑이 가만히 미소 짓더니, 도통 알아들을 수 없는 말을 하기 시작했다.

"믿을지 모르겠지만, 그렇게 비싼 MP3도 언젠가는 고물이 돼서 박물관에서나 볼 수 있게 될 거야. 사람들은 그게 무슨 물건인지 알아보기 위해 두꺼운 사전을 뒤져야만 할 걸. 청춘도 똑같아. 지난 청춘은 사라지는 일밖에 남지 않아. 그래서 내가 박물관이 되려고 해."

그의 청춘은, 샤오예였다.

한겨울에 샤오예 없이 집에 가는 길은 멀게만 느껴졌다. 나와 샹펑은 이렇게 먼 길에 끝이 있긴 할까 싶은 생각이 들었다.

설 연휴엔 눈이 많이 내렸다. 펑펑 쏟아지는 눈송이에 길거리의 사람들과 차들은 모두 느릿느릿 거북이처럼 움직였다. 샤오예가 갑자기 우리 집으로 찾아왔다. 눈 때문에 다 젖어버린 얇은 신발을 신고, 소매에 검은 천을 덧댄 모습이 궁상맞아 보이는 두툼한 솜옷을 입고서.

샤오예의 눈은 빨갛게 충혈되고, 얼굴은 백지장처럼 하얗게 질려 있었다.

그녀는 나에게 왈칵 안겨 말했다. "아빠가 돌아가셨어."

난 들고 있던 컵을 떨어뜨렸다. 동시에 샤오예가 "으앙"하고 본격적으로 울기 시작했다.

내가 기억하는 한 그 날은 샤오예가 가장 심하게 운 날이었다. 그녀는 내 어깨에 얼굴을 묻고 처참하고도 매섭게 울었다. 마치 한겨울의 바람처럼.

나는 몇 달 전 그 날이 다시 떠올랐다. 샤오예가 교실에 앉아 어깨를 들썩이며 숨이 끊어질 듯 울던 그 날을.

샤오예는 그때 이미 아버지의 상태를 알고 있었던 것이다. 그래서 꽁꽁 싸매둔 800위안을 차디찬 병실에 누워계신 아버지 손에 쥐어주었던 것이다. 그 정도 액수로는 어림도 없다는 것을 알면서도.

유난히도 추웠던 그 해 겨울, 샹평은 검정색 정장 차림으로 샤오예 아버지의 장례식에 왔다. 그는 빳빳하게 다린 흰 와이셔츠를 단정히 차려입고 시종일관 조용했다. 검정색 정장이 멀대 같이 마르고 키가 큰 샹평에게 도무지 어울리지 않았다.

나는 샤오예의 팔을 부축하며 함께 관 주위를 돌았다. 샹평은 그런 우리의 뒤를 조용히 따라 걸었다.

몇 바퀴나 걸었는지 모르겠다. 친척 및 친구들이 하나 둘 떠나고 홀로 남은 샤오예가 바닥에 쓰러져 내렸다. 나와 샹평이 다가갔지만, 일으켜주지는 않았다. 우리 셋은 서로 부둥켜안고 울었다. 그 처절한 울음소리가 매서운 북풍을 뚫고 구름까지 닿을 듯했다.

겨울도 우리와 함께 울어주는 듯, 커다란 눈송이가 날리고 있었다.

그 일은 우리 셋 모두의 '시련'이었다. 샤오예의 보호자 중 한 명이 죽었다. 이제 그녀의 곁엔 그녀가 보살펴야만 하는 늙고 나약한 어머니뿐이다. 그래서인지 샤오예는 하룻밤 사이에 갑자기 성숙하고 강인한 여성이 되어버린 느낌이었다. 그리고 샹펑과 나는 그런 그녀의 모습에 점점 힘을 낼 수 있었다.

샤오예는 언제나 교실 맨 뒷줄에 앉아 칠판만 뚫어져라 쳐다보았다. 샹펑의 경우 공부는 누구보다 열심히 했지만 어쩐 일인지 아무리 애를 써도 등수는 늘 뒤에서 놀았다.

내 등수는 언제나 샤오예 다음이었다. 죽을 만큼 애를 써도 여전히 샤오예를 올려다보는 그 자리를 벗어날 수 없었다.

2005년 6월, 드디어 수능을 볼 때가 오고야 말았다. 한없이 가벼운 젊음의 자유를 만끽해야 할 우리의 청춘은 그렇게 잠식되어 갔다.

샹펑은 종종 무기력하게 중얼대곤 했다. 우리의 청춘을 정말 이렇게 보내야만 하는 걸까?

한 번 지나면 다시는 돌아오지 않는 그 소중한 청춘을 우리는 알 수 없는 기호들 속에 갈아 넣고 있는 느낌이었다. 그 낯설기만 한 기호와 공식들이 익숙해질 때까지 본다 한들 몇 년 지나지 않아 다 잊어버릴 걸 알면서도 말이다.

한 번 지나면 다시는 돌아오지 않는 그 소중한 청춘을 우리는 알 수 없는 기호들 속에 갈아 넣고 있는 느낌이었다. 그 낯설기만 한 기호와 공식들이 익숙해질 때까지 본다 한들 몇 년 지나지 않아 다 잊어버릴 걸 알면서도 말이다.

꼭 그래야만 하는 걸까?

수능에 실패한 사람들 사이에서 샹평은 고개를 들고 당당히 걸었다. 그는 아버지가 하시는 음식점을 물려받기로 되어 있었다. 우리 중 가장 먼저 사회생활을 하게 된 것이다. 샤오예와 함께 따뜻한 남쪽 지방에서 대학 생활을 하지 못한다는 것을 제외하면, 그는 그것을 딱히 실패라고 여기지 않았다.

대학생이 되기 전 마지막 여름방학 동안 셋이서 한 번 만난 적이 있다. 샤오예가 어머니와 함께 충칭 시에 있는 외할머니 댁으로 가게 된 것이다.

그녀는 떠나기 하루 전 나와 샹평을 학교 옥상으로 불러냈다.

당시 우리가 살던 곳은 빌딩숲이라곤 찾아볼 수 없는 작은 마을이어서 5층 높이의 옥상에서도 멀리서 뭉게뭉게 피어오르는 연기가 보일 정도였다.

샤오예는 이번에 가면 다시는 돌아오지 않을 거라고 말했다.

샹평과 나는 한참을 아무런 대답도 하지 않았다.

둥베이의 8월은 숨이 막히도록 습하고 더웠다. 샹평이 입고 있는 오렌지색 티셔츠가 땀으로 흥건하게 젖어 그의 몸에 척 달라붙어 있었다. 나는 그 모습이 마치 진 빠지게 울고 난 아이 같다고 생각했다.

우리는 옥상에서 오후 내내 시간을 보냈다. 태양이 이글거리던 하늘엔 어느새 먹구름이 잔뜩 껴있었다. 우리는 곰팡이 냄새에도 아랑

곳 않고 버려진 창고에 들어가 앉았다.

샤오예는 그 날 오후 내내 작정한 듯 끊임없이 주절댔다.

그녀는 뼛속까지 사무치는 냉기와 입만 열면 불어 들어오는 흙먼지가 있는 이곳의 겨울이 사실 싫지 않았다고 말했다. 우리 셋이 마주 불어오는 바람을 헤치며 자전거를 타고 집으로 돌아가던 그 길이, 그 시간이, 얼마나 좋았는지 모른다고.

나와 샤오예가 먼저 자리를 뜬 후, 샹평은 홀로 옥상에 남아 한참을 울었다고 한다.

누군가 말했다. 인생의 모든 이별은 더 좋은 만남을 위해서라고. 그렇다면 고향을 떠나 먼 곳으로 가버린 그의 청춘도 언젠간 더 좋은 모습으로 만날 수 있는 걸까? 샹평은 무척이나 궁금해졌다.

사람이 큰 시련을 겪고 나면 이 세상에 자신만 빼고 모든 것이 훌쩍 커버린 듯한 느낌이 든다. 그리곤 훌쩍 커버린 사람들의 얼굴에서 안쓰러움과 어색함, 그리고 다시는 돌이킬 수 없는 한때를 발견하게 된다.

내가 대학교로 떠나는 날, 샹평은 기차역까지 와서 날 배웅해 주었다. 9월의 둥베이는 서서히 추워질 준비를 하고 있었다. 샹평은 양손 가득 군것질거리를 챙겨와 내가 탈 침대칸의 초록색 커버 위에 올려놔주었다.

기차의 스피커에서는 "승객이 아니신 분들께서는 하차하여주시기 바랍니다."라는 안내가 끊임없이 흘러나왔다. 내 앞좌석의 모녀는 눈물의 이별을 하던 중이었다.

상평은 내 캐리어를 짐칸에 넣어준 후 앉아있는 내 머리를 쓰다듬으며 어른스럽게 말했다. “공부 열심히 해. 집 생각만 하지 말고.”

나는 몸을 일으켰다. 눈물이 앞을 가렸다. “장사 열심히 해. 샤오예 생각만 하지 말고.”

기차가 천천히 움직이기 시작했다. 플랫폼에 선 상평이 주머니에서 담배를 꺼내 불을 붙인 후 한 모금 두 모금 피우는 어색한 모습이 서서히 멀어져갔다.

인생의 모든 이별은 정말 더 좋은 만남을 위한 걸까?

2005년 9월, 18살이던 우리에게는 오로지 젊음과 방황뿐이었다.

그 해 난 샤오예가 있는 충칭 시로부터 멀지 않은 창사 시에서 학교를 다니게 되었다. 북쪽의 작은 마을은 우리의 청춘 속 깊이 새겨진 과거가 되었다.

대학교를 다니는 4년 동안 나와 샤오예는 충칭 시에서 단 한 번 만남을 가졌다. 그녀에게는 돤화라고 하는 남자친구가 있었다. 멀대 같이 마르고 키가 크며 웃으면 눈가에 주름이 생기는 사람이었다.

우리는 충칭소면을 먹기 위해 번화가의 북적이는 인파 사이를 걸었다. 돤화는 줄곧 샤오예의 손을 잡고 놓지 않았다. 길 한편에서 한 초밥집 직원이 마스크를 쓴 채 전혀 알아들을 수 없는 말을 쏟아내며 목소리를 높이고 있었다.

그 모습을 본 순간 코끝이 시큰거렸다. 그해 겨울의 내 모습이 생각난 탓이었다. 난 그때 커다란 마스크를 쓰고 게슴츠레 뜬 눈으로 자전거를 운전하며 샤오예에게 물었었다. 샹펑을 벌써 몇 번째 거절하는 거야? 라고.

나는 샤오예에게 다가가 나직이 말했다. "샤오예, 나 이따가 오늘 밤 너희 외할머니집에 갈게."

샤오예의 가녀린 몸이 돤화의 손에 이끌려 인파 속으로 사라졌다. 고개를 들어 바라보니 저 멀리 돤화의 청회색 상의만 보였다. 그는 샤오예의 손을 잡고 멀리 멀리 가고 있었다. 그만큼 나와 샤오예의 과거도 점점 멀어지고 있었다.

충칭 시의 밤은 너무 더워 좀처럼 잠이 들 수 없었다. 나는 샤오예의 좁은 침대에 그녀와 딱 붙어 누웠다. 에어컨도 없이, 더운 바람을 일으키며 힘없이 돌아가는 선풍기 한 대에 의지한 채.

샤오예가 말했다. 너무 더워 잠이 오지 않을 때면 고향의 겨울을 떠올린다고. 두껍고 따뜻한 솜옷을 두르고 마스크를 쓴 채 후 하고 숨을 내쉬면, 온기는 금세 사라지고 축축해진 마스크 천에 자잘한 얼음이 얼곤 했었다.

내가 물었다. "진짜 다시는 안 돌아갈 거야?"

샤오예는 벽에 걸려있던 파우치에서 이어폰을 꺼내 한쪽을 내게 주고 다른 한쪽을 자신의 귀에 꽂았다. 감미로운 음악이 흘러나왔다. 샤오예는 눈을 감으며 말했다. "마음이 편해지면 저절로 시원해져."

창을 통해 쏟아지는 달빛 아래 샹평이 자전거와 맞바꿔 왔던 MP3가 슬쩍 보였다. 몸을 뒤척이던 샤오예의 뜨거운 팔뚝이 내 몸에 닿았다.

창사 시로 돌아온 이후, 그녀를 다시 만나지 않았다.

대학 졸업 후 난 여러 도시를 전전하다 마지막으로 고향에서 2천 킬로미터 떨어진 곳에 정착하게 되었다. 매해 설날이 되면 고향으로 돌아가 가족들과 친척들도 만나고 샹평의 가게에도 들른다.

15평이었던 샹평의 가게는 어느새 60평으로, 60평에서 다시 150평으로 변했다. 그는 언젠가 말한 대로 스스로 박물관이 되었다. 먼 곳으로 떠나버린 청춘을 묵묵히 기다리는.

누군가 말했다. 2012년의 어느 날 온 세상이 무너지고 세계 종말의 날이 올 거라고. 나는 그 해 한 통의 전화를 받았다. 샹평으로부터 걸려온 전화였다.

그는 엉엉 울며 말했다. "샤오예가 돌아온대. 돌아오겠대."

샤오예를 만났던 그 해, 충칭 시의 어느 작은 침대 위에서 샤오예는 내게 눈빛을 반짝이며 말했었다. "진심으로 돌아가고 싶어. 그때 그 겨울로…." 나와 샤오예가 눈발을 가르며 열심히 앞을 향해 자전거 페달을 밟으면, 그런 우리의 뒤를 샹평이 죽을힘을 다해 쫓는 그 겨울로. 그렇게 엎치락뒤치락하며 바람과 눈발을 뚫고 온기 가득한 집을 향해 달리고 또 달리는 그 겨울로.

수화기 너머 눈물을 줄줄 흘리고 있을 샹평의 얼굴이 보이는 듯했다.

세상이 망하기는커녕, 지금부터가 시작이다.

한참동안 이어진 대화를 끝내고 천천히 전화를 끊었다.

내 눈에도 기쁨의 눈물이 흘렀다. 그리고는 고요히 잠든 바깥세상을 향해 넌지시 인사를 건넸다. "잘 자."

우리 나중에 커서 결혼하자

9월 11일
㉠ 다이르창

난 철부지 어린아이, 넌 그런 나의 달콤한 사탕.

어른이 되면 반드시 널 데리러 갈게.

어쩌면 그 전에 사탕이 다른 사람 입 속에서 녹아내릴 수도 있겠지.

그 정돈 나도 알아.

오늘 밤,

안녕히.

모든 사람의 마음속엔 소꿉친구가 있다.
내 모든 걸 아낌없이 줄 수 있었던.
그게 사랑인지 우정인지는 중요치 않았다.

야외 촬영이 한창일 때 어머니의 전화를 받았다.

며칠 후면 고향에서 3년에 한 번 열리는 석가탄신일 행사가 있으니 집에 한번 내려오는 게 어떻겠냐고. 마침 소꿉친구인 원야의 청첩장도 받았다고 하시며 결혼식에 함께 가자 하시는 거다.

난 잠시 침묵하다 입을 열었다. "나 지금 베이징에서 휴일도 없이 일만 하고 있어."

어머니는 아쉬워하며 말씀하셨다. "그나저나 이상하다. 원야는 청첩장에 왜 빨간 우산을 든 사진을 넣었을까?"

그 말을 듣는 순간 난 온몸이 굳어버렸다.

유치원에 들어가기 전, 증명사진을 찍으러 어머니와 함께 '엄나무 사진관'에 갔던 날이 생각났다.

어릴 적 유난히 말썽쟁이였던 나는 그곳에 소품으로 있던 동물 모양 풍선들을 보이는 대로 건드리고 놀았다. 이를 보다 못한 주인아저씨가 자신의 딸을 불러 날 진정시키려 하셨는데, 그 아이가 바로 원야다.

내 옆에 앉은 원야는 말없이 날 안아주었다. 그 순간 난 마치 감전이라도 된 듯 순식간에 얌전해졌다.

그제야 아저씨는 셔터를 누를 수 있었다.

얼마 후 나는 사진관에 페인트칠을 하러 가는 아빠를 따라갔다가 그곳에서 약을 먹지 않으려고 생떼를 부리는 원야와 다시 만났다. 어릴 때부터 도우며 살아야 한다는 말을 듣고 자란 나는 그녀 대신 약을 전부 마셔버렸다. 깜짝 놀란 아저씨는 하는 수 없이 약을 하나 더 사오셨다. 난 이왕 도와주기 시작한 거 끝까지 책임지고 싶은 마음에 사진관 안에 있는 동물모양 복장을 하고 그녀 앞에서 재롱을 부렸다. 그제야 원야는 약을 먹었고, 나도 따라 반쯤은 더 먹은 것 같다. 생각해보면 참 황당한 일이다.

이 일을 계기로 단짝이 된 우리는 그 이후로 종종 작은 대나무 침대에 함께 누워 『도라에몽』을 보곤 했다.

초등학교에 입학 후 원야는 반장이 되었다. 반장이 하는 일이 늘 그렇듯 원야 역시 담임 선생님의 '앞잡이'가 되어 매일같이 떠드는 학생들 이름을 적곤 했다.

물론 내 이름이 적히는 일은 없었다. 게다가 그때부터 이미 난 원야를 좋아하고 있었다. 늘 이름이 적히는 아이는 따로 있었다. 우리 동네 비공식 말썽 왕, 느림보라는 녀석이었다.

느림보는 선생님께 귀를 꼬집혀 얼굴이 시뻘게진 채로 방과 후 원야를 괴롭히고는 했다.

나는 원야가 곤란해하는 게 보이면 총알처럼 달려갔는데, 이미 나보다 머리 하나는 더 큰 느림보를 이기기는 역부족이었다. 그래서 마지막엔 늘 내가 느림보의 바짓가랑이를 잡고 늘어지는 틈을 타 원야가 도망가는 것으로 끝이 났다.

그 날은 주말이었다. 원야에게 끌려가 소꿉놀이의 아빠 역할을 맡고 있었는데, 느림보가 친구 몇 명을 이끌고 와서는 우리가 정성스레 만들어놓은 물건을 망가뜨리는 것이었다. 원야는 곧바로 울음을 터뜨렸다.

나는 화가 머리끝까지 나 반격을 시작했다. 두 주먹을 꼭 쥐고 팔의 원심력을 이용해 힘껏 휘두르면, 그 엄청난 기세에 느림보는 감히 가까이 다가올 엄두도 내지 못했다. 하지만 그 권법이 먹히는 것도 잠시뿐, 난 얼마 지나지 않아 느림보의 앞에 얼굴을 박고 고꾸라졌다. 이미지 관리를 위해 그 다음에 벌어진 일은 생략하겠다.

아버지는 동네에서 유명한 페인트공이었다. 그래서 난 어렸을 때부터 중국의 도료에 대해 어깨 너머로 배운 것이 제법 많았다. 그래서 이를 이용해 쥐도 새도 모르게 위대한 복수의 전투를 감행하기로 마음먹었다.

나중에 커서 결혼하자 했었다. 하지만 우리는 헤어지고 말았다. 남과 북으로 멀리 멀리.

월요일 수업 시간이 되어 선생님의 '차렷'외침과 함께 인사를 하기 위해 자리에서 일어나는데, 어디선가 쫘악 하며 바지가 찢어지는 소리가 울려 퍼졌다. 접착 도료에 붙어 있던 느림보의 바지가 찢어진 것이다. 반 친구들은 적나라하게 드러난 느림보의 하얗고 토실토실한 엉덩이를 보면서 박장대소를 했다. 그 순간 느림보가 으앙 하고 울음을 터트렸다. 난 어린 마음에, 나보다 얼굴 하나는 더 큰 그 녀석이 울음을 터트려 조금 당황했지만, 원야의 웃는 얼굴을 보자 역시 골려주길 잘 했다는 생각이 들었다.

방과 후, 집으로 가는 길 냇가 다리 위에서 바지를 갈아입은 느림보가 날 기다리고 있는 모습이 보였다. 나는 그 길을 지나고 싶지 않아 하염없이 동네를 배회했다. 그런 나를 원야가 찾아내 사진관으로 데려갔다.

원야는 그녀가 아끼던 '귤모양 젤리'를 꺼냈다. 우리는 그걸 먹으며 『도라에몽』을 봤다. 당시는 컬러TV 방송을 시작한 지 얼마 안 된 시절이어서 도라에몽이 파란색인 걸 알게 되고는 얼마나 신났는지 모른다.

그렇게 TV를 보다 지쳐 잠든 우리가 깨어났을 땐 이미 다음 날 아침이었다. 어린아이들에게는 최고의 밤을 보낸 것이다. 그런데 돌연 원야가 울기 시작했다. 그리곤 이렇게 말했다. "남자랑 같이 자면 임심한댔어. 어떡해?"

난 당황할 수밖에 없었다. 그게 무슨 황당한 논리란 말인가? 난 그녀에게 임신을 하려면 잘 때 남자와 여자의 배꼽이 꼭 맞닿아야만 하는 거라고 친절히 설명해주었다.

원야는 일단 안심하는 듯했다. 하지만 그 이후부터 함께 누워 텔레비전을 볼 때 절대 가까이 붙어있지 않으려 했다. 뿐만 아니라 마주보고 앉을 때도 무조건 일 미터는 떨어져 있었다. 난 그렇게 내가 가질 뻔했던 소중한 기회들을 내 손으로 날려버리고 말았다.

그때 나와 원야는 종종 그녀 아버지의 사진기를 몰래 가지고 놀기도 했다. 그러다 아저씨에게 걸리면 아저씨는 화를 내시기는커녕 좀 더 크면 사진 찍는 방법을 가르쳐 주시겠다고 말씀하셨다. 그 순간 난 무림의 스승이 일생을 바쳐 연마했으나 그 혈통이 끊어진 학문을 전수받게 된 기분이 들었다.

당시는 구톈러(古天乐)가 나오는 드라마 『신조협려』가 열풍을 일으키고 있을 때라 우리는 틈만 나면 주제곡을 흥얼거리곤 했다. "그렇게 주저 없이 떠난 당신이 나의 오랜 슬픔이 되었네…." 그때 원야에게는 흰색 원피스가 한 벌 있었는데, 그 옷을 볼 때마다 내가 농담처럼 말했다. "널 '아가씨(신조협려에서 양과가 소용녀를 부르는 호칭 - 옮긴이)'라고 불러줄게!"

"좋아, 그럼 난 널 '일등대사(신조협려 등장인물 중 하나로, 천하제일의 실력을 가지고 있는 자 - 옮긴이)'라고 부를게!"

"아니지. 나는 '과아(신조협려에서 양과의 호칭 - 옮긴이)'라고 불러줘."

그렇게 무협물에 푹 빠져 있던 나는 느림보에게 괴롭힘을 당하는 현실까지 더해져 상상 속에서만큼은 엄청나게 날쌘 무사가 되어있었다.

곧 무사의 내공을 발휘할 수 있는 기회가 찾아왔다. 느림보 패거리가 고무줄놀이를 하고 있는 원야와 몇몇의 여자아이들을 괴롭힌 것이다.

당시 나는 정말로 내 움직임이 너무 빨라서 움직이기만 하면 주변 사람들이 다 나가떨어질 거라고 굳게 믿고 있었다.

그러나 나가떨어지는 건 나였다. 느림보 패거리가 있는 곳에 도착하자마 그들은 나를 땅바닥에 눕혀버렸다. 그 다음 벌어진 일은 생각만 해도 눈물이 난다.

하지만 무사에게 포기란 있을 수 없었다. 더군다나 원야가 보고 있지 않은가. 굴욕도 그런 굴욕이 없었다. 나는 하는 수 없이 강호의 법대로 처리하기로 마음먹었다. 그 길로 엄마한테 달려가 일러바친 것이다. 엄마는 나와 함께 느림보의 부모님께 찾아가 본인의 특기를 마음껏 발휘하셨다. 다름 아닌 '고래고래 소리 지르며 욕하기' 말이다. 결국 느림보 패거리들은 자기네 부모님들께 죽도록 매를 맞은 것으로 이 흥미로운 드라마는 막을 내리게 된다.

그 후 나는 자전거를 배우기 시작했다. 봉황표 까만색 세발 자전거였다.

보조바퀴를 떼고도 어느 정도 운전할 수 있게 되자마자 난 얼른 잘난 척이 하고 싶어 원야를 찾아갔다. 그러다 하필 그녀 코앞에서 미끄러지는 바람에 자전거 프레임에 내 소중한 거시기가 부딪히는 사고를 당하고 말았다. 깊은 곳에서부터 서서히 퍼지는 그 고통은 겪어보지 않은 사람은 절대 알 수 없을 것이다.

하지만 그 일을 계기로 더욱 열심히 연습한 나는 곧 매우 능숙하게 자전거를 탈 수 있게 되었다. 동시에 지금까지도 가슴 깊이 새기고 있는 일생의 깨달음을 얻었다. 바로 남자는 여자의 환심을 사기 위해서라면 못 할 일이 없다는 것.

그 후 나는 원야에게도 자전거 타는 법을 가르쳐 주었다. 그녀가 내게 존경의 눈빛을 보내올 때마다 나는 내가 글자를 창제해 이 나라의 문명사회를 이룩한 사람이라도 된 듯한 뿌듯함을 느끼곤 했다.

원야네 아버지는 자전거 연습을 마치고 돌아오는 우리들의 사진을 찍어주셨다. 당시 딱히 남녀관계라는 개념이 없던 우리는 자연스럽게 어깨에 손을 두르고 사진을 찍었다. 그리고 사진이 현상되면 원야는 그걸 자신의 침대 머리맡에 놓아두었다.

어느 날, 느림보 패거리들이 자전거를 끌고 내 앞을 가로막은 적이 있다.

내 뒤엔 원야가 앉아 있었다. 나는 속으로 생각했다. '흥, 네까짓게 내 상대가 될 줄 알고?'

난 핸들을 잡은 손에 힘을 주고, 발을 들어 올려 페달 밟을 준비를 한 후, 재빨리 차머리를 돌려 달리기 시작했다!

용나무에서 시작해 개천의 다리목까지 달리는 사이 그들은 내 뒤로 몇 미터나 뒤처져 있었다. 몸싸움에서 졌다고 여기서도 질 줄 알고? 내가 얼마나 똑똑한데.

하지만 인명은 재천이라던가. 다리를 거의 다 건넜을 무렵 방심하고 바닥에 있는 돌을 피하지 못하는 바람에 나와 원야는 땅바닥으로 넘어져 버렸다.

그 기회를 놓치지 않고 느림보 패거리는 우리를 둘러쌌다. 하지만 그 애의 다음 행동은 전혀 예상 밖이었다. 느림보는 누가 시키지도 않았는데 나를 부축해 일으켜 준 것이다.

사실은 이랬다. 느림보 패거리들도 자전거를 배워 옆 동네 아이들과 시합을 하곤 했는데 결과는 늘 비참했다. 게다가 시합에서 지면 그 대가로 삼국지 만화 카드까지 줘야 했다고 한다. 그러던 중 바람처럼 달리는 나의 자전거 운전 실력을 본 느림보가 내게 같이 시합에 나가자고 말하기 위해 찾아왔던 것이다.

하지만 나는 그의 스카웃 제의를 일언지하에 거절했다. 나처럼 정의로운 사람이 어떻게 그런 극악무도한 인간과 손을 잡는단 말인가?

그때 느림보가 말했다. "우리랑 같이 시합에 나가주면 삼국지 카드 10장 줄게."

그래서 내가 대답했다. "최소 15장은 줘야지."

느림보는 고개를 끄덕였다.

시합 당일 날씨는 맑고 청아했다. 우리는 용나무 아래에서 개천 다리목까지 달렸다. 당연히 내가 1등을 했다. 하지만 1등인 것보다 원야가 기뻐하는 모습에 난 바보처럼 헤헤거렸다.

나는 약속했던 삼국지 카드 대신 막대 사탕을 받았다.

아이들은 당황하는 눈치였다. 그 애들은 알 수 없을 것이다. 용나무 아래에 앉아 원야와 함께 막대 사탕을 먹으며 그 아이의 즐거워하는 얼굴을 보고 있으면 그 무엇도 욕심나지 않는다는 사실을.

그때, 한 쌍의 부부가 자전거를 탄 채 우리 곁을 지나갔다. 신랑은 운전을 하고, 그 뒤에 앉은 신부는 빨간 우산을 쓰고 있었다.

난 신부의 얼굴을 보며 생각했다. 원야도 나중에 크면 저렇게 예쁘겠지.

내가 말했다. "원야, 나중에 커서도 자전거 태워줄게."

원야가 물었다. "결혼하자는 뜻이야?"

난 가만히 고개를 끄덕이며 말했다. "그래, 나중에 커서 우리 결혼하자."

원야는 기쁜 듯 말했다. "좋아, 나도 빨간 우산을 쓰고 기다릴 테니, 꼭 데리러 와."

당시 너무 어렸던 우리에게 결혼이란 단순히 '즐거운 일' 그뿐이었다.

초등학교 졸업 전 학교에서 단체로 등산을 간 적이 있다. 하늘이 어두워질 준비를 하고 있을 무렵, 원야와 나는 길을 잃고 말았다.

내가 말했다. "걱정 마, 내가 있잖아. 내가 앞장서서 걸을게."

얼마 가지 않아 원야가 고개를 돌려 뒤에 있는 내게 말했다. "나 무서울까봐 앞장서서 걷겠다고 한 거 아니었어?"

멋쩍은 나는 그저 헤헤거리며 웃었다.

내가 한 걸음 물러선 이유는 모두 배우 린정잉(林正英)이 나오는 강시 영화 탓이었다.

나는 원야에게 겁쟁이 같은 모습을 보이고 싶지 않아서, 결국 계속 움직이지 말고 한 곳에 앉아 선생님을 기다리자고 말했다. 그게 더 어리석은 생각인 줄도 모르고.

날이 완전히 어두워질 때까지 선생님은 나타나지 않았다. 황량한 교외, 바람이 불고 벌레가 우는 그곳은 강시 영화의 단골 배경이었다.

내가 말했다. "갑자기 강시가 튀어나오면 어쩌지?"

그때까지만 해도 잘 참고 있던 원야는 내가 그 말을 하자마자 무서워하기 시작했다. 그래서 난 달래주는 데 또 바빠졌다.

어릴 때부터 유난히 똑똑한 어린이였던 난 금세 강시로부터 자신을 지킬 방법을 생각해냈다. "숨을 참은 다음에, 손가락을 깨물어 나오는 피로 부적을 써야 돼."

차마 깨물 수 없어 뾰족한 나뭇가지로 손을 찔렀더니, 정말로 피가 나왔다. 거기에 만약을 대비해 영화 속 린정잉 아저씨에게 배운 필살기까지 썼다. 바로 어린이의 오줌 말이다. 난 어디선가 천 쪼가리 두 개를 주워 와서 그 위에 오줌을 뿌렸다. 그 후 그걸로 코를 막았다. 그 지독한 냄새란….

나중에 우리를 발견하신 선생님들은 오줌 냄새 풀풀 풍기는 천 조각을 얼굴에 동여매고 있는 우리 모습에 눈이 휘둥그레지셨다.

중학교에 입학한 우리는 하얀색 셔츠를 입고 사진을 찍었다. 당시는 빠르게 도시화가 진행되던 시기라 동네엔 점점 페인트공이 필요하지 않게 되었다. 그래서 아버지는 장자커우로 가서 욕실 설비를 판매하시는 일을 시작하셨다.

하루는 방과 후 원야와 함께 집에 가는데, 뒤에서 친구들이 원야가 네 아내냐며 놀려댔다. 그때 난 원야가 몹시 언짢아하는 표정을 짓는 것을 보았다. 날이 갈수록 소문은 부풀려졌고, 결국 원야는 나와 함께 집에 가는 것을 최대한 피하게 되었다.

중학교 시절엔 누구나 그렇게 바보 같기 마련이다. 원야를 향한 내 마음은 늘 확고했지만, 자칫 선을 넘어 친구도 되지 못할까봐 겁이 났던 것이다. 그래서 난 더 이상 그녀를 데리러 가지 않았고, 만나는 횟수도 점점 줄었다.

그 후 다시 만난 건 닭다리 녀석이 사이다를 사주며 원야에게 보낼 러브레터를 대신 써달라고 해서였다.

사실 처음엔 러브레터를 핑계로 원야에게 다시 다가가려는 마음이었다. 하지만 내가 써준 러브레터를 들고 원야에게 들이대는 닭다리 녀석과, 그 러브레터를 받아 드는 원야의 모습을 보게 되었다.

그때 난 '만약 저 러브레터를 주는 사람이 나였으면 얼마나 좋을까' 하고 생각했다. 그러나 세상에 그렇게 많은 '만약'이 있을 리 없었다. 오직 그렇게 많은 '그러나'만 있을 뿐이었다.

그러던 어느 날, 방과 후 함께 하교하는 닭다리와 원야의 모습을 보았다. 그제야 난 알게 되었다. 닭다리가 요즘 내게 사이다를 안 사 주는 이유를.

하지만 2주도 지나지 않아 닭다리는 사이다 세 병을 내 책상 위에 올려놓았다.

난 거절했다. 사이다를 아무리 갖다 바쳐도 더 이상 써주지 않을 거라고.

하지만 그 녀석은 러브레터를 써달라는 게 아니라고 말했다.

내가 물었다. "그럼 뭣 때문에?"

그가 말했다. "본격적으로 '작업' 걸게 도와줘."

난 할 말을 잃었다….

그는 '작업'을 위해 사진관에 함께 가자고 했다. 자기 혼자 사진관에 갔다간 분명 원야 아버지께 쫓겨날 거라면서. 난 어릴 적부터 사진관에서 살다시피 했으니 나와 함께 가면 의심받을 일도 없고 정정당당히 원야와 이야기를 나눌 수도 있다고 생각한 모양이다.

세상에, 이건 그야말로 작업 추진위원회라도 만들자는 것 아닌가.

하지만 당시 난 단순히 나의 짝사랑은 내 문제일 뿐, 친구의 사랑까지 반대할 수는 없는 거라고 생각했다. 다 같이 모여 즐겁게 놀고 질투는 하지 말자고 말이다. 지금 돌이켜 생각해보면 그건 그저 비굴했던 것뿐이다. 짝사랑 중인 모든 사람들이 그렇듯이.

그 비굴의 결과로 닭다리와 원야는 방 안에서 함께 놀 수 있게 되었다. 닭다리는 작정하고 재미있는 이야기를 백 개쯤 준비해 와 끊임없이 떠들었다. 난 자연히 한쪽에 홀로 남겨졌다.

중학교 2학년 원야의 생일을 앞둔 어느 날, 닭다리가 도움을 요청했다. 원야를 깜짝 놀라게 해줄 좋은 방법이 없냐는 거였다. 나는 아침 조회시간의 교내방송을 공략해보라고 말했다. 선생님들 및 전교생들 앞에서 대담하게 축하해주라고.

닭다리는 입꼬리를 실룩거리며 말했다. 좋아, 확실히 밀어줘야 한다, 내 존재를 확실히 각인시킬 수 있도록!

닭다리가 진지하게 받아들인 것 같아 나는 얼른 다른 아이디어를 주었다. 그러다 얼떨결에 역할 분담까지 하게 되었다. 제기랄. 그렇게 나는 폭죽을 담당하게 되었고, 그 녀석은 선물을 준비했다.

그날 저녁, 닭다리는 원야에게 줄 도라에몽 인형을 들고 그녀를 기다리고 있었다. 나는 운동장 한쪽에 숨어 폭죽을 터뜨렸다. 그리고는 막 도망가려는 찰나 누군가에게 잡혀 바닥으로 고꾸라지고 말았다. 고개를 돌려 보니 이런, 경비아저씨였다.

보아하니 원야의 상황은 나보다 더 나쁜 듯했다. 그녀와 닭다리와의 '연애 소동'은 집안 식구들 귀에까지 들어갔고, 엄마에게 '외출 금지' 명령을 받은 것이다.

그 소식을 들은 나는 어쩐지 우쭐한 기분이 들었다. 고백 이벤트가 성공하지 않아 천만 다행이라고 생각했다. 그렇지 않으면 난 다시는 그 사진관에 갈 수 없었을 테니까.

이것만은 묻고 싶었다. 닭다리 녀석이 고백하면 정말 받아들일 건지.

하지만 질문을 하기도 전에 그녀의 침대 머리 맡 우리가 함께 찍은 사진이 있던 자리를 도라에몽 인형이 대신하고 있는 모습을 보게 되었다. 난 얼른 하려던 말을 삼켰다.

정말이지 바보 같은 질문을 할 뻔했다.

중3 겨울방학 때, 닭다리는 부모님 몰래 원야를 데리고 나와 달라고 내게 부탁했다.

처음엔 물론 거절했다. 하지만 닭다리가 자신은 원야만큼 공부를 잘 하지 못해서 같은 학교에 진학하는 건 힘들 것 같다며, 그동안의 우정을 생각해 마지막으로 한 번만 도와달라고 말하는 것이었다. 그렇게까지 말하는 닭다리 앞에서 나는 어쩔 수 없이 고개를 끄덕였다.

그날 나는 자전거를 끌고 사진관으로 향하는 길목에 서서 원야를 기다렸다. 한참 후 원야가 나오자, 닭다리는 얼른 자신의 스쿠터에 그녀를 태우고 달리기 시작했다.

닭다리의 운전 실력은 형편없었다. 경쟁력이라곤 조금도 없어 보였다.

그런데 원야를 태운 닭다리가 별안간 엄청난 속도를 내기 시작했다. 자전거를 타고 그 뒤를 따라가고 있던 난 숨이 턱까지 차오르기 시작했다. 결국 얼마 가지 않아 그들을 놓쳐버리고 말았다.

나는 그들을 논두렁까지 가서야 간신히 찾았다. 닭다리는 나에게 사진을 찍어달라고 했다. 그 후엔 또 잔뜩 준비해 온 재미있는 우스갯소리를 끊임없이 떠들었다. 난 또다시 한구석에서 혼자 사진을 찍으며 놀았다. 잊을 만하면 찾아오는 둘 사이의 어색한 기류에 눈물이 다 날 지경이었다.

고등학교 개학이 시작되기 전, 칠월 칠석이었다.

저녁에 원야 어머니로부터 원야를 찾는 전화가 걸려왔다.

나는 당황할 수밖에 없었다. 원야는 우리 집에 온 적이 없기 때문이다. 보아하니 거짓말을 한 듯했다.

그래서 난 어쩔 수 없이 원야가 이곳에 있다고 둘러댔다.

그러자 아주머니는 원야를 바꿔 달라 하셨다.

나는 눈앞이 캄캄했다. 언젠간 이런 일이 생길 줄 알았다니까….

어서 닭다리와 함께 있을 게 뻔한 원야를 불러와야겠다는 생각이 들었다. 원야의 거짓말을 둘러 대주려던 게 결국 이런 꼴이 되어버린 것이다. 제기랄!

나중에야 알게 되었다. 실은 원야가 닭다리 녀석과 데이트를 하러 가면서 어머니께 우리 집에 간다고 말한 사실을.

우리는 얼른 모여 원야를 사진관으로 가는 길목까지 데려다 주었다. 닭다리가 스쿠터를 세웠다. 원야는 내 자전거 뒷자리로 옮겨 앉았다. 정말이지 오랜만에 원야를 태우는 것이었다.

고작 십 미터 남짓 되는 그 길에서 나는 아주 아주 천천히 자전거를 몰았다. 유독 고요한 밤이었다. 그녀의 숨소리마저 들릴 만큼.

집으로 돌아가려는데, 원야의 아버지가 나를 불러 세웠다.

고등학교에 가면 만나기 힘들 텐데 기념으로 사진 한 장 찍어주시겠다는 것이었다.

실은 막 고입 시험을 치른 후, 아버지가 장자커우에 욕실 설비 판매점을 운영하시게 되어 우리 가족이 전부 이사를 가게 되었다. 그래서 나는 그녀와 같은 고등학교를 다닐 수 없었다.

사진을 찍을 때 나는 차마 그녀의 손을 잡지 못했다. 아저씨는 렌즈를 보시며 말씀하셨다. 원야, 르창에게 팔짱을 끼는 게 어떠니?

그 말을 듣고 나는 왠지 모르게 행복했다. 마치 아저씨가 우리 둘의 결혼사진을 찍어주시는 것 같았다.

그땐 그것이 마지막 사진이 될 거라곤 생각지도 못했다.

집으로 돌아갈 때 원야가 문 앞까지 배웅해주었다.

그리곤 뜬금없이 물었다. "우리 다시 만날 수 있을까?"

나는 웃으며 말했다. "물론이지. 약속했잖아, 언제 어디든 네가 빨간 우산만 들고 있으면 내가 데리러 가겠다고."

원야가 피식 웃었다. "어릴 때 한 소릴 아직도 기억하고 있니?"

내가 말했다. "응, 영원히 기억할 거야."

고향을 떠나던 그 날은 마침 '푸두제(普渡节; 민난 지역(타이완을 포함한 푸젠 성 남쪽 지역)에서만 지내는 민간 종교 문화 활동. 음력 7월 1일부터 한 달 간 조상들에게 제를 올리는 각종 행사를 진행한다. - 옮긴이)'였다. 나는 우체국으로 가 그동안 몰래 숨어서 찍었던 원야의 사진을 전부 익명으로 그녀에게 보냈다.

기차가 움직이고, 나는 저 멀리 움직이는 퍼레이드 행렬을 물끄러미 바라보았다. 냇가를 따라 꽃이 만개해 있었다.

어릴 적 원야의 손을 잡고 그곳을 걸으며, 어른이 되면 결혼하자고 했던 말이 떠올랐다. 언젠가 자전거 뒤에 원야를 태우고 신나게 달리던 것도 생각이 났다.

그렇게 우리는 헤어졌다. 나는 북쪽으로, 그녀는 여전히 남쪽에서, 주고받는 편지 속에 진짜 속마음은 차마 담지 못한 채….

몇 년 만에 고향에 온 나는 제일 먼저 그녀의 사진관을 찾았다.

디지털 카메라가 보편화된 탓에 사람들의 발길이 뜸해진 사진관 앞에는 어릴 적부터 나와 원야가 함께 찍은 사진이 나란히 진열되어 있었다. 유치원 때 그녀가 날 안아주던 사진부터 고입 시험 후 팔짱을 끼고 찍은 사진까지…, 순간 얼마나 감동적이었는지 모른다.

그때, 아주머니가 원야의 이름을 부르는 소리가 들렸다. 왠지 모르겠지만 나는 마치 그 시절 어린아이로 돌아간 듯 재빨리 몸을 숨겼다. 어쩌면, 시간이 흘러 변해버린 서로를 만난 그 순간의 감정을 어떻게 전해야 하나 알 수 없어서 그랬는지도 모르겠다.

저녁엔 닭다리 녀석을 만나 술을 마셨다. 원야와 결혼할 사람이 그 녀석이 아니라는 사실에 나는 잠시 놀랐다.

닭다리는 술을 마시며 원야에 대한 이야기를 아주 많이 들려주었다.

중2 원야의 생일날, 불꽃놀이가 끝나고 준비해 온 도라에몽 인형을 주려는데, 이 녀석이 너무 긴장한 나머지 내가 대신 전해 달라 했었다는 것이었다.

그 말을 들은 나는 너무나 당황스러웠다.

또한 그때 둘은 사귀던 게 아니었다고도 말했다. 그냥 다 같이 어울려 논 것뿐이라고. 게다가 그는 원야가 자신보다 나한테 더 관심이 있다고 생각했단다. 같이 사진 찍으러 나갔던 건 나와 함께 사진 찍을 핑계를 만들어주기 위함이었다고. 칠월칠석날 그녀를 불러냈던 것도 함께 우리 집에 오려 했다는 것이었다.

세상에. 그 모든 사실을 듣고 난 어떤 말을 해야 할지 알 수가 없었다. 그저 닭다리 녀석에게 한 방 먹여주고만 싶었다. 그 전에 내 자신에게 먼저 한 방 먹이고 싶었다.

닭다리는 '푸두제'날 이야기까지 털어놓았다. 사실 그날 원야는 나를 마지막으로 보기 위해 수업까지 땡땡이 쳤다고 한다. 닭다리는 그녀를 내게 데려다주기 위해 퍼레이드 행렬 속을 미친 듯이 달렸지만, 사람이 너무 많아 원야가 소리를 질러도 결국 내가 탄 기차를 따라잡을 수 없었던 것이다. 집으로 돌아가는 길, 원야는 한참을 울었다고 한다.

여기까지 들은 내 눈가도 젖어들었다.

닭다리 녀석이 말했다. "뭐야, 울어?"

내가 대답했다. "아니야, 사레들려서 그래."

닭다리는 내 어깨를 툭툭 두드리며 말했다. "여기 술과 친구가 있잖은가. 이별의 슬픔일랑 털어버리고 밤새 술이나 들이키세.(북송 시기의 문학가 소식(苏轼)의 남향자(南乡子)라는 시 중 한 구절 - 옮긴이)"

하하, 이건 내가 지어낸 대사다. 닭다리가 그렇게 문학적인 녀석은 아니다. 그는 사실 이렇게 말했다. "야, 갈 사람은 가라고 해. 오늘 죽을 때까지 마시는 거야."

결혼행진곡이 울려 퍼지고, 신랑의 손을 잡은 원야가 걸어 나왔다.

그것은 내가 어른이 돼서 처음으로 보는 원야의 얼굴이었다. 어린 시절 훔쳐보았던 옆모습이 그대로 남아있었다. 원야는 구름 한 점 없는 하늘처럼 아름다웠고, 그만큼 멀리 있었다.

그 순간, 슬라이드 영사기에 사진이 띄워졌다. 웨딩 사진이 아니었다. 어린 시절부터 지금까지 원야의 모습을 담은 사진이었다. 자세히 보니 그 사진은 모두 내가 찍은 것이었다. 추억이 가득한 장면들이

차곡차곡 뇌리에 박혔다. 내 눈엔 어느새 눈물이 고였다.

그때, 닭다리가 내 어깨를 두드리며 눈물을 닦으라고 테이블에 있던 냅킨을 건네주었다. 거기엔 우산을 들고 있는 원야의 모습과 함께 이렇게 쓰여 있었다. 나중에 커서 우리 결혼하자.

그 글귀를 보자마자 난 무작정 무대 위로 뛰쳐 올라갔다.

그 순간만큼은 난 그 시절, 냇가에서 놀던 순수한 소년이었다. 소년은 그녀의 손을 잡고 드넓은 논밭을 뛰어다니고, 그녀의 옆모습을 훔쳐보며 노을 지는 논밭의 풍경만큼이나 아름답다고 생각했었다. 그리고 온 마을을 행복하게 만들어주던 벼 냄새가 나던 그녀를 좋아했다.

예전엔 자신의 어린 시절 이야기를 즐겨 하시는 어른들을 도무지 이해할 수가 없었다. 하지만 나 역시 나이가 들수록 옛 일이 그리워졌다. 그리곤 마침내 어른들을 이해할 수 있게 되었다. 그들이 그리워한 건 그 시절의 천진난만함이라는 것을. 대가를 바라는 마음 없이 베풀 줄 알고, 사랑이든 우정이든 그저 상대방을 즐겁게 해주는 일이라면 무엇이든 할 수 있었던 그 시절이라는 것을.

그렇다. 누구나 마음속엔 소꿉친구가 있다.

우리는 그 친구와 한평생 함께할 수도, 도중에 헤어질 수도 있다. 만약 두 손 꼭 잡고 함께 늙어갈 수 있다면 인생의 가장 큰 행복일 테고, 인연이 그리 길지 않다 해도 그들과 함께 하며 성장할 수 있었음에 여전히 감사한 일이다.

지나간 그 시절을 그리워하며 마음 아파할 필요 없을지도 모른다. 오랜 헤어짐 후 다시 만나면 그 또한 행복이요, 그렇지 못하다면 우리의 숨바꼭질이 아직 끝나지 않은 탓이다. 우리는 영원히 찾아가는 과정 중에 있는 것이다. 다시 만날 그 순간의 행복을….

누구나 마음속엔 소꿉친구가 있다. 우리는 그 친구와 한평생 함께할 수도, 도중에 헤어질 수도 있다. 만약 두 손 꼭 잡고 함께 늙어갈 수 있다면 인생의 가장 큰 행복일 테고, 인연이 그리 길지 않다 해도 그들과 함께 하며 성장할 수 있었음에 여전히 감사한 일이다.

영원히
순수한 사람

6 월 9 일
㉠ 리 샹 룽

살면서 꼭 무언가가 되지 않아도 괜찮아요.
성공이란 깃발을 짊어지고 자신을 학대할 필요는 더욱 없죠.
스스로가 정한 방향으로 한 걸음씩 나아가면 그뿐.
멈출 곳은 당신만이 정할 수 있어요.
어디에서 멈추든 그곳이 당신의 배경이 되어줄 거예요.

오늘 밤,
안녕히.

세월이 잔인한 이유는
오랜 세월에 걸친 연륜이 얼굴에 고스란히 드러나기 때문이요,
그 사이 느낀 복잡다단한 심정이 고스란히 마음에 남겨지기 때문이다.
그래서 난 영원히 순수한 사람이고 싶다.

때론 누군가의 마음에 들기 위해 쓰는 이야기가 아니라, 그저 펜을 움직여 소소한 일상을 기록하면 그만인 이야기가 있다.

야속하기만 한 세월의 흐름 앞에 강산은 의구하나 인간은 성장하고 또 변해간다. 순수란 본래 성장 후에는 누리기 힘든 사치품 같은 것이다. 만약 누군가가 "난 평생 순수했어."라고 말한다면 그걸 곧이곧대로 믿을 사람은 극히 드물다. 하지만 그건 오히려 그 많은 사람들이 이미 순수를 잃었다는 뜻일 뿐이다.

1.

아주 오래 전, 나는 인터넷에서 대학생들을 상대로 '밤마다 영어 공부' 프로젝트를 실시한 적이 있다.

30일 동안 무슨 일이 있어도 밤마다 15분씩 영어 공부를 하자는 프로젝트였다. 수업은 무료였다. 게다가 30일 동안 꾸준히 출석한 학생에게는 추첨을 통해 장학증서를 주기로 했다.

나의 불타는 열정 덕분인지 접속자 수는 꾸준히 증가했다. 하지만 끝까지 이어나가는 학생은 점점 줄어들었다.

사실 그게 세상의 본질일지도 모른다. 많은 사람들이 어떤 일을 시작할 때 처음에만 열심히 하다 금세 질려 포기해 버리고는, 본인은 열심히 했는데 결과가 나쁘다고 생각한다. 정작 결과가 좋은 사람들은 오히려 자신이 그다지 열심히 했다고 여기지 않는데 말이다.

끈기란, 일부 사람들이 획득한 특허권이다.

첫 날 가득 찼던 강의실이 마지막 날에는 몇 명밖에 남아 있지 않는 경우를 흔히 본다. 앞서 언급한 프로젝트에서도 역시 약속한 장학증서 때문에 너무 많은 사람들이 남아있을까봐 걱정했지만 그건 기우일 뿐이었다. 남아있는 사람 전원에게 추첨도 필요 없이 장학증서를 줄 수 있었다.

화평은 그때 30일을 끝까지 채운 몇 안 되는 사람 중 한 명이다.

끈기란 매우 고통스러운 일이다. 주변에서 일어나는 어떤 일이든 핑계거리로 삼으려면 밑도 끝도 없기 때문이다. 이를 테면 친구 생일이라든가, 한밤중에 생긴 술자리, 아니면 오늘따라 마음에 들지 않는 날씨 등이 모두 그럴듯한 핑계이다.

30일째 되던 날 나는 장학증서를 나눠주기 위해 명단을 정리하다가, 화평이 스터디 그룹 전체를 묵묵히 끌어왔음을 발견했다. 그 그룹 안에 있는 사람들은 모두 화평과 함께 30일을 끈기 있게 채운 것이다.

그렇게 화평과 팅팅—현재 그의 여자친구다—은 만나게 되었다.

두 사람은 각각 다른 도시에 살고 있었지만, 같은 목표를 가지고 있다 보니 이야기를 나눌 기회가 많았다. 그렇게 점점 가까워지다 마침내 사랑의 불꽃이 불타오르게 된 것이다. 둘은 인터넷상에서 서로 선물을 주고받고 책을 읽고 감상을 나누는 등의 연애를 했다. 또한 상대방과 함께 목표를 정하고 전심전력으로 함께했다. 그렇게 장거리 연애를 하는 1년 동안 두 사람이 실제로 만난 건 두 번밖에 없었지만, 매일같이 편지를 쓰고 문자를 보내는 등 늘 사이가 좋았다.

사실 언제부턴가 우리는 사랑이란 이토록 간단한 것임을 잊고 살고 있다. 서로의 가정 형편이나 수입, 외모 따위를 따질 필요 없이, 공통된 하나의 목표를 위해 함께 힘을 내는 것만으로도 충분한데 말이다.

어느 날 팅팅이 화평에게 물었다. "룽 선생님 기억나지?"

화평이 말했다. "물론이지, 우리의 중매인이잖아!"

"요즘 전국 순회강연 하신대. 너도 한 번 가보는 게 어때? 우리가 선생님과 직접 만난 적은 없잖아. 네가 선생님을 만나 직접 우리가 그 이후로도 1년 동안 사귀고 있다고 말씀드리는 거야."

모니터 너머 먼 곳에서, 화평이 화면을 보며 고개를 끄덕였다. 그리곤 곧바로 웨이보를 통해 내게 연락을 해왔다. "룽 선생님, 우시 시에도 와주실 수 있나요?"

2.

그 시기에 내 일정은 매일같이 가득 차있었다. 낮에는 출판 기념 사인회를 하고, 저녁에는 수업을 했다. 어쩌다 짬이 나면 대본을 쓰기에 바빴다.

화평의 메시지를 본 건 막 베이징에 돌아온 직후였다. 피곤함에 금방이라도 쓰러질 것 같아 난 메시지를 보고도 바로 답장을 할 수 없었다. 그 역시 대답을 독촉하지는 않았다.

며칠 후, 일을 마친 직후였다. 썩 깔끔하지 않은 체육복과 운동화 차림의 짧은 머리 남학생이 쭈뼛쭈뼛 다가와 말했다. "룽 선생님, 전 화평이라고 해요. 저희 우시 시에 강연하러 와주실 수 있나요?"

살다 보면 한 번쯤 너무나 고마워서 차마 거절하지 못하는 일이 생기곤 한다. 충분히 거절할 수 있음에도, 홀로 베이징까지 날 찾아온 그 열정에 내 열정도 움직이고 말았다.

그의 말을 듣고 조금 놀라웠던 난 그에게 물었다. "그래서, 여기까지 온 게 여자친구가 한 그 한 마디 때문이란 거예요?"

그가 말했다. "아니요, 우리 둘의 꿈을 위해서요."

그 대답이 얼마나 감동적이던지. 언제부터인가 우리는 이토록 순수한 사랑의 감정, 나에게 꼭 맞는 사람을 만난 느낌을 잊고 살고 있는 것 같았다.

많은 사람들이 저울의 왼쪽엔 남자의 사회적 지위, 오른쪽엔 여자의 외모를 올려놓고 재보는 게 사랑이라고 생각하곤 한다. 그

강산은 의구하나 인간은 성장하고 또 변해간다. 순수란 성장 후에는 누리기 힘든 사치품 같은 것은 아닐까?

러는 동안 사랑은 물물교환이 아님을, 마음과 마음 사이의 교류임을 점점 잊게 되는 것이다. 학창 시절 함께 머리 맞대고 공부하며 같은 목표를 위해 노력하던 지난날을 그리워하는 것은, 그만큼 순수하게 서로를 믿는 것이 더 이상 쉽지 않음을 알게 되어서일까.

3.

우시 시에 도착했을 때는 아직 이른 새벽이었다.

나는 피곤으로 붉게 충혈된 눈을 한 채 비행기에서 내렸다. 공항에는 나보다 더 충혈된 눈을 한 화평이 일찌감치 나와 우리를 기다리고 있었다. 우리는 반가움의 포옹을 나눴다.

"정말 오실 수 있을 줄은 몰랐어요." 그렇게 말하는 화평의 눈이 감동과 희망으로 반짝반짝 빛을 내고 있었다.

내가 말했다. "나만 온 게 아니에요. 조금 있다가 한 사람 더 올 거예요."

순간 화평의 눈이 커졌다. "누구요?"

나는 대답하지 않았다. 그대로 한 시간쯤 흐른 후, 기차역에 나의 누나가 내렸다. 난징 시에 출장을 왔다가 마침 시간이 비어 서둘러 온 것이다. 내가 말했다. "이왕 하기로 한 거, 더 크고 더 멋있고 더 볼 만하게 해야지."

화평의 웃는 얼굴은 귀여웠다. 눈에 생기가 넘쳤다.

그날, 우시 직업학원과 장난대학교 두 곳에서 한 강연은 매우 성공적이었다. 현장은 빈자리 없이 가득 찼고, 학생들의 얼굴엔 웃음이 떠나지 않았다. 하지만 고개 돌려 화평을 보자 그는 전혀 웃고 있지 않았다. 오히려 눈에 눈물이 가득 고여 있었다.

그것은 목표를 달성한 후의 감동이었다. 아쉬운 게 있다면 멀리 떨어져 있는 팅팅은 함께 하지 못했다는 것이다. 화평은 핸드폰을 꺼내 스피커폰으로 팅팅이 있는 그곳에 내 목소리를 전해주고 있었다. 그 모습은 마치 그와 그녀가 줄곧 함께 있는 것 같은 느낌을 들게 했다. 그는 그녀의 어깨를 감싸고, 그녀는 그의 품에 안겨 그렇게 함께 내 목소리를 듣고 있는 모습이 그려졌다.

강연이 끝난 후 화평은 핸드폰을 내밀었다. "선생님, 팅팅이 전화받기 부끄럽대요. 선생님이 먼저 뭐라고 말씀 좀 해주세요."

난 전화를 받아들고 딱 네 글자만 말했다. "힘 내세요."

수화기 저편에서는 오래도록 아무런 대답이 없었다.

화평이 전화를 받자 수화기에서 우는 소리가 들렸다. 잠시 후, 그의 얼굴에 미소가 떠올랐다.

4.

어떤 이벤트를 조직하고 이를 준비하는 것이 얼마나 어려운지 나는 잘 알고 있다. 특히 아직 권위가 부족한 학생 신분일 경우, 학교에 공익적인 일을 위해 외부 인사를 초빙하려고 교수님들의 허락을 받는 것조차도 보통 일이 아니다.

이제껏 가 본 많은 곳들의 학생회 간부들도 어려움이 많았다. 경비를 신청하고 교실을 빌리는 일 등이 좀처럼 쉽게 되지 않는다며 불평불만을 쏟아놓았다. 그리고 이 학생들의 대부분은 명문대 학생들이었다.

그러나 전문대 학생인 화평은 혈혈단신으로 날 찾아와 두 곳의 학교에서 성공적인 강연을 하게 만들었다.

그날 식사를 하며 내가 물었다. "학생회 활동 하고 있어요?"

그가 말했다. "아니요."

"그럼 혼자 어떻게 두 곳에서나 허락을 받았어요?"

"우리 학교에서는 학생회 임원들을 통해서만 일을 처리하려고 해서 일단 학생회와 이야기했어요. 그 다음에 교수님을 찾아가고, 강의실을 빌리고, 포스터를 만들어 홍보한 게 전부예요."

나는 계속해서 물었다. "그럼 두 번째 학교는 어떻게 한 거죠?"

그가 대답했다. "예전에 그 학교 수업을 청강하러 가서 교수님 한 분을 알게 됐어요. 이번에 실례를 무릅쓰고 전화를 드렸더니, 허락해 주셨죠."

그는 별 일 아니라는 듯 대답했다. 하지만 이런 일을 진행해 본 사람이라면 알 것이다. 별 일 아닌 것처럼 보이는 이 몇 마디 속에 섞인 눈물겨운 노력을.

학생회를 찾아가 협조를 구하고, 교수님을 설득하고, 강의실을 빌리고 포스터를 만들어 홍보하고…. 얼핏 보면 간단해 보이는 이 모든 일들을 혼자서 하려면 보통 어려운 게 아니었을 것이다. 일개 청강하러 온 타학교 학생의 무엇을 믿고 선뜻 도움을 주겠는가?

나는 도무지 영문을 알 수 없었다. 그래서 조금은 저급한 질문을 던졌다. "솔직히 말해 봐요. 내 강연을 개최하고, 식사 대접에 선물까지, 총 얼마나 썼어요?"

화평은 깜짝 놀라 마치 외계인 보듯 날 쳐다봤다. "선생님, 저 돈 하나도 안 썼어요!"

5.

다음 날 나는 드디어 정답을 찾았다. 그 날은 인터넷 강의가 있어 조용하면서도 인터넷 속도가 빠른 장소를 찾고 있었다.

화평과 나는 스쿠터 대여점으로 향했다. 화평이 가게에 들어가 친근한 듯 장 사장이라는 사람을 부르자, 그가 나와 금세 스쿠터 두 대를 빌려주었다. 알고 보니 몇 달 전 화평이 그의 차를 수리해준 적이 있다고 한다.

그 다음에는 식당에 가서 밥을 먹었다. 마침 주말이라 식당 안은 한산했다. 화평은 바오즈(밀가루 반죽 속에 고기나 야채 등의 소를 넣어 찐 음식 - 옮긴이) 두 개를 사 와 내 손에 쥐어주었다. 바오즈 가게 사장이 친절하게 말을 걸었다. "화평, 친구와 함께 왔구나? 그럼 두 개 더 가져가렴."

화평은 웃으며 말했다. "괜찮아요, 이모. 몸은 좀 나아지셨어요?"

"많이 좋아졌어. 매일 같이 말동무 해줘서 정말 고맙다."

아침 식사를 마친 후 물을 사러 가서도 그는 습관처럼 가게 주인에게 말을 걸었다. "요즘 가게 잘 되시죠? 삼촌은요?"

그 후로도 우리는 경비원, 숙소 관리인, 가게 점원, 경찰 등을 만났다. 그리고 화평은 그 모든 사람들에게 순수한 눈망울과 웃는 얼굴로 인사를 건넸다. 그 모습에 난 이 학교를 화평이 세운 것으로 잠시 착각했을 정도였다.

나는 곧 강의를 할 장소를 정했다. 어느 핸드폰 가게 뒤편의 창고방이었다. 인터넷도 빠르고 조용했다. 조금 지저분한 것만 빼면 더없이 맘에 들었다.

핸드폰 가게 사장님은 내게 점심 식사도 사주고 강의를 진행할 땐 물도 주셨다. "화평의 친구면 곧 내 친구니까."라고 말씀하시며.

난 문득 감동이 밀려왔다. 동시에 왜 그리 많은 사람들이 그를 선뜻 도와줬는지 알 것 같았다. 화평의 눈빛 속에는 사람을 귀천이나 상하로 나누는 차별이 존재하지 않았다. 그의 눈빛에는 오로지 정과 진심뿐이었다. 그가 어떤 모습을 하고 있든 모든 것이 진심이었다.

후에 나는 화평에게 진지하게 이야기했다. 맑게 빛나는 그 눈빛을 잃지 말라고.

많은 사람들이 맑은 눈빛 대신 이익에만 눈 먼 혼탁한 눈빛과 가짜 웃음만을 가지고 있는 이 세상 속에서.

그는 다 이해한다는 듯 고개를 끄덕였다.

6.

떠나기 전날 밤 우리는 우시 시에서 가장 번화한 난창제에 갔다. 그곳의 화려한 밤거리에는 사람들이 무척이나 많았다. 외국인, 내국인 할 것 없이 모두가 이 도시의 이모저모에 대해 재잘재잘 수다를 떨고 있었다.

우리는 한 술집에 자리 잡았다. 들어가자마자 어두컴컴한 내부를 보고는 화평이 재빨리 점원을 불러 말했다. "여기 불 좀 켜주세요."

순간 당황한 누나와 나는 얼른 그를 한쪽으로 끌고 갔다. "이런 덴 원래 어두운 거예요."

화평은 머리를 긁적이며 말했다. "헤헤, 처음 와 봐서요. 죄송합니다." 그는 참 순수했다.

그날 밤, 우리는 밤늦은 시간까지 이야기를 나눴다. 정말 즐거운 시간이었다.

돌연 누나가 진실게임을 하자고 제안했다. 누나는 주량이 무척이나 센 편이었다. 나는 도리질 치며 말했다. "하지 마, 누굴 곤란하게 만들려고."

누나는 화평을 바라보다 마지못해 고개를 끄덕이며 말했다. "네가 저 아이를 보호해줄 순 없어. 인간은 반드시 성장해. 더 이상 순수하지 않게 되는 순간이 반드시 온다는 뜻이야."

나는 술을 마셔 얼굴이 빨개진 화평을 흘깃 보았다. 그는 순수한 얼굴로 웃고 있었다. 웃으며 핸드폰으로 팅팅과 이야기를 나누고 있었다. 그 순수한 미소로 이 세상을 마주하고 있었다.

어렴풋한 기억에 그 날 화평에게 이렇게 물었던 것 같다. "왜 전문대에 갔어요? 충분히 더 좋은 학교 갈 수 있었을 것 같은데. 무슨 일 있었어요?"

화평이 술을 들이켠 후 말했다. "수능 전까지 학교 성적은 꽤 좋았어요. 근데 고3때 갑자기 우울증이 찾아오는 바람에 하는 수 없이 학교를 그만뒀어요."

그 후 화평은 간쑤 성에서 산시(山西) 성으로, 다시 산시(陝西) 성에서 허난을 지나 허베이까지 간 다음, 마침내 베이징까지 갔다고 한다. 혼자서 300위안으로 시작해 돈이 떨어지면 아르바이트를 하고, 생각에 잠긴 채 걷고 또 걸으면서 말이다. 그렇게 일 년을 보낸 후 우울증이 호전된 그는 다시 수능을 보았지만 아쉽게도 성적은 예전만 못했다고 한다.

나는 안타까움에 고개를 저었다. 그리곤 다시 물었다. "세상이 나에게만 너무 잔혹하다고 생각하진 않아요?"

그는 미소 지으며 말했다. "전혀요. 선생님, 비록 전 전문대에 진학했지만 그 후에 이 세상을 더욱 사랑하게 되었어요. 더욱 열심히 하루하루를 살고 있으니까요."

그날, 술집에서는 줄곧 느린 템포의 노래가 흘러나왔다. 포근한 강

이 세상의 순수한 사람들, 모두 잘 할 수 있길.

바람이 불어왔다. 살짝 취한 나는 이 세상이 모두 잠들어있는 것처럼 느껴졌다. 모든 사람들의 미소가 순수한 매력으로 다가왔다.

7.

사실 몇 년 후에 자신에게 무슨 일이 일어날지는 아무도 모르는 일이다. 마치 음악을 랜덤 재생 모드로 틀어놓으면 지금 듣고 있는 음악 다음에 무슨 음악이 나올지 알 수 없는 것과 마찬가지다. 누구도 알 수 없다.

세월이 잔인한 이유는 오랜 세월에 걸친 연륜이 얼굴에 고스란히 드러나기 때문이요, 그 사이 느낀 복잡다단한 심정이 고스란히 마음에 남겨지기 때문이다.

돌아가기 전 나는 문득 궁금해졌다. 몇 년 후에도 화평은 여전히 먼 곳에 있는 팅팅을 순수하게 사랑하고 있을까? 여전히 순수한 목적 하나만을 위해 끈기 있게 견디고 있을까? 이 세상은 아름답고, 사람은 영원히 선량하며, 사람과 사람 사이에 영원히 흐르는 온기가 있음을 여전히 믿고 있을까? 아니면 이 모든 게 나의 쓸데없는 생각일까?

비행기가 이륙하기 직전, 화평으로부터 문자를 한 통 받았다. 문자엔 딱 네 글자가 쓰여 있었다. "힘 내세요."

이 세상의 순수한 사람들, 모두 힘 낼 수 있길.

아빠와 나의 10년

4월 29일
글 꽁치

나이가 들면서 저절로 알게 되는 것들이 있지.
모든 것에는 끝이 있다는 것.
원한다고 모두 가질 수 없다는 것.
모든 약속이 반드시 지켜지진 않는다는 것.
모든 말을 전할 수 있는 건 아니라는 것.
그러니, 나도 영원히 널 사랑한다고 장담할 순 없어.
다만 나의 인생이 끝날 때까지는 너 하나만 사랑할게.

오늘 밤,
안녕히.

만약 살면서 반드시 사랑 때문에 상처를 받아야만 한다면,
그 상처는 빨리 찾아올수록 좋겠습니다.
좀 더 일찍 면역력을 키우고, 좀 더 일찍 세상을 알 수 있을 테니까요.
그리고 그 상처는 가족의 사랑에 의해 씻은 듯이 치유될 것입니다.

우리 아빠의 별자리는 물고기자리다. 엄마는 염소자리, 나는 사수자리, 그리고 남동생은 전갈자리다. 별자리만 놓고 보면 나와 아빠는 열세에 처해 있다. 우리는 속이 시커먼 염소자리와 전갈자리의 상대가 될 수 없다. 그래서 절대적 주도권을 가진 엄마와 여우 같은 남동생은 아빠와 내가 조용히 이야기를 나누고 있으면 무척이나 '업신여기는' 태도로 말한다. "왜 또 꿍하게 있어?"

아빠는 확실히 꿍한 성격일지도 모르겠다. 하지만 나에게만큼은 아니었다.

첫 번째 10년.

'나'라는 존재가 생겨난 건 부모님의 계획 밖의 일이었다. 일부 친척들은 무정하게도 나를 당장 지워버리라고 한 모양이지만, 아빠의 고집 덕분에 난 두 분이 결혼한 지 6개월 후에 이 세상에 나올 수 있었다.

물론 이건 아빠가 말씀해주셨다. 엄마는 기억이 전혀 없다고 하신다. 그래서 증명할 방법은 없다.

아빠가 말씀하시길, 내가 태어날 때 코를 찌르는 향기가 있었다고 한다. 그날 밤, 아빠는 날 위해 시를 한 수 지으셨다. '아가야 명심하렴. 공부를 잘해야 무엇이든 할 수 있단다.' … 아빠는 날 위해 여러 편의 시를 지어주셨는데, 그것을 두고 동생은 지금까지도 질투를 한다. 동생을 위한 시는 한 편도 없기 때문이다.

내가 한 살 때, 아빠가 고개를 드시면 "하늘"이라고 말하고, 발로 땅을 짚으시면 "땅"이라고 말했을 정도로 똑똑했다고 한다.

아빠가 담배를 피우고 싶다는 생각만 해도 내가 마치 텔레파시가 통한 듯 담배를 가져다주었다고도 말씀하셨다.

또한 아빠는 내 다리가 길어졌으면 하는 마음에 6살 때까지 하루도 빼놓지 않고 내 두 다리를 잡아당겼다고 한다. 보아하니 효과는 전혀 없는 것 같지만.

부모님은 내가 세 살 때 이혼하셨다. 그 후 아빠는 재혼을 위해 선을 볼 때마다 나를 안고 가셨다고 한다. 나를 받아들일 수 없는 여자와는 만나지 않겠다면서. 하지만 처음부터 순조롭지 않았다. 아빠는 내게 상대 여성을 '아줌마'라고 부르도록 가르쳤는데, 고작 세 살이었던 난 사람들이 경악할 만한 행동을 할 뿐이었다.

난 손을 뻗어, 그 여성의 따귀를 찰싹 때려버렸다.

그 순간 아빠는 깨달으셨다고 한다. 자신에게 주어진 선택권은 오직 하나뿐이라는 것을. 바로 엄마와의 재결합 말이다.

아빠는 내 '따귀'가 우리 가정의 미래를 구했다고 말씀하신다.

내가 학교에 들어간 후 5학년이 될 때까지 아빠는 매일 아침 내 머리를 포니테일 스타일로 묶어주셨다.

나는 학교를 마친 후 곧장 집으로 돌아오는 일이 별로 없었다. 가로등 아래서 책 읽는 것을 좋아해서, 한 번 책을 펼치면 저녁 7, 8시까지 앉아있었다. 그럴 때마다 아빠는 날 때리는 시늉을 하셨다. 내가 재빨리 도망치면 뒤쫓아 오셨다. 그렇게 쫓고 쫓기며 우리 둘은 얼마나 웃었는지 모른다.

처음 10년, 나는 아빠의 기쁨이었다.

두 번째 10년.

중학교 1학년 때 나는 《어린 시절》이라는 글로 시에서 주최하는 대회에서 1등을 했다. 그 이후로 아빠는 내 학업에 유난히 집착하시기 시작했다. 특히 수학과 영어 성적에 간섭이 심했다. 아빠는 매 주 내게 수학 쪽지시험을 내시고는 틀린 개수만큼 매를 들었다. 난 아빠가 무서워졌다. 난 아빠 몰래 『서검은구록(书剑恩仇录; 1955년 발표한 김용의 무협소설. 지금까지도 다수의 드라마와 책으로 그 명성을 이어오고 있다. - 옮긴이)』과 바이셴융(白先勇; 타이완의 저명한 소설가 - 옮긴이)의 『외로운 열일곱(寂寞十七岁; 바이셴융의 초중기 작품을 모아놓은 단편 소설집 - 옮긴이)』을 읽었다. 아빠와는 앙숙이 되었다.

14살, 괜찮은 고등학교에 합격했다. 아빠는 더 이상 날 때리지 않았다. 모든 선생님들이 날 예뻐하셨다. 졸업하고 나서야 알게 되었다. 부모님이 선생님들께 꽤 자주 식사 대접을 하면서 나에게는 절대 비밀로 했다는 사실을.

16살, 처음으로 남자에게 선물을 받았다. 『바람과 함께 사라지다』와 생일 카드였다. 나는 아빠에게 보여드리고 돌려줘야 하냐고 물었다. 아빠가 말씀하셨다. "수능이 코앞이야. 선물을 돌려주면 그 아이 마음이 어떻겠니? 하지만 명심해라, 학생의 본분은 공부다." 난 아빠 말씀을 들었다.

17살, 대학교에 입학했다. 아빠가 학교까지 데려다주셨다. 그리고는 매 주 한 번씩 날 보러 오시며 침대 커버를 가져가 빨아주셨다. 그런 생활은 무려 6개월이나 계속되었다. 그러다 언젠가 한 번 아빠를 보러 나가지 않았더니 그 다음부터 학교에 오는 횟수가 줄어들었다. 엄마 말씀으로는 그 날 아빠는 집에 돌아오셔서 매우 상심하신 듯 말씀하셨다고 한다. "우리 딸 다 컸네."

그렇게 10년, 아빠와 나는 점점 멀어져갔다.

세 번째 10년.

24살 때 내가 아빠에게 큰 상처를 주는 일이 벌어졌다. 내가 남자친구와 헤어진 것이다. 그때 난 아빠가 나보다 더 그 마음의 상처에 신경 쓰고 계실 줄은 꿈에도 몰랐다.

집에 갔더니 엄마가 문을 열어주셨다. 아빠는 보이지 않았다. 엄마는 날 보자마자 눈물을 흘리시며 날 안아주려 하셨다. 난 엄마를 피하며 말했다. "울지 마. 나 아무렇지도 않아."

10분 후, 아빠가 문을 열고 들어오셨다. 실내화로 갈아 신으시는 아빠를 보자마자 난 달려가 안기며 큰 소리로 엉엉 울었다.

아빠는 그런 날 밀어내고는 근엄하게 말씀하셨다. "너에게는 두 가지 선택권이 있다. 첫 번째, 가서 총으로 그 녀석을 쏴버린다. 두 번째, 다 잊어버린다. 마치 아무 일도 없었던 것처럼. 스스로 잘 생각해 봐."

그 순간은, 정말이지 평생 잊지 못할 것이다.

그리고는 아빠가 남동생에게 말씀하셨다. "누나도 왔으니 마작 한 판 두자."

그제야 아빠 손에 들린 마작 세트가 보였다. 예전엔 내가 마작 두는 걸 그렇게 싫어하시더니, 어쩐 일로 직접 사오기까지 하신 것이다.

그렇게 난 3개월 동안 아빠와 마작을 두었다.

그 후 부모님은 내가 살고 있는 도시로 이사를 오셨다. 그래서 주말이면 집에 가서 아빠와 일 얘기를 할 수 있었다. 아빠는 커다란 안경을 쓰시고 내가 편집한 모든 책을 열심히 읽어주셨다. 때론 내가 읽어드리기도 했다.

하지만 난 여전히 남자친구 없이 혼자였다. 그것은 그다지 좋은 상황이라고는 할 수 없었다. 그래서 난 아빠에게 수시로 알려드렸다. 딸의 인생이 완벽하지 않다는 것을.

최근에 아빠가 말씀하셨다. 사람이 사는 데 결혼이 꼭 필요한 건 아니라고. 유명한 누구 누구 누구도 평생 독신으로 살았지만 훌륭한 인생 아니냐면서. 만약 정 결혼이 하고 싶지 않으면 강요하지 않을 테니, 내가 행복하게만 살라고….

내가 말했다. 아빠, 나 행복해요.

그렇게 10년, 우리는 서로를 너무나도 의지하게 되었다.

아빠, 아빠의 사랑 덕분에 희망으로 가득 찬 인생을 살아요.

아빠, 다음 10년, 그 다음 10년,

앞으로도 많고 많은 10년을 나와 함께 해 주세요.

2012. 6. 18 아버지의 날에 드림.

3년 후, 우연히 잊고 있었던 이 편지를 발견하고는 남편과 딸아이에게 읽어줬습니다. 딸은 내가 아빠에게 '하늘'과 '땅'을 배우던 나이인 한 살이 되었습니다. 내가 읽는 게 무언지 알아듣지도 못하면서, 딸은 그 조막만한 손으로 내 눈물을 닦아주었습니다.

남편이 장난스레 말했습니다. "아가, 엄마가 원래는 '골드 미스'였다는구나."

난 울음을 멈추고 웃음을 터트렸습니다. 이 글을 쓰고 얼마 지나지 않아 속이 시커먼 전갈자리인 지금의 남편을 만났거든요. 그렇게 귀여운 게자리의 딸아이도 생겼습니다.

만약 살면서 반드시 사랑 때문에 상처를 받아야만 한다면, 그 상처는 빨리 찾아올수록 좋겠습니다. 일찌감치 꼭 필요한 면역력을 키우고, 일찌감치 세상을 알 수 있을 테니까요. 그리고 그 상처는 가족의 사랑에 의해 씻은 듯이 치유될 것입니다.

내게 잘 자라는 인사를 할 수 있는 기회를 준 당신들에게 감사합니다.

너무
늦지 않기를

6월 10일
㉠ 완 칭

사람은 누구나 변한다는 말,
그 말을 들으면 바로 옆으로 기차가 쌩하니 지나는 것처럼
가슴이 철렁 내려앉았어요.
오늘 난 알았습니다. 그 열차는 나를 더 따스한 곳으로 데려다 준다는 걸.
그래서, 난 그 말을 받아들이기로 했어요.

오늘 밤,
안녕히.

마지못해 한 결혼인 줄 알았거늘
어느새 그 사람을 무던히도 사랑하고 있었고,
잊지 못할 옛 사랑인 줄 알았거늘,
그 빛이 바랜 지가 한참이구나.

선생님께서 베이징으로 출장을 떠나셔서 나는 사모님과 단 둘이 집에 있었다. 밤 12시, 사모님은 이미 주무시러 가시고 나는 원고 작업에 한창이었다. 그때 경비실에서 전화가 걸려왔다. 머리를 산발한 여자가 눈물을 뚝뚝 흘리며 날 찾는다고, 아는 여자냐고.

10분 후, 나는 그 여자를 집 안으로 들였다. 일면식도 없어 보이던 그 여자는 알고 보니 나의 절친 쑤쑤였다.

문을 닫기가 무섭게 쑤쑤는 나에게 안겨 울음을 터트렸다. "그 사람이 이혼서류만 놓고 떠나버렸어. 전화도 꺼져있고, 어디 갔는지도 모르겠어. 어떡하지?"

나는 엉망진창으로 구겨진 그 이혼서류를 보며 화가 나는 동시에 마음이 아팠다. "너도 그 사람 사랑하지 않았잖아? 헤어지고 싶어 하는 쪽은 너 아니었어?"

쑤쑤는 고개를 세차게 흔들며 말했다. "내가 내 자신에 대해 잘못 알고 있었어. 그 사람이야말로 내가 가장 사랑했던 남자였어.

그 사람이 다시 돌아와 줄까?"

1.

쑤쑤는 대학 동기이자 나와 가장 친한 친구다. 대학생 때 그녀는 자신의 집안 형편보다 조금 떨어지는 상하이 남자와 연애를 했다. 그 남자의 어머니, 즉 쑤쑤의 예비 시어머니는 누가 봐도 기선 제압을 위해 하는 말을 관심으로 포장하곤 했다. "상하이에 있는 대학교에 진학하기 힘들었지? 여자 혼자 고향을 등지고 타지로 오는 게 쉽지 않지. 사실 상하이 남자랑 결혼하고 싶어 하는 여자들이 좀 많아야지. 상하이 후커우(戶口; 정부에서 국민들의 거주지 이전을 통제하기 위해 만든 거주지 등록 제도. 대부분 부모님의 후커우를 그대로 물려받으며 다른 지역, 특히 농촌에서 대도시로의 후커우 이전은 쉽지 않다. 후커우가 없으면 취직을 하거나 집을 구하는 등에 상당한 제약이 있다. - 옮긴이)만 있으면 여자들이 줄을 선다니까. 우리 구하오도 사실 이렇게 일찍 연애할 필요 없는데."

그런 '관심'은 쑤쑤가 대학교를 졸업할 때까지 계속되었다. 그럴 때마다 그녀는 말했다. "구하오만 아니면 그 아줌마 같은 사람은 상대도 안 할 텐데."

하지만 쑤쑤가 아무리 혼자 참고 견뎌도 그들의 파국을 막을 순 없었다. 구하오의 부모님은 구하오 대신 발 벗고 나서서 혼사 자리를 구해오셨다. 상대 여자는 같은 상하이 사람일 뿐만 아니라 심지어 고위 관료의 자제라고 했다.

쑤쑤는 구하오만 흔들리지 않으면 제 아무리 부모라도 혼사를 강요할 수는 없을 거라고 생각했다. 하지만 구하오는 단 두 달 만에 굴복해버렸다. 심지어 쑤쑤에게 이별을 전할 때도 모습을 보이지 않고 문자 한 통으로 대신했다. "쑤쑤, 미안해, 부모님 마음을 아프게 할 순 없어. 우리 인연은 여기서 끝나지만, 내가 진심으로 사랑하는 사람은 영원히 너 하나일 거야."

쑤쑤는 핸드폰을 끌어안고 날이 새도록 울었다. 사방팔방으로 그를 찾으러 다녔지만 어디에서도 볼 수 없었다. 그 당시 쑤쑤는 내게 두 사람이 얼마나 행복했는지, 구하오가 얼마나 좋은 사람이었는지에 대해 끊임없이 떠들었다. 그 모습을 보다 못한 난 그녀에게 고함을 질렀다. "부모 마음을 아프게 하는 건 안 되고 네 마음 아프게 하는 건 된다잖아? 뭐, 영원히 너 한 사람만 사랑해? 차라리 '더 좋은 조건의 여자가 생겼어. 우리 이만 헤어져.'라고 대놓고 말하는 편이 더 인간적이었을 거야."

쑤쑤는 눈물이 그렁그렁한 눈으로 날 바라보다 이내 고개를 세차게 흔들며 말했다. "구하오는 그런 사람 아니야."

그녀의 표정을 보며 난 속으로 화를 수백 번도 더 삼켰다.

구하오는 부모의 바람대로 고위 관료의 자제라는 여자와 결혼해 곧 귀여운 아들도 낳았다. 사업 또한 날이 갈수록 번창해 그는 일과 가정이라는 두 마리 토끼를 모두 거머쥔 셈이 되었다. 반면 쑤쑤는 그 후 장장 6년의 시간을 혼자 지냈다. 그 시간 동안의 우울과 스트레스는 말로 다 할 수 없을 정도였다.

쑤쑤가 서른 살이던 해, 무궁화가 필 무렵이었다. 그녀가 내게 청첩장을 건네주었다. 기쁨이라곤 조금도 보이지 않는 얼굴을 하고선. 나는 그때 그녀가 내게 준 게 결혼식 초대장인지 장례식장 초대장인지 헷갈릴 정도였다.

그러나 원치 않는 결혼을 굳이 왜 하려 하느냐는 질문 같은 건 하지 않았다. 대답이야 뻔했으니까. 부모의 바람, 그리고 혼기가 찬 나이. 그저 좀 웃으라고만 했다. 그녀가 말했다. "그 사람이 아니면, 누구랑 하든지 다 똑같아."

난 또 다시 소리를 버럭 지를 뻔한 걸 꾹 참았다. 구하오가 키도 크고 잘생긴 건 사실이다. 반면 지금의 결혼 상대는 평범한 외모에 말주변도 없었다. 그러나 아무리 잘생겼다 한들 이미 남의 남자가 되어버린 사람과 무얼 어쩌겠는가.

결혼 후 쑤쑤는 무척이나 편해 보였다. 남편은 그녀를 마치 보석처럼 애지중지했다. 너무 행복해 보여서 나까지 질투가 날 정도였다. 연애할 땐 사람 보는 눈이 그렇게도 없더니, 남편감은 기가 막히게 찾았다고 인정할 수밖에 없었다. 쑤쑤가 유난히 좋아하는 '파기름비빔면'을 해주기 위해 남편은 유명한 국수집에 찾아가 비법을 배워 올 정도였다. 처음에는 상대도 않던 국수집 주방장도 그가 며칠을 찾아와 부탁하자 그 성의에 감동해 결국 특별 제자로 받아주었다고 한

우리가 사랑할만한 가치가 있는 것은 오로지 내 옆자리를 지켜주는 그 사람 뿐이다.

다. 남편이 손수 만들어 준 비빔면을 먹은 우리가 농담처럼 "국수집 차려도 되겠다"고 말했을 정도였다. 쑤쑤는 해산물도 좋아하는데, 남편은 그녀를 위해 꼭두새벽부터 차를 몰고 바닷가에 가서, 어민들에게서 직접 팔딱팔딱 뛰는 싱싱한 새우를 사오기도 했다. 그 무엇도 남편의 사랑을 막지 못했다.

그런 쑤쑤가 임신을 했다. 남편은 그녀에게 손 하나 까딱하지 못하도록 하나부터 열까지 지극정성으로 보살폈다. 친구들이 쑤쑤를 만나러 가서 "황태자라도 가진 거야? 아니, 아무리 황태자라도 이렇게까진 안 했을 걸?"이라며 놀릴 정도였다. 사람들이 없는 틈을 타 난 쑤쑤에게 물었다. "이 정도면 충분하잖아?" 쑤쑤는 남편의 부산한 뒷모습을 물끄러미 바라보며 낮은 목소리로 말했다. "좋은 사람이야. 그래도 늘 무언가가 허전해."

나는 성질이 나는 걸 간신히 눌렀다. 임산부를 자극하고 싶지 않았다.

세 달 후, 아이가 알 수 없는 이유로 유산이 되고 말았다. 원인을 알 수 없어서 의사에게조차 현재의 환경과 음식 때문일지도 모른다는 말밖에 듣지 못했다. 쑤쑤의 상심은 이루 말할 수 없었다. 남편은 자신의 슬픔을 애써 감추며 쑤쑤를 위로하고 돌보기에만 온 신경을 집중했다. 쑤쑤는 그때 처음으로 이 남자를 의지할 수 있을 것 같다는 생각이 들었다.

쑤쑤는 아이를 잃고 나서 더욱 아이를 원하게 되었다. 하지만 두 번째 아이 역시 유산되고 말았다. 그녀는 충격을 참을 수 없었다. 몸은 한순간에 최악의 상태가 되었다. 남편 역시 이루 말할 수 없을 정도로 가슴이 아팠지만 밤낮으로 그녀를 어르고 달래는 데 바빴다. 그러다 뒤돌아 몰래 눈물을 훔치곤 했다. 쑤쑤가 남편에게 물었다. "앞으로 평생 아이를 낳지 못하면 어떻게 할 거야?" 남편은 눈시울을 붉히며 말했다. "그럼 내 사랑은 당신이 전부 가질 수 있겠다. 아이에게 나눠주지 않아도 되니까. 내겐 당신 한 명이 그 어떤 아이보다도 소중해."

남편이 이렇게 낯간지러운 사랑의 고백을 건넨 건 처음이었다. 쑤쑤는 처음으로 그 남자에게 감동했다.

쑤쑤가 세 번째 아이를 임신했을 때, 남편은 쑤쑤의 손을 잡고 단언했다. "이 아이는 반드시 무사히 태어날 거야. 내가 약속해."

남편은 쑤쑤에게 좋은 음식을 먹이기 위해 매일같이 시골에 가서 자연 방목한 닭이 낳은 유정란과 각종 과일 및 야채 등을 사왔다. 매주 쑤쑤와 함께 건강검진도 꼬박꼬박 받았다. 그 결과, 이 아이는 약속대로 무사히 태어나게 되었다.

2.

쑤쑤는 아이를 너무나도 사랑했다. 인생이 평화롭고 따스해졌다고 했다. 우리는 모두 긴 안도의 한숨을 내쉬었다. 바로 그 시기, 구하오 장인의 뇌물수수 혐의가 밝혀지고, 구하오 역시 연루되었다는 사실이 밝혀졌다. 과거의 영광은 더 이상 없었다. 어릴 적부터 오냐오냐 자란 구하오의 아내는 성격이 더없이 난폭해졌고 그렇게 두 사람의 결혼 생활도 끝을 향했다.

우리는 모두 그가 쑤쑤에게 돌아온다 할까봐 걱정하고 있었다. 아니나 다를까, 이혼한 지 두 달도 채 되기 전에 구하오는 여기저기에 쑤쑤에 대해 알아보고 다니기 시작했다. 눈물로 과거를 뉘우친다고 말이다. 구하오 말로는 당시에는 너무 어려 가족의 압박을 견디지 못했다고 한다. 부모님의 건강도 안 좋으셨다고. 하지만 몇 년이 흐른 지금까지 쑤쑤를 잊은 적은 단 한 번도 없다고 했다. 이 때문에 아내와의 불화가 생겨 결국 이혼하게 된 거라고 말이다.

물론 그 말을 믿는 사람은 아무도 없었다. 단 한 명, 쑤쑤를 제외하고. 여자라면 누구나 첫사랑을 잊기 힘들어 하는 건지 궁금했다. 상대에게 아무리 큰 상처를 받아도 첫사랑이라는 이유로 여전히 가장 특별한 존재가 될 수 있는 건지. 그 당시 구하오는 끊임없이 과거를 끄집어내며 쑤쑤의 마음을 들쑤셔놓았다. 게다가 그 과거는 그녀가 가진 가장 나약한 부분이기도 했다. 쑤쑤도 그 사실을 알고 있었다. 남편이 자신에게 주는 큰 사랑과 세심한 배려는 분명 감동적이었다. 하지만 그녀는 구하오를 모른 체하지 못했다. 그녀의 청춘 속 가장 깊은 곳에 자리 잡은 남자가, 그녀에게 가장 심한 상처를 줘서 가장 잊을 수 없게 만든 그 남자가 지금 이 순간 너무나도 간절히 용서를 구하고 있는 것이다. 이별한 후 보낸 수많은 밤들 속에서 바라고 또 바랐던 단 하나의 소망이 바로 그가 돌아와 용서를 구하는 것이었다. 드디어 10년을 돌아 그 날이 왔다. 간신히 안정을 찾은 그녀의 마음에 누군가 돌을 던진 기분이었다. 그런 기분을 남편에게 들키고 싶지 않았음은 당연한 일이다. 그래서, 내가 그들의 연락망이 되어주기로 했다.

쑤쑤에게 경고도 해봤다. 어렵사리 얻은 지금의 행복을 져버리지 말라고. 과거의 고통을 되풀이하지 말라고. 하지만 그녀는 내 말을 귀담아듣지 않았다. 연인들이 헤어진 후에 서로 친구로 지내는 경우도 있지 않느냐고 중얼대고는 했다. 그렇다고 상식 밖의 일을 저지르거나 하진 않았다. 그저 오랜 친구 중 한 명을 대하는 것처럼 구하오를 대했다.

하지만 남편이 쑤쑤의 바람을 눈치채는 데는 그리 오랜 시간이 걸리지 않았다. 그는 쑤쑤를 나무라지 않았다. 단지 급격히 말이 없어졌을 뿐이었다. 쑤쑤는 남편의 그런 모습에 마음이 아팠다. 특히 아들의 맑고 투명한 눈망울을 보고 있노라면 정신이 번쩍 들며, 구하오와 다시는 만나지 말아야겠다는 생각이 들었다. 그러나 매번 구하오의 목소리에 그녀는 또다시 귀신에 홀린 듯 약속을 잡곤 했다.

결국 구하오는 그녀가 가장 두려워하던 요구를 입밖으로 꺼내고 말았다. "쑤쑤, 예전의 나는 내 감정을 우선시하지 못했어. 하지만 지금은 그 무엇도 거칠 것이 없어. 우린 너무 오랜 시간을 허비했어. 한평생 허비하면서 살고 싶지 않아."

잃고 나서 후회하기 전에 소중함을 알게 되기를….

구하오의 그윽한 눈빛을 보고서, 과거처럼 가슴이 뛰지 않았다고 하면 거짓말일 것이다. 하지만 그 순간 눈앞에 떠오른 것은 오랜 시간 자신을 위해주고 사랑해준 남편의 얼굴이었다.

쑤쑤는 어렵사리 입을 떼었다. "안 돼…, 난 아이가 있어."

구하오는 망설임 없이 말했다. "아이는 아빠한테 키우라고 해. 우린 우리 둘의 아이를 갖는 거야."

구하오의 그 말을 듣는 순간 쑤쑤는 그 모든 추억과 일말의 감정에서 완전히 벗어날 수 있었다. 눈앞에 있는 구하오의 얼굴이 순식간에 낯설어졌다. 그는 아이를 갖기 위해 자신이 얼마나 고생했는지, 그 아이가 어떻게 생긴 아이인지 아무것도 몰랐다. 그녀는 히스테릭한 목소리로 말했다. "죽어도 내 아이는 안 버려."

그런 쑤쑤의 변화를 조금도 눈치채지 못한 구하오는 인상을 찌푸리며 말했다. "아이를 데려오면 얼마나 불편한 줄 알아? 더군다나 아이라면 나도 한 명 있다고."

쑤쑤는 재빨리 가방을 들고 일어섰다. "나는 나고, 너는 너지. 앞으로 다시는 연락하지 마."

깊은 밤, 찬바람이 얼굴을 스쳤다. 쑤쑤는 돌연 울컥 눈물이 났다. 결국 그녀는 과거 자신이 얼마나 이기적인 사람을 사랑했던 건지 인정할 수밖에 없었다. 그것도 모르고 이렇게 오랫동안 미련을 버리지 못했다니. 동시에 지금까지 자신의 곁을 묵묵히 지켜주고 세심하게 보살펴준 남편이 생각났다. 자신이 힘들 때마다 포근히 안아주던 바로 그 사람이. 순간 남편의 사소한 배려들이 쑤쑤의 기억을 덮쳐왔다. 그제야 두 남자의 하늘과 땅 같은 차이가 한꺼번에 느껴졌다. 그리고 가장 소중히 해야 할 것에 너무 오래 소홀했다는 것을 깨닫게 되었다. 그 순간, 쑤쑤는 오로지 한 가지 생각밖에 들지 않았다. 집에 가자! 더 늦게 전에 남편에게 말하자. 사랑한다고.

아파트 단지에 들어서자 집에 불이 켜져 있는 게 보였다. 마치 그녀가 돌아오기만을 기다린다는 듯이. 쑤쑤는 서둘러 걸음을 옮겼다. 어서 남편과 아이를 보고 싶었다. 하지만 거실에는 아무도 없었다. 침실에도 없었다. 집 어디에도 남편과 아이는 보이지 않았다. 쑤쑤는 남편에게 전화를 걸었지만 꺼져있다는 안내음뿐이었다. 순간 불길한 예감이 뇌리를 스쳐지나갔다. 다시 한 번 온 집 안을 뒤져보던 쑤쑤는 침대 맡에서 시선을 멈췄다. 리모콘으로 눌러 놓은 편지 한 장이 보였다. 쑤쑤는 그 편지를 읽고 온몸이 얼어붙었다. 그것은 남편이 남겨놓은 이혼서류였다. 이미 남편의 서명도 되어있는 상태였다. 그리고 쪽지가 한 장 더 있었다. "나와 마지못해 결혼했던 것 알고 있었어. 이제 그만 당신에게 자유를 돌려줄게. 아이는 내가 잘 돌볼 거야."

쑤쑤는 남편을 미친 듯이 찾아 나섰다. 그 시절 구하오를 찾아 헤맸던 것처럼. 끔찍했던 상실감을 다시 한 번 겪어야 한다는 두려움이 엄습했다. 심지어 이번엔 그때와 비교도 못하게 두려웠다.

나는 꼴이 엉망이 된 채 우는 쑤쑤를 보며 아무런 위로의 말도 하지 않았다. 그녀가 울다 지쳐 잠이 든 후에야 수화기를 들었다.

쑤쑤의 남편은 쑤쑤의 상태가 어떤지부터 물었다. 난 창자가 끊어져라 울다 잠들었다고 말해줬다.

그렇다. 내가 쑤쑤의 남편을 숨겨놓았다. 쑤쑤가 후회와 반성을 거친 후 그녀의 남편은 자연스레 그녀를 '용서'했다. 쑤쑤는 뒤늦게 몸서리치며 말했다. "더 늦지 않게 남편을 사랑할 수 있어서 정말 다행이야. 그렇지 않았다면 죽을 때까지 후회했을 거야."

잃어버린 후에야 비로소 소중함을 배운 그녀는 이제 무엇이 가장 소중한지 너무도 잘 알고 있었다.

3.

쑤쑤의 이야기를 다 쓰고 나니 밤이 깊었다. 모든 사람에게 말해주고 싶은 게 있다. 누군가에게 잘해주는 것은 때론 기술이 필요하다. 그렇지 않으면 상대는 당신이 얼마나 잘 해주고 있는지 알지 못한다. 누군가를 사랑하는 것 역시 약간의 원칙이 필요하다. 다른 사람 곁에 있는 누군가가 아무리 좋아도 관심을 가져서는 안 된다. 우리가 사랑할만한 가치가 있는 것은 오로지 내 옆자리를 지켜주는 그 사람뿐이다.

그런 사람에게 나의 가치 있는 사랑을 너무 늦지 않게 전해주기를. 잃고 나서 후회하기 전에 소중함을 알게 되기를….

배신자를 용서하는 법

9월 13일
글 펑충쯔

사랑할 때도, 미워할 때도, 무너지는 것은 오롯이 내 감정뿐입니다.

그러니,

누군가를 무너뜨리려 한다면, 내가 먼저 무너질 준비를 해야 합니다.

오늘 밤,

안녕히.

제 아무리 흔들리는 감정도
마지막에는 평온해지기 마련이다.
그렇지 않다면, 그건 아직 마지막이 아닌 탓이다.

5년 전 어느 날 저녁, 대학 동기인 팡샤오윈이 내게 5만 위안을 빌리러 왔다. 고작 26살이었던 당시의 우리에게 그건 분명 적은 돈이 아니었다. 나는 이유를 물었고, 그녀는 우물쭈물 댔다.

난 그녀가 다단계판매 조직에라도 빠진 거라 생각했다. 하지만 얼굴이 빨갛게 달아오른 그녀의 대답은 더욱 놀라웠다.

"루루가 회사 공금을 횡령해서…, 잡혀갔어. 그래서 내가 대신 배상할 돈을 모아 고소를 취하해주려고."

루루는 그녀의 첫사랑이다. 인생에서 가장 아름다운 8년의 시간을 그 남자 옆에서 낭비해버렸다. 언젠가 내게 전화를 걸어 얼른 팡샤오윈을 데려가라며 소리 지르던 그 남자의 오만방자한 태도를 영원히 잊을 수 없다. 내가 도착했을 때 그녀는 집 앞에서 목이 찢어져라 통곡을 하며 손의 살갗이 다 벗겨진 것도 모르고 문짝을 두드리고 있었다.

그녀가 그의 집 문 앞에 놓여있던 다른 여자의 신발을 본 것이다.

나는 욕을 뱉으며 그녀를 억지로 끌고 나왔다. 샤오윈은 길거리에서 반쯤 정신이 나간 상태로 끊임없이 중얼거렸다. 영원히 변하지 않는다 했잖아. 같이 아이도 낳고 강아지도 기르자 했잖아. 아이에게 평안구(平安扣; 태어난 아이에게 재앙을 막고 행운과 행복을 불러온다는 의미로 걸어주는 장식품. 옥으로 만들며 가운데가 뚫린 원형 모양이다. - 옮긴이)를 걸어주자고 했잖아. 성별에 관계 없이 이름은 '루러'라고 짓기로 했잖아, 나중에 아이의 학교 선생님이 아이 이름을 부를 때 혀를 제대로 펴지 못하도록!

나는 그녀 대신 조상님들께 맹세했다. 오늘부로 그 놈의 이름을 절대 입에 올리지 않겠노라고.

그 후 1년이 지났다. 그녀는 간신히 회복된 상태였다.

그런데 이제 와 돌연 총 20만 위안을 모아야 한단다. 나는 숨이 턱 막혔다. 루루가 공금을 횡령한 건 도박 때문이라고 했다. 그리고 도박을 한 이유는 아내와 번듯한 결혼식을 올리기 위해서였단다.

그렇다. 며칠 전 그는 다른 여자와 약혼을 한 것이다.

"5만 위안은 커녕 1마오도 안 빌려줘!" 나는 화가 머리끝까지 치솟았다.

팡샤오윈은 애처로운 눈으로 나를 쳐다보다, 긴 속눈썹을 힘없이 내려뜨렸다. 서리꽃과 같은 눈물방울이 천천히 차올랐다. 나는 또 마음이 약해졌다.

우리는 일단 루루의 변호사와 함께 그의 회사를 찾아가 협상을 했다. 회사 측은 돈만 제대로 돌려준다면 소를 취하해 주겠노라 약속했다.

그 다음엔 루루의 부모님을 찾아갔다. 그들은 루루가 그들이 저축해놓은 재산까지 도박으로 전부 날려버린 탓에 악착같이 모아도 4만 위안뿐이라 했다. 루루의 부모님은 팡샤오원이 과거의 아픔을 덮어두고 루루를 위해 나머지 16만 위안을 모아주길 바랐다.

그렇게 우리는 여기저기 돈을 빌리러 다니기 시작했다. 그야말로 사랑의 힘이었다. 샤오원은 어딜 가나 막무가내로 생떼를 썼다. 그러면 내가 그 뒤에 미안한 기색으로 수습을 하는 식이었다.

한 여자가 한없이 베푼 것에 대해 보답을 받는다면 더 없이 감동적이지만, 보답을 받지 못하면 그만큼 비참한 것이 없다.

돈은 반년여 만에 다 모아졌다. 우리는 마침내 루루의 아내를 만났다. 아내의 모습은 상상했던 것과는 많이 달랐다. 안색이 노랗고, 말수도 적었다. 자리를 뜨려는데 그녀가 쫓아 나와 머뭇거리다 입을 열었다. "그가 출소 후 당신에게 가겠다고 하면, 전 바로 물러날게요."

팡샤오원이 대답했다. "그러려고 하는 일 아니에요."

샤오원과 나는 아무 미련 없다는 듯 씩씩하게 걸음을 옮겼다.

당시, 그러려고 한 게 아니라면 그녀는 대체 어쩌려고 그런 짓을 했을까 궁금했다. 사랑? 미움? 지나간 세월에 대한 보답? 아니면 우월감을 느껴보고 싶었던 걸까? 사람이란 정말이지 신기한 동물이다. 이토록 복잡다단한 감정을 가지고 있으니 말이다.

그리고 난 진심으로 감동받을 수밖에 없었다.

팡샤오원이 루루를 위한 출소 수속을 밟으러 가기 전날 밤, 갑자기 루루의 아내로부터 전화가 걸려왔다. 그녀는 통곡을 하고 있었다. 실은 예전에 루푸스에 걸렸던 사실을 루루에게 속여 왔는데, 최근 스트레스가 심해지면서 합병증으로 만성 신부전증이 발병되었다는 것이다. 그녀는 치료할 돈이 필요하다고 했다.

우리는 이미 유치장에 있는 루루와 만날 수 있는 방법이 없었다. 그래서 곧장 루루의 부모님을 찾아가 상의했다.

루루의 부모님은 버럭 화를 내셨다. 직접 말씀하시진 않았지만 화를 내는 모습만으로도 반대의 뜻이라는 걸 알 수 있었다. 루루의 어머니는 눈물을 보이며 그저 며느리가 아이를 가질 수 없을지도 모른다는 사실에 낙담하실 뿐이었다.

팡샤오윈은 불같이 화를 냈다. 16만 위안은 그녀가 쥐고 있었으니 어떻게 쓰든 그녀 마음이었다.

어려움을 겪는 사람과 당장 목숨이 위험한 사람 중 누굴 먼저 구해야 하는지 묻는다면 정답은 매우 뻔할지도 모른다. 하지만 목숨이 위험한 그 여자는 다름 아닌 샤오윈의 연적이다. 더 엄밀히 말하자면 그녀는 아무 상관없는 남이나 마찬가지다. 샤오윈이 굳이 도와주지 않아도 되는 관계란 말이다.

샤오윈 역시 인정하기 싫지만 자신이 어떻게 해야 옳은지는 명확히 알고 있었다. 그것은 마치 터널 끝에 보이는 단 하나의 출구와 같았다.

루루의 어머니는 전화를 걸어 와 일단 루루부터 꺼내 달라 말씀하셨다. "그 놈이 나오면, 내가 책임지고 너하고 잘 해보라고 설득하마."

하지만 그 전화로 인해 샤오윈은 오히려 더 루루가 아닌 연적을 구하러 갈 힘을 얻었다.

연적은 방사선 치료가 필요했다. 감마글로블린을 맞는 데 매일 3천 위안 이상의 치료비가 들었다.

샤오윈이 연적의 병문안을 간 날, 병실에 들어가자마자 도로 나와 눈물을 글썽이며 말했다. “나 저 신발 알아.”

일 년 전 그녀가 그의 집 앞에서 울던 모습이 바로 어제 일처럼 생생했다.

연적의 오빠는 우리를 배웅하며 마치 신문이 접히듯 몸을 90도로 숙이고 아무 말도 하지 않았다. 샤오윈은 돌아보지 않은 채 그에게 계좌 이체를 하러 가자 말했다. 그는 차용 증서를 써주겠다며 고집을 부렸지만 우리는 받지 않았다. 사람을 불안하게 만들고 싶지 않다는 샤오윈의 뜻이었다.

그 후 우리 셋은 함께 병원 입구의 은행에 갔다. 이체를 마친 후, 그 까무잡잡한 남자가 돌연 입을 열었다. “제 여동생은 아이를 낳지 못하겠지만, 제 아이에게라도 이 은혜를 잊지 말라 가르치겠습니다.”

우리는 겨우 26살이었다. ‘은혜’라는 말은 당시의 우리에게 너무나도 어울리지 않는 단어였다. 그 남자의 순박함이 마음을 쿵 하고 때렸다. 난 오랫동안 참아왔던 눈물을 쏟았다.

생명은 그 어떤 것보다 우위에 있다. 그 순간이 되어서야 비로소 알게 되었다. 생명 앞에선 사랑이든 미움이든, 애인이든 원수든, 모두 한없이 작고 보잘 것 없는 존재일 뿐이라는 것을.

팡샤오원은 마지막으로 루루를 보러 가기로 결심했다. 루루는 어떻게 생각하고 있을지 알고 싶었다. 그녀는 "내가 루루한테 미안하다고 해야 하나?"라고 중얼대다, 다시 "미안하다고 해야 할 사람은 그 녀석이지."라고 말했다.

그러다 그녀는 결국 풀썩 웃고 말았다. 아름다운 햇살이 발코니 타일 위로 쏟아져 들어왔다.

본격적인 형사재판이 시작될 무렵, 샤오원은 루루의 변호사에게 전화를 걸었지만 변호사는 그 누구도 루루와 만날 수 없다고 말했다. "방법이 없을까요?"라고 묻는 샤오원에게 변호사가 한숨을 쉬며 말했다. "그러니까, 루루가 당신을 만나고 싶어 하지 않는다고요."

그 순간 우리 둘은 너무나 당황스러워 몸을 벌떡 일으켰다. 그리곤 아무 말도 할 수 없었다. 이제껏 느껴보지 못한 한 인간에 대한 엄청난 실망감은 가히 충격적이었다.

그런데 한참을 말이 없던 변호사가 말했다. "그는 무척이나 감동하고 있어요. 샤오원 씨가 이런 결정을 내리리라곤 생각지도 못했다고. 아내를 대신해 고맙다고 했어요. 이번 생에 보답할 수 있을지 모르겠다고, 그래서 볼 낯이 없다고요." 그리곤 이어 말했다. "진심이에요. 형을 마친 후 나가서 돈은 꼭 갚겠대요. 더 이상 도박도 하지 않고요."

샤오원은 가만히 서서, 눈물만 뚝뚝 흘렸다.

그녀는 문득 다른 사람들도 이런 기분이 들 때가 있을까 궁금해졌다고 했다. 무작정 달려온 길 한 가운데서 갈 곳을 잃은 기분 말이다. 그렇다. 우리는 이제 어디로 가야 하는 걸까? 사람들은 종종 앞으로 나아가는 데만 열중한 나머지 초심을 쉽게 져버리고는 한다. 나도 가끔은 막연해질 때가 있다. 우리는 어째서 수만 번의 선택을 거쳐 무언가의 끝자락에 도달하면, 처음 가졌던 마음이 이토록 변해버리는 걸까?

모두가 그렇겠지만, 그래도 선의를 배반하지만 않는다면, 그것으로 됐다.

루루는 4년 형을 받았다. 샤오윈이 문전박대 당한 그날 이후 그들은 6년간 만난 적이 없다. 출소된 후에도, 아내와 결혼식을 올렸을 때에도 샤오윈은 그를 보러 가지 않았다. 루루는 출소 후 매달 5천 위안을 송금해왔다. 들리는 소식에 의하면 그의 월급은 고작 6천 위안이었다고 한다.

올해, 그의 아내가 기적적으로 임신이 되어 아들을 낳았다.

샤오윈 역시 임신한 몸으로 그들을 보러 가서는 아기에게 평안구를 전해주었다.

"이름은 뭘로 지었어?" 샤오윈이 물었다.

"루러." 루루가 겸연쩍어하며 대답했다.

아름다운 햇살이 드리워진 샤오윈의 얼굴에 나무 그림자가 하늘거렸다. 둘은 별 다른 대화를 나누지는 않았다. 심지어 간단한 포옹도 없이, 그저 미소만 지었다.

부부가 아이를 안고 샤오윈을 배웅했다. 햇살이 아름다운 오후였다. 아파트 단지 안에는 계수나무 꽃향기가 짙게 퍼졌다. 과자를 하나씩 들고서 누구 것이 더 맛있는지 비교하며 이리저리 뛰어노는 아이들이 보였다. 음악을 들으며 스케이트보드를 타는 아름다운 청년도 보였다. 거칠 것 없는 청춘이란 바로 이런 모습 아닐까.

샤오윈은 가만히 미소 지으며 자신이 생애 가장 사랑했던 남자, 그리고 그의 가족들에게 작별인사를 건넸다.

제 아무리 흔들리는 감정도 마지막에는 평온해지기 마련이다. 그렇지 않다면, 그건 아직 마지막이 아닌 탓이다.

그러니, 편히 잠들길.

사람들은 종종 앞으로 나아가는 데만 열중한 나머지 초심을 쉽게 져버리고는 한다. 나도 가끔은 막연해질 때가 있다. 우리는 어째서 수만 번의 선택을 거쳐 무언가의 끝자락에 도달하면, 처음 가졌던 마음이 이토록 변해버리는 걸까?

이름을 불러줄래?

11월 7일

㉠ 도자기 토끼

내 마음 속엔 커다란 궁전이 하나 있어요.

궁전 안에는 혼자 살고 있는 누군가가 있죠.

그녀는 외로워요. 그래서 내가 말을 걸었어요.

어떻게 하면 그녀의 마음 속에 들어갈 수 있는지,

내가 말을 걸었어요.

오늘 밤,

안녕히.

누군가의 이름에 사랑을 담아 그것을 열심히 불러준다는 건
참으로 아름다운 일일지도 모른다.

친구의 결혼식에서 있었던 일이다. 사회자가 신랑과 신부를 향해 서로에게 가장 감동했던 순간을 말해보라고 했다.

신랑은 조금의 망설임도 없이 다음과 같은 이야기를 꺼냈다.

24살에 홀로 미국에서 대학원을 다니고 있을 당시 그는 어릴 때부터 자신을 길러주신 외할아버지가 돌아가셨다는 연락을 받고 크게 상심했다. 그래서 13시간의 시차가 나는 것도 깜빡하고 신부에게 전화를 걸었다.

신부는 곧장 전화를 받았다. 목소리만 들어도 자다 깨서 비몽사몽인 상태임이 틀림없어 보이는데 그녀는 조금의 의심도 없이 그의 이름을 불렀다. "xxx, 무슨 일이야?"

그 순간 그는 눈물이 울컥 하고 쏟아져 나왔다. 하지만 그녀에게 걱정을 끼칠까봐 수화기를 막은 채 소리 없이 눈물만 줄줄 흘렸다.

그녀는 "무슨 일이야, 말 좀 해봐."라며 다그치지 않았다. 단지 아무것도 모르는 사람처럼 가만히 침묵을 지킬 뿐이었다. 그러다 나지막한 목소리로 그의 이름을 불렀다. 한 번, 또 한 번. 낮고 느리지만 분명한 목소리로, 여전히 졸음 섞인 목소리로 다른 말은 일체 하지

않았다. 그저 반복해서 그의 이름을 부르기만 했다.

반복해서 들리는 그녀의 목소리에 그 역시 평정심을 찾을 수 있었다. 그의 이름의 마지막 글자를 말하는 여자친구의 부드럽고 나긋나긋한 말투를 들으니, 어린 시절 동네에서 밥솥에서 모락모락 피어나는 연기, 거리에서 파는 희고 달콤한 쌀떡, 아침 이슬과 푸른 물결 위로 멀리 멀리 퍼지는 방아 찧는 소리 같은 과거의 향수가 떠올랐다. 그리곤 이내 외할아버지의 따스하고 위엄 있는 모습까지 연상되었다.

그렇게 말한 신랑은 눈시울을 붉혔다. 하지만 입가에 떠오르는 달콤한 행복을 숨길 순 없었다.

"다시 한 번 내 이름을 불러줄래?" 그는 곁에 있는 아름다운 신부에게 가볍게 입을 맞췄다.

내가 처음 통역을 맡았던 곳의 사장님은 미국인이었다.

"Hey, kiddo, what's your name?"

"My name is Alice."

"What's your name?"

"My name is Alice…."

"What's your name?"

"…"

그러다 내가 잔뜩 짜증이 났다는 것을 알아챘는지, 눈을 꿈뻑거리며 말했다. "I mean your Chinese name, can you let me know your real name?"

그는 굉장히 진지한 얼굴을 하고선 형편없는 발음으로 내 진짜 이름을 불러보려 애썼다. 난 중국 이름과 영어 이름이 뭐가 다른지 물었다. 둘 다 나한테는 좋은 이름이었으니까. 그는 정중한 태도로 내게 대답했다.

"당연히 차이가 있죠. 영문 이름은 당신을 부르는 일종의 '기호'일뿐, 중문 이름이 진짜 당신의 이름이니까요. 나에게도 중문 이름이 있어요. 하지만 난 당신이 우리 부모에게서 받은 내 진짜 이름을 불러줬으면 해요."

나는 그에게 불교의 '일체개공(一切皆空)' 이론에 대해 설명해줬다. 이름이란 것은 껍데기에 불과하다고 말이다. 그는 웃으며 고개를 흔들었다. "당신은 너무 젊어서 아직 모르는군요."

그 때 불현듯, 누군가의 이름에 사랑을 담아 그것을 열심히 불러준다는 건 참으로 아름다운 일일지도 모른다는 생각이 들었다.

한 친구는 아기의 이름을 지을 때 무조건 이름에 '즐거울 락(樂)' 자를 넣어야 한다고 고집을 부렸다. 이유인즉슨 본인이 너무 아등바등 사느라 마땅히 누려야 할 많은 즐거움을 누리지 못했기 때문에, 자신의 아이는 그러지 않기를 바란다는 뜻에서였다.

한편, '근유(瑾瑜)'라는 이름을 가진 친구가 있었다. 어릴 땐 이런 이름을 지어주신 부모님을 죽도록 원망했다고 한다. '금붕어(金魚)'와 발음이 같은 탓에 언제나 놀림을 받았기 때문이다. 커서 『이소(離騷; 초나라 시기 만들어진 시로, 굴원의 대표작이자 중국에서 가장 오래된 장편 서정시 - 옮긴이)』를 읽고 난 후에야 알게 되었다. '회근악유(懷瑾握瑜; 순결하고 아름다운 품성이라는 뜻 - 옮긴이)'가 얼마나 고결하고 아름다운 성품인지.

또, 할머니가 지어주신 '이층'이라는 이름을 가진 친구도 있었다. 그는 한평생 자신의 이름이 마음에 들었던 적이 없었다. 그런데 어느 날 할머니께서 살아생전 2층 집을 가져보는 게 소원이었다는 이야기를 듣게 되었다. 그제야 할머니께서 당신 생각에 세상에서 가장 좋은 것의 이름을 자신의 이름으로 지어주셨음을 깨달았다.

뛰어날 탁(卓)자에 같을 여(如)자를 쓰는 '탁여'라는 이름의 친구도 있었는데, 그녀는 남자친구가 바람이 나 헤어지게 된 상황에서도 침착함과 우아함을 잃지 않았다. 그녀의 말로는 남자친구가 배신한 건 남자친구의 잘못이고, 자신은 어떠한 최악의 상황에서도 이름값을 하기 위해 노력한다는 것이었다.

반대로, '오용(吳用)'과 같은 이름을 가졌다면 한평생 평범하고 무난하게 사는 게 가장 큰 바람이 될 수도 있다.(쓸모가 없다는 뜻의 무용(無用)과 발음이 같다. - 옮긴이) 이런 이름을 가진 사람이 하필 유난히 똑똑하다면, 이 길고 긴 인생에서 만나는 약간의 유머와 아이러니쯤으로 여기는 것도 나쁘지 않겠지만 말이다.

이름에 '휘(輝)'자 혹은 '동(棟)'자와 같은 다소 남성적인 느낌의 글자가 들어가는 여성의 경우, 어릴 적 한 번쯤은 좀 더 여성스러운 이름을 지어주지 않은 부모님을 원망한 적이 있을 것이다. 하지만 언젠가는 알게 된다. 부모님은 성별에 관계없이 밝게 빛나는 사람이 되라는 뜻으로 심사숙고하여 지은 이름이라는 것을.

돌림자에 '지(志)'와 '성(誠)'자가 들어가는 것을 싫어하던 사람이 있었다. 너무 촌스럽고 평범하다는 이유에서였다. 그러다가도 고향을 떠나 타지에서 만난 친구들에게 가족사진을 보여주면서 "이 아이는 내 동생 지걸이, 이 분은 우리 지매 누나."라고 소개할 때면, 문득 그 이름에서 위안을 받는 느낌이 들었다고 한다. 비록 멀리 떨어져있지만 나와 같은 핏줄의 존재만으로도 더 이상 외롭지 않았다는 것이다.

이렇듯 부모님이 당신에게 가장 처음 가졌던 아름다운 소망은 당신의 이름에 담겨 영원히 함께 한다.

초등학교 시절 '이름 새로 짓기' 게임이 유행했다. 삼삼오오 모여 각종 소설이나 드라마 속에 등장하는 이름 혹은 좋아하는 연예인의 이름, 아름다운 시구의 함축적인 의미 등을 따서 서로 예쁜 이름을 지어주는 것이다. 당시 나는 새 학년이 될 때마다 새로 받은 교과서에 이름을 써넣는 것이 너무도 귀찮아, 이름을 왕일(王一)로 개명하는 것에 대해 진지하게 고민한 적이 있다. 쉽고 정확하며 획수도 적

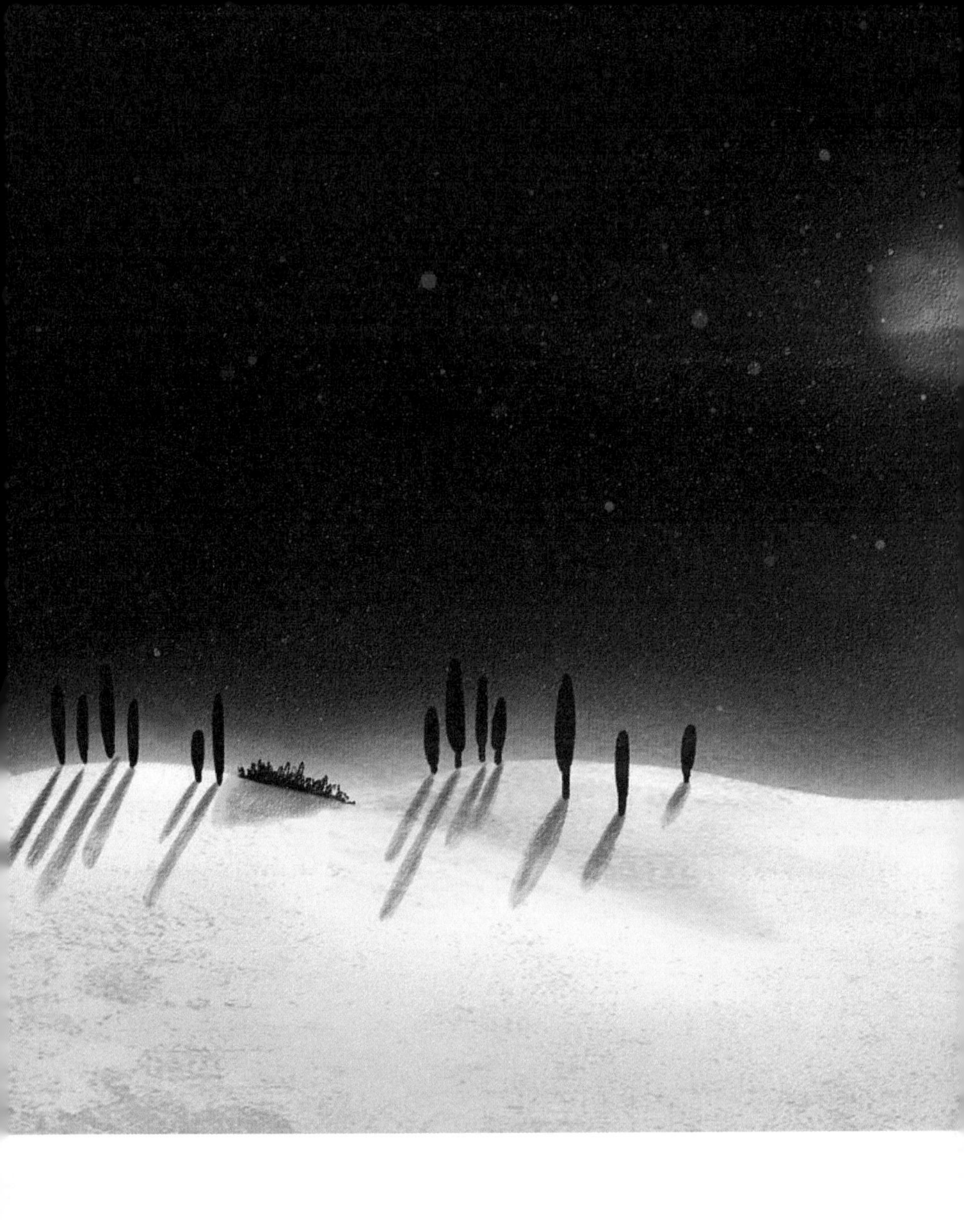

부모님이 당신에게 가장 처음 가졌던 아름다운 소망은 당신의 이름에 담겨 영원히 함께 한다.

기 때문이다.

당시 우리는 저마다 자신의 이름이 마음에 들지 않는 이유를 대며, 다시 태어나 새로운 이름을 가지게 된다면 얼마나 좋을까 하고 말도 안 되는 소리를 주절거렸다. 너무 세련됐다는 둥 너무 고전적이라는 둥 너무 함축적이라는 둥 너무 직접적이라는 둥 별의 별 이유를 대며 자기 이름을 비웃기 바빴다. 특히 내 앞에 앉은 아이가 유난히 불만이 많았었는데, 그 아이가 어느 날 내게 전해준 쪽지가 아직도 기억에 남아있다. 그 쪽지에는 매우 정중하고 진지한 말투로 다음과 같이 적혀 있었다. "앞으론 내가 새로 지은 이름으로 불러줘. 그렇지 않으면 절대로 대답하지 않을 테니까. 명심해!"

그 쪽지에 쓰인 이름은 확실히 흔하디흔한 그녀의 본명보다 훨씬 문학적이었다.

누구에게나 찾아오는 순간이 있다.

누군가 따스하고 친절하게 내 이름을 부르는 순간, 어린 시절 여름날의 황혼 빛이 온 마을을 물들일 때 내 이름을 부르며 날 찾는 할머니의 푸근한 목소리가 떠오르는 순간이. 집으로 돌아가는 내 머리 위로 희미하게 남아 있는 햇빛 덕에 나뭇가지에 걸린 그림자가 길고 길게 늘어지던 그 모습이 그려지는 순간이.

혹은, 수많은 인파 속에서 단숨에 당신을 알아본 그 사람이 미소 지으며 당신의 이름을 부르는 그 순간이 있다. 그 순간, 당신은 그 사람에게 유일무이한 존재가 된다. 동시에 그 사람 눈에 비친 당신의 미소는 마치 봄날 꽃가지에 핀 봉오리처럼 보일 것이다.

혹은, 예식장 이곳저곳에 자신의 이름과 누군가의 이름이 큼지막하게 쓰여 있는 모습을 보는 순간, 잔뜩 긴장한 표정 너머로 한겨울 길거리에서 파는 군고구마처럼 달콤한 온기가 온몸에 퍼질 것이다.

바로 그런 순간들 속에서 당신과 당신의 이름은 '가장 좋은 사람'이 되어가는 것이다.

우리의 인생이 처음으로 시작된 그 시점에서 점점 멀어지는 그 길 위에, 우리는 혼자가 아니다. 기대와, 축복과, 대대손손 끊이지 않는 인연들을 이름 속에 담아 함께 앞으로 나아가고 있으니 말이다.

그러니,

우리 honey, dear, darling 같은 말로 부르지 않기로 하자.

누군가의 자기, 애기, 잘생긴 오빠 혹은 예쁜 언니, 여보 당신이 되느라 스스로의 이름을 잊어버리는 일이 없도록 하자.

필명이나 영문이름, 아이디, 각종 별명 속에 내 이름을 감추지 않도록 하자. 설령 그들이 아무리 아름다운 뜻과 독특한 추억을 간직한 단어라 할지라도.

그러니,

당신은 그저

내 이름을 불러주기를….

사랑의 정의

9 월 23 일
㉠ 웨샤오이

친구가 네 살짜리 딸아이에게 말했습니다.

"엄마랑 약속해. 우리 영원히 사랑하기로. 절대 배반하지 않기로."

네 살짜리 딸아이는 아는 듯 모르는 듯 고개를 끄덕였습니다.

그리고는 물었습니다.

"엄마, 배반이 뭐예요?"

그 꼬마에게 나는 그만 감동하고 말았습니다.

오늘 밤,

안녕히.

"엄마, 난 그저 엄청나게 사랑하는 사람을 만나고 싶을 뿐이에요.
엄청나게 엄청나게 사랑한다는 건 대체 어떤 걸까요?"
"그건 말야, 혼자 앞선 걸음을 멈추고 상대방과 함께 가는 거란다."

3년 전, 내가 애니를 처음 봤을 때 그녀는 매우 순진한 여자아이였다. 당시 그녀는 뉴질랜드 유학을 마치고 막 귀국해 친구가 몇 명 없었다. 그래서 한동안은 밤마다 내게 전화가 와 진심으로 자신을 엄청나게 사랑해주는 남자친구를 만들고 싶다고 말하곤 했다.

내가 물었다. "엄청나게 사랑해주는 게 뭔데?"

"그러니까 언제나 내 옆에 있고, 전화는 즉각 받고, 밤낮으로 그리워하고…" 그녀는 잠시 고민하다, 결국 '엄청나게 사랑하는 것'이 뭔지 설명하지 못했다.

애니의 아버지는 주로 한국에서 지내시고, 어머니는 오페라 가수였다. 그리고 애니는 고등학교 때 뉴질랜드로 유학을 떠나 그곳에서 대학교를 졸업한 후 훌륭한 직장을 찾기 위해 고국으로 돌아왔다. 매일 밤 어둠이 내려앉으면 그녀에게 필요한 건 오직 하나, 옆자리를 채워줄 누군가였다.

애니의 생일파티가 있는 날이었다. 나는 저우통과 함께 그곳에 갔다. 애니는 저우통에게 별 다른 관심을 보이지 않았으나 저우통은 애니에게서 잠시도 눈을 떼지 않았다. 그녀의 관심을 끌기 위해 일부러 사람들 앞에서 자신이 알고 있는 가장 낭만적인 이야기를 늘어놓기도 했다. 저우통의 고향인 푸젠 성 취안저우 시의 개원사라는 곳에 24마리의 묘음조(妙音鳥; 불경에 나오는, 사람의 머리를 한 상상의 새 - 옮긴이)가 있는데, 이 새들은 각기 다른 악기를 들고 노래를 부르며 세 개의 불상 주변을 절대로 떠나지 않는다고 한다. 이 24마리는 24시간과 24절기를 뜻하는데, 그러고 보면 이들이 모여 하루 또는 일년이 되는 것이었다. 저우통은 매우 감격한 말투로 다음과 같이 말하며 이야기를 끝마쳤다. "평생 사랑하는 사람의 곁을 떠나지 않는다는 것, 가장 아름다운 사랑이란 바로 이런 것 아닐까요?"

그의 말을 듣고 있던 사람들은 모두 감상에 젖어들었다. 유리 감성을 가진 애니는 말할 것도 없이 순식간에 녹아버렸다. 그렇다. 저우통은 순조롭게 그녀의 마음 깊은 곳까지 '침투한' 것이다. 그 후 한동안은 나에게 밤마다 애니의 전화가 걸려오지 않게 되었다.

애니가 저우통을 부모님께 인사시켜 드리는 자리에서, 어머니가 부러움에 가득한 눈빛으로 둘을 보고 웃으며 말씀하셨다. "와, 둘의 모습을 보니 나도 젊은 시절로 돌아간 것 같구나." 반면 아버님은 매우 냉정하게 말씀하셨다. "남자친구 성격이 너무 거침 없구나. 저런 놈은 네 속만 썩일 뿐이지."

하지만 아버지가 아무리 반대하셔도 밤낮으로 딸을 지키고 있을 수는 없는 노릇이었다. 아버지가 한국으로 돌아가시고 어머니가 무대에 서는 날이면 애니는 저우통을 집으로 데려오기까지 했다. 그러다 어머니와 마주치기도 했지만, 저우통은 얼굴색 하나 바뀌지 않았다. 그렇게 만난 지 얼마 되지 않아 둘은 곧 결혼을 생각하는 관계가 되었다.

아버지의 여전한 반대에도 불구하고 애니는 여타 여자아이들과 마찬가지로 사랑과 결혼에 대한 환상을 버리지 않았다. 부모님의 반대를 무릅쓰고 저우통과 몰래 결혼식을 올리면, 마음 약한 어머니가 자연스럽게 가장 훌륭한 '한패'가 되어 기꺼이 두 사람을 지켜봐주시리라 믿었다. 마치 어머니 자신의 젊은 시절을 보는 것처럼 말이다.

애니는 뛸 듯이 기뻐하며 내게 말했다. '엄청나게 사랑한다'는 게 무엇인지 드디어 알게 되었다고. "엄청나게 사랑한다는 건 바로 아무런 조건 없이 무엇이든 해주는 거야." 그녀가 이토록 행복해하는 모습을 보니 이게 바로 가장 아름다운 사랑의 형태라는 생각이 들었다. 저우통은 정말이지 최선을 다해 한 여자가 사랑에 대해 가지고 있는 모든 환상을 충족시켜 주고 있었다.

하지만 사랑은 위장할 수 있어도, 현실은 절대 거짓말을 하지 않는 법이다. 저우통의 회사에서 그를 미국 캘리포니아로 발령을 냈다. 매우 좋은 기회이니 당연하겠지만 그는 조금도 망설임이 없었다. 애니의 감정조차 안중에 없는 듯했다. 그런 저우통의 모습을 보며 애니는 불현듯이 '그는 심성이 거칠다'던 아버지의 말씀이 떠올랐다. 그녀는 가만히 고개를 떨구었다. 그와 함께한 후 처음으로 절망감을 느끼는 순간이었다. 저우통의 출국 준비를 도우면서 그녀는 그의 걸음걸이조차 자신이 쫓아갈 수 없을 정도로 빠르게 변했다고 느껴졌다. 여자란 늘 사랑하는 남성 앞에서 저도 모르게 위축되고는 한다. 사실, 저우통이 그토록 열심인 이유는 애니에게 후회 없는 결혼생활을 안겨주기 위한 것임이 분명한데도, 애니 혼자 눈치채지 못하고 있던 것이다.

저우통이 떠난 후 그녀는 또다시 내게 밤마다 전화를 하기 시작했

엄청나게 사랑한다는 건 엄청나게 외롭다는 뜻이야. 사랑하는 딱 그만큼 외로워지는 거라고.

다. 술을 좀 마신 날엔 울면서 이렇게 말했다. "엄청나게 사랑한다는 건 엄청나게 외롭다는 뜻이야. 사랑하는 딱 그만큼 외로워지는 거라고. 드디어 나를 엄청나게 사랑해주는 사람을 찾은 줄 알았는데, 이렇게 끝도 안 보이는 외로움과 사랑하고 있을 줄이야…."

매 단계를 거칠 때마다 애니가 생각하는 '엄청난 사랑'에 대한 정의 역시 함께 변해갔다. 어쩌면 여자란 천성적으로 불안감을 안고 태어나는 것인지도 모른다. 확실히 관계에 있어 언제든 몸을 사리는 건 전부 남자 쪽이다. 여자는 너무나도 쉽게 상대에게 빠져 불안한 심리 상태에 매몰되곤 한다. 심지어 그 어떤 위협요소도 없는 상황에서조차 사서 걱정을 하는 경우도 있다.

딸이 힘들어하는 모습을 본 애니의 어머니는 그녀를 꼭 안아주며 자신의 이야기를 들려주었다.

20여 년 전, 어머니 역시 젊고 철이 없었다고 한다. 당시 음대에 재학 중이던 어머니는 베이징대학교에 재학 중인 한 엘리트 남성과 첫눈에 사랑에 빠졌는데, 공무원이신 애니의 외할아버지는 그 남학생의 과도하게 거침 없는 성격 탓에 딸이 고생할까 걱정되어 둘의 사이를 결사반대하셨다. 그러나 애니의 어머니가 임신을 하게 되면서 학교까지 그만두자, 화가 머리끝까지 나신 외할아버지는 두 번 다시 딸을 보지 않겠다고 선언하셨다. 애니의 어머니는 하는 수 없이 집에서 나와 그 남자와 함께 손바닥만 한 방에서 살기 시작했다. 그는 지극정성으로 어머니를 보살폈지만, 연약한 어머니의 몸은 결국 아이를 끝까지 지키지 못했다고 한다.

그는 어머니의 손을 꼭 붙잡고 말했다.

"나 때문에 목숨 하나를 잃었으니, 이제 내 목숨은 당신에게 바칠게."

아버지의 이 목숨을 건 사랑 고백이 어머니에게는 무엇보다 큰 위로가 되었다고 한다. 그것이 아버지가 줄 수 있는 전부라고 생각했다. 그럼에도 찢어지게 가난한 생활은 한동안 계속되었고, 아버지는 대학원 공부를 하느라 주말에만 집에 들러 딸과 아내에게 얼굴 도장만 찍고 돌아가기 일쑤였다. 그 후 살림이 나아지긴 했지만 아버지는 혼자 해외에 나가 일을 하게 되는 바람에 명절에나 잠깐 집에 올 수 있었다. 어머니는 아무리 멀리 떨어져 있어도 아버지의 모든 인생은 자신을 위한 것임을 여전히 믿어 의심치 않았다.

부모님의 사랑 이야기를 들은 애니는 순간 온몸에 따뜻한 기운이 흐르는 것이 느껴졌다. 그 순간 때마침 저우통의 문자가 도착했다.

"캘리포니아 길거리에 아무리 사람들이 북적여도 난 아직 한겨울인 것처럼 춥고 허전해. 이 세상에 단지 당신 하나 없을 뿐인데 모든 온기가 사라졌어."

애니는 전화기를 꼭 끌어안았다. 꿀처럼 달콤한 안정제라도 먹은 듯 마음 깊은 곳부터 온몸의 말초신경에까지 달콤함이 퍼져나가는 기분이었다. 그동안의 의심과 불안들이 얼마나 우습게 느껴지는지는 말할 필요도 없었다.

다음 날 한국에서 돌아오신 아빠는 애니에게 줄 화장품을 사왔다며 가방에서 직접 꺼내가라 하셨다. 애니는 신이 나서 한달음에 달려가 가방을 열었다. 그때 아버지의 핸드폰이 울렸다. 애니는 무의식중에 핸드폰을 들어 보았는데, 문자가 한 통 도착해 있었다. 광고 문자 따위인 줄로만 알고 아무 생각 없이 문자함을 연 순간, 그녀의 모든 세계가 와르르 무너지고 말았다. 동시에 완벽해 보이기만 했던 아버지의 모습도 함께 무너졌다. 사실 아버지에게는 몰래 만나는 다른 여자가 있었던 것이다. 이 얼마나 비밀스럽고, 그 비밀은 또 얼마나 끔찍한가!

애니는 애써 진정하며 화장품을 든 채 주방에서 한창 바쁘신 엄마를 물끄러미 바라보았다. 그 순간 자신과 엄마가 그렇게 불쌍해 보일 수가 없었다. 그리고 그 순간 그녀는 마침내 이해할 수 있었다. 왜 아버지가 저우통의 거침 없는 성격을 그토록 못마땅해 하셨는지를. 왜 외할아버지가 아버지를 그토록 반대하셨는지를. 그런 남자들은 여자가 모든 걸 버리고 선택할 만한 가치가 없는 것이었다. 아버지도, 외할아버지도 모두 터프하고 강한 성격이었기에.

아버지도, 외할아버지도, 모두 심성이 거친 사람들이었기에 자신들과 같은 부류가 무엇에 흔들리고 결국 무엇을 버릴 수 있는지 이미 알고 있었을 것이다. 또한 남자는 남자가 봐야 정확하다는 말마따나 서로를 보고 첫눈에 알아챈 것이다. 여자들은 변덕스러울지언정 마음은 약해서 결코 남자들처럼 그렇게 냉정할 수는 없을 거란 것도.

그날 밤, 애니는 어릴 때처럼 어머니를 꼭 끌어안고 잠이 들었다. 잠들기 전 그녀가 말했다. "오늘 밤, 내 사랑을 시험해 볼 거예요. 질까봐 겁나지만, 그래도 비웃으면 안 돼요."

어머니가 말씀하셨다. "안 그럴게. 뭘 시험해 볼 건데?"

"생각해둔 게 있어요. 지금 해외에 있는 그 사람과 함께 있고 싶지만 직접 말하지는 않을 거예요. 일단, 그 사람에게 헤어지자고 하는 거죠. 그 말을 듣고 돌아오겠다고 하면 바로 결혼하는 거고, 돌아오지 않으면 내가 그 사람을 위해 캘리포니아로 떠날 거예요. 그 사람을 외롭게 두고 싶지 않으니까요. 하지만 일단 그 사람이 어떻게 생각하는지 알아야 해요. 곧장 이별에 동의한다면 적어도 내가 먼저 찬 거니까 자존심은 지킬 수 있잖아요."

"요 녀석, 쓸데없이 뭘 시험해보려는 거니?"

"엄만 몰라요. 남자들은 너무 이기적이고 철이 없어. 그래서 내가 의지할 수 있는 사람인지 알아보는 거예요."

"그러지 말아라, 현실에 최선을 다하면 돼. 내가 말하지 않았니? 믿음이 중요하다고. 믿음이란 말이지…." 어머니의 충고를 들으며, 어디서부터 시작됐는지 모를 이 비극에 애니는 몰래 눈물을 훔쳤다.

"하지만, 이미 저질러 버렸는걸요. 문자 보냈어요."

"아이고 이 어린 것, 그래서? 뭐라든?"

"아직 몰라요. 대답이 없어요. 암묵적으로 동의하는 거겠죠."

그리곤 어렵사리 말을 꺼냈다.

"엄마, 만약 어느 날, 아빠가 엄마와 헤어지겠다고 하면 엄만 두려워요? 어디까지나 만약에 말이에요. 만약이니까, 너무 깊이 생각하지 말고."

"나도 생각해보지 않은 건 아니야. 그래도 두렵지 않은 이유는, 네가 있잖니. 이렇게 오랜 세월 우리에겐 네가 함께 했잖니."

"나도 사실 저우통을 시험한 결과가 어떻게 되든지 하나도 두렵지 않아요. 진짜, 진짜로."

"요 녀석 성깔 하고는. 엄마랑 똑같다니까. 그래도 그러면 안 된다."

"엄마, 난 그저 엄청나게 사랑하는 사람을 만나고 싶을 뿐이에요. 엄청나게 엄청나게 사랑한다는 게 도대체 뭘까요?"

"엄청나게 사랑한다는 건 말야, 혼자서 아무리 앞서 가있더라도 언제든 멈춰 서서 상대방을 기다려주고, 불러주는 거란다. 달려오는 상대방을 반겨주는 거지."

어머니는 애니를 꼭 껴안아 주었다. 둘은 어느새 잠이 들어 깨어나 보니 이미 해가 중천이었다. 애니는 그와 연애를 시작한 후 처음으로 푹 잠이 든 느낌이었다.

일어나자마자 제일 먼저 한 일은 역시 핸드폰 확인이었다. 저우통에게서는 그 어떤 답장도 오지 않아 그녀는 조금 실망했다. 하지만 어젯밤처럼 그렇게 힘들지는 않았다. 그저 스스로에게 끊임없이 되뇌고 있었다. 현실을 받아들이라고. 제 아무리 아름다웠던 과거라 해도 내 곁을 떠나가 버린 이상 다시 돌아올 순 없는 거라고. 거기에까지 생각이 미치자 애니는 다시 울고만 싶어졌다. 그동안 자신이 불가능한 일에 너무 억지를 부리고 있었음을 알게 된 것이다.

그 다음 날 아침, 누군가 초인종을 눌렀다.

"애니야, 택배 좀 받아줄래? 엄마가 주문한 스카프가 도착했나봐." 어머니가 애니를 재촉했다.

아직 일어나지 않은 애니는 비몽사몽간에 몸을 일으켰다. 그리곤 문 밖의 '택배'를 보곤 소스라치게 놀랐다. 그곳에 서있는 건 바로 저우통이었다.

"나 아직 화장도 안 했어. 나가!"

"너무하네. 나 지금 공항에서 오는 길이거든!"

"왜 문자에 대답 안 해? 도대체 무슨 생각이야?"

"나랑 헤어지겠다며? 날 그렇게 놀래키는데 대답 정도는 직접 얼굴 보고 해야지. 난 너랑 결혼할 거니까."

"입만 살아서는, 그 입 다물어!"

"네, 마님!"

매일 밤 잘 자라는 인사를 해주는 사람

6월 28일
㉠ 장 링

이 얼마나 안타까운 일인가요.

낯선 이로 만나, 또 다시 낯선 이로 돌아간다는 것이.

만남이란 아마도 세상에서 가장 아름다운 일,

동시에 절대로 영원할 수는 없죠.

모든 아름다움의 운명이 그렇듯.

내가 가진 모든 행운을 써서 당신을 만났어요.

그래서 함께 있는 것까지는 사치가 되었나 봐요.

오늘 밤,

안녕히.

썸 타는 관계란 때론 눈치 게임이다.

진짜 사랑을 만나기 전까지

애써 유지하고 있는.

판과 처음 만났을 때만 해도 천은 그가 자신의 인생에서 이토록 중요한 사람이 되리라곤 생각지도 못했다.

그들은 친구 모임에서 처음 알게 되었다. 시끄러운 노래방 안에서 천은 그의 이름조차 제대로 듣지 못했다. 당연히 기억에 남는 사람도 아니었다. 그녀의 인생에서 그때처럼 술을 많이 마시고 다니던 적이 없었다. 맥주는 말할 것도 없고 와인에 양주까지 가리지 않고 마셨으며, 누가 주는 술 또한 거절하는 법이 없었다. 그날 역시 얼마나 마셨는지 몇 번이나 게워냈는지 전혀 기억나지 않았다. 기억하는 거라곤 자리가 끝나갈 때 즈음 판이 나서서 그녀를 집에 데려다주겠다 말한 것뿐이었다.

천은 다들 만취해 제정신이 아닌 친구들을 보며 고개를 끄덕였다. 그렇게 판은 그날 밤 그녀의 전담 운전기사가 되어 그녀를 방까지 데려다줄 수 있었다. 그런 다음 신발과 외투를 벗기고 이불을 덮어준 뒤, 주방으로 가 물을 끓여 식힌 다음 침대 머리맡에 놓아주었다. 그 모든 일을 끝낸 후 판은 침대 곁에 앉아 깊이 잠든 천을 한참동안 바라보다 조심스레 방을 나섰다. 자리를 뜨기 전 천의 곁에 쪽지를 남겨두는 것도 잊지 않았다. 쪽지에는 "잘 자요."라는 인사와 함께 판의 전화번호와 이름이 적혀있었다.

다음 날, 판은 천의 감사 인사가 담긴 문자를 받았다. 그는 한껏 들떠 답장을 보냈다. 며칠 후, 그들은 함께 식사를 하기 위해 만났다. 또 다시 며칠 후, 그들은 함께 강변에서 드라이브를 즐겼다. 그렇게 둘은 서로의 인생 속에 서서히 발을 들여놓기 시작했다.

나중에서야 판이 말하길, 실은 처음 만난 그 날 그녀를 데려다 주기 위해 일부러 술을 한 방울도 입에 대지 않고 기다렸다고 한다. 그리고 그 다음부턴 그의 바람대로 척척 진행된 것이다.

천이 웃으며 말했다. "아주 작정을 했구나!"

판이 대답했다. "너도 만만치 않아. 처음 본 남자를 집 안까지 들이다니."

"못 할 건 뭐야, 설마 날 갖다 팔기라도 하겠어?"

"누가 너 같은 걸 사간다고. 할 수 없지, 불쌍하니까 내가 사 줄게."

천은 콧방귀를 뀌며 말했다. "꿈 깨셔!"

그들 사이에는 이렇게 친구라고 하기에도 애매하고, 그렇다고 연인 같지도 않은 대화가 아슬아슬하게 오고갔다. 판은 확실히 천을 좋아하지만, 결코 직접적으로 고백하지는 않았다. 천은 어디서나 환하게 빛나는 사람이어서 판 외에도 많은 남자들에게 인기가 좋았다. 그 중에는 돈 많은 남자도, 잘생긴 남자도, 돈 많고 잘생긴 남자도 있었다. 판은 자신이 그 중 가장 뛰어난 사람이 아니란 걸 누구보다 잘 알았다. 그러니 천에게 고백해봐야 차일 게 뻔하다고 생각했다. 그래서 그는 그 남자들 중 천을 가장 사랑하는 사람이 되기로 했다.

매일 밤, 판은 천에게 문자를 보냈다.

잘 자요, 천 양.

이 문자는 때론 두 사람의 대화 말미에 나타나기도 했고, 때론 저 다섯 글자만 도착하기도 했다. 그리고 천은 아주 가끔 마음이 내키면 잘 자라는 답장을 보내줬다. 판은 답장을 받지 못하는 날이면 매우 상심했다.

그는 미처 몰랐다. 매일 밤마다 천에게 잘 자라는 문자를 보내는 사람은 본인 외에도 수없이 많다는 것을. 누군가는 아름다운 사랑의 시를 첨부하기도 했고, 누군가는 구구절절한 사랑 고백을 써 보내기도 했다. "잘 자요"라는 글자는 천에게 있어 감동은커녕 부담스러운 인간관계를 뜻할 뿐이었다. 하지만 매일 밤 문자를 보내던 사람들은 금세 다른 여자를 찾아 떠나고, 마침내 판 한 명만 남게 되었다. 그는 자그마치 2년 동안 하루도 쉬지 않고 문자를 보냈다.

하지만 천은 그 중 누구와도 사랑에 빠지지 않았다. 판을 포함해서 말이다. 그녀가 사랑하는 사람은 그녀 자신뿐이었다.

그런 여자도 있는 법이다. 독립적이고 자주적이며, 천성적으로 그 어떤 구속도 견디지 못하는. 또한 그들에게는 모든 일에 본인의 즐거움이 최우선이라는 한 가지 원칙만 존재한다. 이런 부류의 여자들은 그 어떤 감정에도 얽매이고 싶어 하지 않는다. 천이 바로 그런 부류의 여자다. 그녀의 마지막 연애는 대학교 시절까지 거슬러 올라간다. 남자친구는 그녀가 졸업 후 자신을 따라 함께 북부 지방으로 가길 원했다. 그래서 그녀는 조금의 망설임도 없이 남자친구를 차버렸다. 그 후 사회생활을 시작하고 몇 년이 지나는 동안 단 한 번도 애인을 사귀지 않았다.

그녀를 흥분시키는 건 오로지 그녀가 좋아하는 일뿐이었다. 바로 다른 사람의 결혼식을 준비해주는 웨딩플래너 일이다. 때문에 정작 자신의 결혼식을 준비할 일은 없었다. 그 후 회사를 그만둔 그녀는 프리랜서 웨딩플래너가 되었다. 시간 분배가 비교적 자유로워진 후로는 즉흥 여행에 재미를 들였다. 예를 들어 오늘 저녁 우연히 "겨울이 싫어, 우울이 싫어, 열대지방의 섬으로 날아가 수영이나 하면 좋겠네."라는 노래를 들었다면 며칠 후에 바로 이름 모를 섬에서 햇볕을 쬐고 있는 식이다. 어느 날 문득 난징 시의 오리선지국이 먹고 싶어지면 다음 날 바로 난징으로 날아가기도 했다. 그녀는 계획적으로 여행하는 법이 없다. 동전을 던져 다음 목적지를 정하는 식으로 한참을 이곳저곳 돌아다닌다. 이런 식의 생활을 그녀는 충분히 즐기고 있었다.

천이 자신을 좋아하는 일은 결코 일어나지 않을 거라는 걸 판이 깨닫는 데까진 꽤 오랜 시간이 걸렸다. 그녀가 남자를 사귀는 일은 당분간 일어나지 않을 거라는 걸 알면서도 포기할 수 없는 그 사랑의 말로는 불 보듯 뻔했다. 빠져나올 수 없는 구렁텅이에 자진해서 들어가는 것과 마찬가지인 것이다. 하지만 때론 한 번 꺼내면 다시 집어넣을 수 없는 감정도, 한 번 시작하면 절대 멈출 수 없는 일도 있지 않은가. 판은 여전히 매일 밤마다 천에게 문자를 보냈다. "잘 자요, 천 양."

정성이 지극하면 돌 위에도 꽃이 핀다던가. 판은 마침내 천의 인생에서 한 부분을 차지할 수 있었다. 그녀의 둘도 없는 친구가 된 것이다. 동성애자도 아닌 남성이 여성과 단지 친구로만 지낸다는 건 어떤 의미일까? 판은 이 질문에 충분한 대답을 한 것이나 마찬가지였다. 판은 천을 쥐면 부서질까 불면 날아갈까 지극정성으로 대했다. 천의 다양한 생활 습관을 파악하고 있음은 당연했다. 몇 시에 일어나 몇 시에 잠드는지, 좋아하는 음식과 싫어하는 음식은 무엇인지, 옷은 무슨 색깔과 어떤 디자인을 즐겨 입는지, 어떤 장르의 음악을 좋아하는지, 영화를 볼 때 어떤 장면에 눈물을 흘리는지, 기분이 안 좋을 땐 어떤 표정을 짓는지 등등…. 심지어 그의 핸드폰에는 천의 생리 주기를 체크하는 어플까지 깔려 있었다. 그 때가 되면 각종 뜨거운 국을 끓여 천에게 가져다주곤 했다.

하지만 천은 판을 절대로 친구 이상으로 생각하지 않았다. 호의를 표시하는 그를 굳이 쳐내지는 않아도 툭하면 어깨동무를 하거나, 심지어 판에게 진지하게 소개팅을 주선해주겠다며 나서기도 했다.

기분이 상한 판은 더 이상 참지 못하고 천에게 말했다. "난 소개팅에 관심 없어. 넌 혼자 지내도 되고, 난 안 되냐?"

천은 농담처럼 말했다. "혹시 게이는 아니지?"

판이 능청스럽게 대답했다. "네가 남자면 내가 게이 맞지."

"그런데 왜 여자를 안 만나?"

"그러는 넌 왜 남자치구 안 사귀는데?"

"내가 남자친구 안 사귀는 거랑 네가 여자 안 만나는 거랑 무슨 상관이야?"

"상관있어. 네가 결혼하기 전까진 나도 여자친구 안 사귈 거야."

그 후 얼마 지나지 않아 판이 자신의 대답을 땅치고 후회할 일이 생기고 말았다. 천에게 남자친구가 생긴 것이다. 당연히 판은 아니었다. 천의 대학 동기 중 한 명으로, 오랫동안 천을 쫓아다닌 남자라고 했다. 판은 그 사실을 꿈에도 모르고 있다가 어느 날 천이 식사 자리에 한 남성을 데려와 소개를 시켜줘서 그제야 알게 되었다. "인사 해, 내 남자친구 자오. 여긴 내 절친 판."

판은 딱 죽고만 싶었다. 밥을 먹는 것이 꼭 독약을 떠 넣고 있는 것처럼 느껴졌다. 식당에서 나와서는 천을 기어코 집까지 바래다주겠다고 우기기까지 했다. 판의 고집을 꺾지 못한 천은 하는 수 없이 자신의 남자친구를 혼자 돌려보내야만 했다. 그리곤 판의 차에 올라탔다.

판은 말없이 운전만 했다. 계기판의 속도가 160을 가리켰다. 그는 차선을 이리저리 바꾸며 아슬아슬하게 달리고 있었다. 몇 번이고 큰 사고가 날 뻔한 순간을 겪기도 했다. 천은 두 손을 가지런히 모은 채 무심하게 앞만 보며 아무 말도 하지 않았다.

그러다 앞 차를 추돌하기 직전 급브레이크를 밟은 후에야 판은 속도를 줄였다. 그리고는 차를 갓길에 세웠다.

천은 차갑게 말했다. "둘이 같이 죽자는 거야?"

판은 떨리는 목소리로 말했다. "이유가 뭐야?"

천이 말했다. "이유 같은 거 없어. 그냥 연애를 하려는 것뿐이야. 너도 얼른 어울리는 여자 찾아서 결혼해."

"왜?"

"직접 말하지 알아도 다 알고 있었어. 나도 너한테 직접 말할 수 없어서 행동으로 보여주는 거야. 너도 보면 알 거라 믿으니까. 난 너라는 친구를 잃고 싶지 않아."

"왜?"

사실 판은 질문을 해봤자 의미가 없다고 생각했지만, 이런 식으로 천에게 끊임없이 이유를 물었다. 천은 그가 진짜 묻고 싶은 게 무언지 이미 너무나도 정확히 알고 있었다. 그것이 바로 그들의 행운이자 동시에 불행이었다. 둘은 이미 서로를 과도하게 파악하고 있었던 것이다. 사랑이라는 기묘한 불꽃이 둘 사이에서 타오를 가능성은 이미 사라져버렸다. 오랫동안 유지되었던 친구관계가 서서히 연인으로 변하는 일이란 다른 사람은 몰라도 천에게만큼은 불가능한 일이었다. 천은 만나자마자 불꽃이 튀고 천지가 개벽하는 그런 종류의 사랑을 원했다. 그것만큼은 판이 결코 해줄 수 없는 것이었다.

천은 긴 한숨을 내쉬고는 대답했다. "나 원래 제멋대로잖아."

천도 알고 있었다. 어느 날 자신이 죽게 된다면 그건 분명 자신이 제멋대로 군 탓이리라는 것을. 그녀는 자오를 좋아하는 게 아니었다. 그와 사귀기로 한 건 전부 판을 단념시키기 위함이었다. 물론 다소 심한 감이 없지 않았지만, 하는 김에 확실하게 하고 싶었을 뿐이었다. 이 얼마나 드라마틱한 연출인가. 하지만 그녀가 미처 생각하지 못한 게 있었다. 그날 밤, 판은 여전히 그녀에게 문자를 보냈다. 잘 자요, 천 양.

다음 날 아침 천의 집 문 앞엔 꽃다발을 든 판이 서있었다. 그의 옆엔 김이 모락모락 나는 아침 식사도 놓여있었다. 판이 말했다. "좋은 아침이야. 오늘부터 정식으로 너에게 구애를 펼치기로 했어."

천은 당장 문을 닫아버리고 싶은 충동을 애써 참고는 판에게 고함을 질렀다. "미쳤어? 아니면 변태야? 어제 저녁에 그렇게까지 말했는데, 아직도 못 알아들어?"

판이 말했다. "알아들어. 예전엔 내가 너무 멍청했다는 것도. 그래서 오늘부터 네 친구 그만두고, 구혼자 할 거야. 네가 받아줄 때까지!"

"당장 꺼져!"

판이 '구혼자를 하겠다'고 선언한다 해도 사실 뭐가 크게 달라질 것도 없었다. 어차피 지금까지도 천에게 지극정성이었으니 그보다 더 잘할 순 없다는 걸 본인도 알고 있었다. 유일한 변화라고 한다면 이제는 '좋아한다'는 말을 천에게 대놓고 한다는 것 정도였다. 그럴 때면 천의 대답은 보통 딱 한 마디였다. 꺼져!

천은 판에게 매우 진지한 태도로 말해보기도 했다. "우리는 어디까지나 우정일 뿐이야. 지금 내가 남자친구가 있기 때문만이 아니라, 앞으로도 네 애인이 될 일은 없을 거야. 진심으로 그만해줬으면 좋겠어."

판은 실없이 웃으며 대답했다. "날 포기하게 만들고 싶다면, 네가 생각하는 가장 잔인한 말로 나에게 상처를 주면 돼. 그럼 기꺼이 네 인생에서 떠나줄게."

판은 스스로 포기하고 싶어도 그러지 못했으며, 천은 더 매몰차게 말하고 싶어도 그러지 못했다. 그래서 둘의 관계는 계속 이런 기괴한 모습으로 지속되어갔다.

판은 마침내 자오를 천에게서 떼어놓는 데 성공했다. 그 뒤로 천에게 또 다른 남자친구가 나타나지 않은 것 역시 천만 다행이었다. 그는 마침내 안심하고 천의 곁에 머무를 수 있었다. 시간이 흐르며 천 역시 판에게 포기하라는 둥의 말을 하지 않게 되었다. 가끔 판이 좋아한다고 말해도 더 이상 꺼지라고 하지 않았다. 그저 웃으며 아무 대답도 하지 않을 뿐이었다. 때로는 갑자기 너무도 친절해져, 판이 기뻐서 어쩔 줄 모르게 만들기도 했다. 그런 천을 보며 판은 그녀가 자신에게 점점 가까이 오고 있다고 생각했다. 그렇게 언젠가는 자신에게 완벽히 넘어오리라 믿었다.

천과 판이 만난 지 천 일이 되는 날, 판은 때가 되었다는 생각이 들었다. 그래서 그 날을 평소와는 다른 특별한 기념일로 만들기로 했다. 바로 천에게 정식으로 고백하려는 것이었다. 그는 천과 한 레스토랑에서 만나기로 하고 모든 준비를 마쳤다. 일단 식사를 마치고 종업원이 디저트를 내올 때 조명이 어두워지고 음악이 시작되면서 빔 프로젝터를 통해 한쪽 벽면에 천 일 동안 찍은 둘의 사진이 보일 것이다. 그 후 판이 고백의 편지를 낭독하며 꽃다발과 선물을 전한다. 완벽한 계획이었다.

하지만, 그것은 결코 일어나지 않았다.

식사가 끝날 무렵, 천이 돌연 말을 꺼냈다. "나 베이징에 가."

판은 깜짝 놀라 물었다. "무슨 일로? 그런 소리 없었잖아?"

천이 말했다. "줄곧 어떻게 말을 꺼내야 할지 몰라서 고민했어. 간단히 말하면, 저번 윈난 성에 여행 갔다가 한 사람을 알게 됐어. 지금껏 내가 그런 사람이랑 만날 수 있으리라곤 생각해본 적도 없는데, 그를 사랑하게 됐어. 태어나 처음 가져보는 사랑이야. 그 사람도 내가 좋대. 근데 베이징에 사는 사람이라, 결국 내가 그쪽으로 가기로 했어."

천은 말을 하면서 계속 창밖에서 눈을 떼지 않았다. 판의 눈을, 그

절망과 고통의 눈빛을 차마 바로 볼 수가 없었던 것이다.

판은 요동치는 가슴을 진정시키려 애쓰며 말했다. "내가 잘못 들은 거 아니지? 만난 지 한 달밖에 안 된 사람을 위해 그 먼 곳까지 가겠다고?"

천이 대답했다. "그래."

판은 한 자 한 자 힘주어 말했다. "무려 천 일 동안 밤낮으로 네 곁을 지킨 사람이 있는데, 온몸과 마음을 바쳐 널 사랑한 사람이 여기 있는데, 그 사람을 위해서 남을 생각은 해본 적 없구나."

천은 고개를 떨구었다, 그리곤 말했다. "고마워, 하지만 미안해. 사랑은 그렇게 계산할 수 있는 게 아니더라."

사랑은 원래부터 대등할 수 없는 게임이다. 날 사랑하지 않는 사람에게 아무리 잘 해주고, 지켜주고, 세상이 감동할 일을 해준다고 그 사람이 날 사랑하게 만들 순 없는 것이다. 더욱 잔인한 점은 내가 사랑하는 상대가 나 아닌 누군가의 미소 하나로 그 사람과는 금세 사랑에 빠질 수도 있다는 사실이다.

판은 그 날 이야기의 마무리가 어땠는지 전혀 기억나지 않았다. 천이 자신에게 끊임없이 미안하다고 말했다는 것만 기억에 남았다. 그녀는 정말 판에게 미안했던 걸까? 말하자면 그 날은 그가 준비한 한 편의 비극과도 같은 날이 되어 버렸다. 꽃과 사진은 없었다. 편지는 주머니 안에 구겨 넣었다. 혼자서 터덜터덜 집에 돌아와, 소파에 앉아 맥주 한 캔을 털어 넣었다. 그리고는 천이 보낸 길고 긴 문자를 보았다.

"예전엔 미처 몰랐어. 사람이 왜 다른 사람을 사랑하는지 말야. 나중에야 알게 되었어. 우리 모두의 마음속에는 구멍이 하나씩 있어서, 그 구멍을 통해 영혼까지 차디찬 바람이 불어 닥치는 거래. 그래서 그 구멍을 막기 위해 누군가가 꼭 필요한 거라더라. 그 구멍에 꼭 맞는 모양을 가진 누군가가. 너는 태양처럼 완벽한 동그라미 모양을 하고 있지만, 내 마음속의 구멍은 삐죽삐죽한 톱니 모양이어서, 그래서 우리 둘은 맞지 않았던 거야. 이 말을 서머셋 모옴의 『인생의 베일』이라는 작품에서 읽었어. 비록 네가 내게 꼭 맞는 모양은 아니었을지 몰라도, 여전히 나와 함께 해준 그 시간들에 감사하고 있어. 너와의 추억은 영원히 간직할게."

판은 그 문자를 읽고 또 읽다, 텅 빈 방 안에서 애써 큰 소리로 웃어보였다. 그리고는 답장을 보냈다. 잘 자요, 천 양.

이것은 그가 천 번째 보내는 문자이자, 마지막 문자였다.

그날 이후 그는 다시는 그 어떤 사람에게도 잘 자라는 문자를 보내지 않았다. 자신에게 아침 인사를 해주는 여자를 만날 때까지.

긴
생머리

6월 11일

글 차이야오야오

내 꿈이 이루어지지 않으면 어쩌나 걱정해본 적은 없어요.

그저 당신을 하루도 잊지 않았을 뿐이죠.

어디에 가든 그곳의 이야기를 당신에게 전해줬어요.

누구를 만나든 당신을 떠올렸고,

무엇을 먹든 당신과 함께 먹는 상상을 했어요.

이런 내 모습을 보면 당신은 분명 웃겠지요.

내가 당신을 처음 만난 날 그랬던 것처럼.

수많은 별들이 당신의 눈동자 속에서 반짝이겠지요.

오늘 밤,

안녕히.

긴 생머리

사랑하는 사람을 위해 머리를 기르던 시절을 겪어오면서

우리는 마침내 우리 자신을 위해 꿈꾸는 법을 배우게 된다.

귀에서 달랑거리던 머리를 기르기까지 장장 5년의 시간이 걸렸다. 그리고 샤위는 그 5년 동안 머리 모양이 단 한 번도 변하지 않았다. 그는 늘 그랬다. 변하지 않는 머리 모양, 변하지 않는 미소, 그리고 변하지 않는 미이신을 향한 사랑. 샤위는 내 가장 친한 친구다. 그리고 미이신은 샤위가 절대 닿을 수 없는 달빛이다. 매번 미이신에게 거절당해 상처를 입을 때마다 그는 날 불러내 양고기 샤브샤브를 먹으러 간다. 냄비에서 올라오는 김이 그의 얼굴을 가려 이상하리만치 흐릿해진다. 그리고 나는 그의 맞은편에 앉아 입 안 가득 고기를 넣고 우물거리며 그가 맥주를 털어 넣고 시작하는 하소연을 들어주곤 한다. 그렇게 샤위가 맥주도 다 마시고 하소연도 끝을 내면 탁자 위 양고기 역시 내가 다 먹어버린 후가 된다. 난 한숨을 쉬며 그의 외투에서 지갑을 꺼내 계산을 마치고는 만취한 샤위를 부축해, 우리의 상태를 보고도 태워주는 복 받을 택시에 올라 타 그를 집까지 데려다준다. 70킬로에 육박하는 샤위를 침대에 던져놓으면 그는 그제야 내게 손을 흔든다. "젠샤오전, 다음에 내가 밥 살게."

매번 이런 식이다.

다음 날 술이 깨면 그는 또다시 미이신에게 쪼르르 달려가 아침이나 야참 따위를 갖다 바친다. 난 반쯤은 비웃음으로, 반쯤은 넌덜머리가 난다는 표정으로 그가 준 사탕 껍질을 까며 말한다. "샤위 너 진짜 미이신을 위해서라면 뭐든 하는구나." 그럼 그는 나를 향해 가운데 손가락을 하나 세워 보이며 심오한 말투로 이렇게 말한다. "이런 걸 두고 이상적인 사랑이라고 하는 거란다. 네가 뭘 알겠니." 그리고는 마치 어린아이 보듯 날 한심하게 쳐다보며 말한다. "넌 진짜 몰라. 이상적인 사랑이란 그렇게 쉽게 포기할 수 없는 거야."

내가 모르긴 뭘 모른단 말인가. 샤위는 미이신이 예뻐서 좋아하는 거다. 큰 눈망울에 백옥 같은 피부, 한 줌에 들어올 것 같은 개미허리, 그 중 가장 예쁜 건 뭐니뭐니해도 그녀의 검고 윤기 나는 긴 생머리이다. 그 머리는 언제 어디서나 흑진주처럼 빛나곤 한다. 나는 지금까지 미이신의 그 머리카락보다 아름다운 머리카락을 가진 여자를 본 적이 없다. 심지어 광고 속 각종 보정을 거친 후의 머리카락조차 그녀의 것처럼 생동감 있게 아름답진 않았다.

하지만 나는 샤위의 정신이 반쯤 나간 듯한 그 모습을 한심한 듯 쳐다보았다. 그리곤 속으로 욕을 내뱉었다. "변태새끼."

비록 샤위가 미이신의 호구를 자처했다 하더라도, 삼시 세끼를 모두 책임지는 건 아니었다. 샤위는 나름의 정도를 지키고 있었다. 하지만 미이신의 마음은 도무지 알다가도 모를 일이었다. 가끔 이 바보 같은 녀석에게 문자로 '뭐 하니, 보고 싶어.'라고 보내 샤위가 고삐 풀린 망아지처럼 좋아 날뛰게 만들기도 했다. 그럴 때마다 그는 핸드폰을 들고 호들갑을 떨며 다가와 내게 보여주곤 했다. "젠샤오전, 이거 봐봐, 미이신이 나 보고 싶대. 이번엔 가망이 좀 있으려나?"

그런 그에게 내가 무슨 말을 할 수 있겠는가. 이건 그녀의 어장관리라고, 넌 영원히 그녀의 스페어 타이어일 뿐이라고 솔직히 말할까? 아니면 넌 절대 가망 없다고 말해도 될까? 샤위가 그랬다. 미이신은 자신의 꿈이라고. 난 그의 꿈을 망가뜨리는 못된 사람은 되고 싶지 않았다. 아무리 내가 샤위의 가장 친한 친구라도, 그것만큼

너의 꿈이 되고 싶어서 머리를 길렀다.
머리를 자른 후에야 알게 되었어. 나의 꿈을 위해 살아가는 법을.

은 할 수 없었다. 나는 그저 그 꿈이 서서히 사라져가길 바랐다. 미이신이 그에게 줄곧 이도 저도 아닌 태도를 유지하면 샤위도 인간인지라 언젠가는 지칠 거라고 믿었다. 그렇게만 된다면 그 녀석과 함께 양고기 샤브샤브를 먹고 만취한 그를 집까지 데려다주는 것 정도는 얼마든지 할 수 있었다.

그 후 얼마 지나지 않아 샤위가 의기양양한 모습으로 날 찾아왔다. 얼굴이 벌겋게 달아오를 정도로 흥분해서는, 미이신이 드디어 자기와 사귀기로 했다고 말하는 것이었다. 머리 모양까지 바꾼 그는 완전히 새 사람이 되어 있었다. 앞으로는 술도 마시지 않고 허튼 짓도 안 하며, 무엇보다 미이신이 신경 쓰게 하고 싶지 않으니 나와도 거리를 두고 싶다고 말했다. "젠샤오전, 앞으로 너랑 양고기 샤브샤브 먹으러 못 가겠다." 그가 진지한 얼굴로 말했다. "당장 꺼져!" 나는 화가 머리끝가지 났다. 그가 미이신과 싸우고 날 찾아와 술이 잔뜩 취해 찬바람을 맞으며 택시 잡는 일이 절대 일어나지 않기만을 바랐다.

그날 저녁 나는 혼자 양고기 샤브샤브를 먹으러 갔다. 샤위를 챙기지 않아도 된다는 생각에 나는 맥주를 잔뜩 시켜 마셨다. 다른 사람의 뒷수습을 할 필요가 없어지니 그렇게 후련할 수가 없었다. 맥주를 모두 마셨을 즈음, 냄비에서 자욱한 김이 오르는 건 똑같은데 그 뒤로 늘 보이던 얼굴이 보이지 않음을 문득 깨달았다. 잔뜩 꼬인 발음으로 "젠샤오전, 그거 아냐? 넌 내 가장 친한 친구야."라고 말하던 샤위의 얼굴이 말이다. 희뿌연 김이 점점 내 시야를 가렸다. 나는 계산을 하기 위해 몸을 일으켰다. 앞이 잘 보이지 않았다.

샤위는 그렇게 순식간에 내 인생에서 사라져갔다. 미이신과의 관계는 순조롭게 진행 중인 것 같았다. 그렇지 않으면 벌써 나에게 찾아와 하소연을 했을 테니까. 나 역시 그가 없는 생활에 적응해가고 있는 중이었다. 얼마나 흘렀을까. 문득 거울을 보니 머리가 길게 자라 있었다. 사실 난 머릿결이 별로 좋지 않은 탓에 조금만 길어도 머리카락 끝이 갈라지고는 했다. 그래서 어깨 아래로 길러본 적이 거의 없었다. 그런 내 머리가 지금 보니 허리까지 닿아 있었다. 난 거울 안의 내 모습을 보며 잠시 낯선 기분을 느꼈다. 아주 조금 미이신을 닮은 것 같기도 했다. 물론 그렇게 예쁘진 않았지만. 그래도 확실히 지금까지의 내 모습 같지는 않았다. 그렇게 한참을 쳐다보다, 난 미용실에 가서 머리를 정리하기로 마음먹었다. 영양 관리를 받고, 광고 속의 그 머릿결처럼 부드럽게 만들어 보리라.

미용실에 안 간지 하도 오래 되어서 어디로 가야 할지조차 몰랐던 나는, 그냥 발 가는 대로 걷다가 미용실처럼 생긴 곳을 발견할 수 있었다. 막 들어가려고 하는 순간, 미이신이 한 남자와 팔짱을 끼고 밖으로 나오는 모습을 보게 되었다. 방금 머리 손질을 마친 듯, 불어오는 미풍에 한 올 한 올 까맣고 윤기가 흐르는 머리가 하늘하늘 춤을 추고 있었다. "젠샤오전, 오랜만이야." 그녀가 웃으며 내게 인사를 건넸다. 난처한 기색이라곤 조금도 없었다. 그런 그녀를 보며 나는 너무도 당황해 입을 떡 벌린 채 바보같이 서 있었다. 그리고는 떠듬떠듬 입을 열었다. "너…, 샤위랑…." 미이신은 조금도 개의치 않고 활짝 웃으며 말했다. "헤어진 지가 언젠데. 여긴 내 약혼자. 우리 곧 결혼해. 젠샤오전, 조만간 청첩장 줄 테니까 꼭 와서 술이나 한 잔 하고 가." 그리고는 약혼자와 함께 사뿐사뿐 떠났다. 나는 고개를 돌려 그녀의 뒷모습을 보았다. 미이신의 허리까지 오는 머리카락은 여전히 아름다웠다. 풍성하게 빛나는 머리카락이 그녀의 걸음에 맞춰 찰랑거리는 모습이, 마치 꿈속에서나 나올법한 풍경 같았다.

그 후 나도 미용실 안으로 들어갔다. 미용사는 친절히 내게 물었다. "어떻게 해 드릴까요, 손님?" 나는 갑자기 목이 잠겼지만 애써 입을 열었다. "잘라주세요. 귀까지 오도록 짧게." 미용사는 놀란 듯했다. "그렇게 짧게요? 아깝지 않겠어요?" 나는 고개를 저은 후, 미용사에게 시작해도 좋다는 표시를 했다.

머리를 자르는 가위질 소리를 들으며 나는 눈을 감았다. 양고기 샤브샤브 냄비에서 오르는 김 너머로 샤위가 내게 말을 거는 모습이 보이는 듯했다. "젠샤오전, 내 꿈은 흑발의 긴 생머리 여자를 만나는 거야."

나는 5년이 걸려 너의 꿈이 되었다. 하지만 지금, 너의 꿈이 되기보다는 너를 내 과거의 꿈으로 남겨두려 한다.

샤위, 난 늘 그랬어. 네게 말하지 않은 것뿐.

3000번의 잘 자라는 인사와 단 한 번의 건네지 못한 입맞춤

2월 24일
㉠ 쓰 경 성

오늘부터는,

당신에게 외면당하면서도 줄곧 당신만을 사랑해주고

당신 곁에 영원히 머물 그 사람을 더 이상 실망시키지 않았으면 해요.

그 사람은 바로 당신 자신이죠.

오늘 밤

안녕히.

날아가는 새처럼 내 인생을 스쳐 지나갔던 그 사랑은
소리 소문 없이 다가와,
가슴을 갈기갈기 찢어놓고 떠났다.

자오레이와 샤오퉁은 꼭두새벽부터 생수와 먹을 것들을 트렁크에 실은 후 차에 올랐다. 제법 긴 여정에 오른 두 사람은 서로 말이 없었다. 어스름이 채 가시지 않은 하늘엔 새벽 안개 너머로 주홍빛 태양이 빛났다. 자오레이는 샤오퉁에게 줄곧 묻고 싶은 것이 있었다.

"정말 거기에 다시 가도 되겠어?"라는 질문.

하지만 이번에도 묻지 않았다. 베이징에서 출발한 그들은 남쪽으로 차를 몰아 샤오퉁의 고향인 쓰촨에 가는 길이었다. 샤오퉁은 2008년 쓰촨 성 내 원촨현 대지진 이후 베이징으로 거처를 옮겼다. 엄밀히 말하면 자오레이가 그녀를 데리고 베이징으로 왔다는 표현이 옳다. 그 후 몇 년이 지난 지금까지 자오레이는 행여나 샤오퉁이 그 쓰라린 기억을 떠올릴까 싶어 쓰촨에 대해서는 절대 먼저 말을 꺼내는 일이 없었다.

당시 베이징의 한 신문사 기자로 일하고 있었던 자오레이는 지진 소식을 듣자마자 자진해서 그곳으로 취재를 떠났다. 하지만 쓰촨 성에 도착했을 땐 이미 재난 지역으로 가는 길이 막혀있었다. 할 수 없이 다른 기자들과 함께 청두에서 머물다가 적십자사의 지원차량을 타고 재난 지역인 원촨현으로 들어갈 수 있었다. 사태의 심각성은 이미 알고 있었지만 산산조각이 난 건물과 발 디딜 곳조차 없는 도로를 직접 보니, 그제야 '재난'이란 게 이런 거구나 싶었다.

폐허가 된 곳곳에서는 돌덩이를 옮기며 구조 활동을 벌이고 있는 사람들이 있었고, 구조대원보다 더 많은 지진 피해 난민들이 산더미 같은 시멘트 언덕을 넘어 재난지역을 떠나기 위해 말없이 걸음을 재촉하고 있었다. 자오레이는 그들에게 가 지금의 심정을 묻는 인터뷰를 하는 것이 과연 옳은지 고민했다. 그러다가 차라리 구조 활동에 힘을 보태기로 했다. 그렇게 부서진 시멘트 파편들을 옮기다 보니 그 안에 더 큰 시멘트 덩어리가 발견되어 어느새 맨손으로는 더 이상 옮길 수 없게 되었다. 사람들은 점점 줄어들고 구조 활동을 벌이던 사람들도 하나 둘 떠났지만, 취재를 해야 했던 자오레이는 떠날 수 없었다. 통곡소리조차 사그라든 현 안은 매일 저녁 매우 고요해졌다. 지진에 의한 정전으로 사방엔 불빛 하나 보이지 않았다. '귀신이 사는 마을이 있다면 이런 모습일까.' 자오레이는 생각했다.

그는 무너진 건물들 어딘가에 아직도 생존자가 깔려있을지도 모른다는 생각만으로도 두려웠다.

구조대 주변엔 종종 한 소녀가 나타나 물이며 식료품을 구걸하다, 다 먹고 나면 한켠에 가만히 서 있곤 했다. 그녀가 바로 지금 자오레이 옆에 있는 여자, 샤오퉁이다. 당시 11살이었던 그녀는 매우 왜 소하고 약해 보이는 몸집에 헝클어진 머리를 대충 묶어 올린 모습이었다. 누군가 그녀에게 말을 걸어도 절대 대답하는 법이 없었다. 폐허에서 한참을 배회하던 모습은 마치 누군가를 기다리는 것 같았는데, 이내 포기했는지 시간이 흐르자 구조대원 쪽에 얌전히 있었다.

어느 날 저녁, 자오레이는 시외로 전화를 걸기 위해 회사에서 지급받은 위성 전화기로 통화를 하고 있었다. 상황을 보고받은 편집장은 그에게 며칠 더 그곳에 머물러 줄 것을 당부했다. 자오레이가 편집장의 말에 따르기로는 했지만 이곳은 너무나도 참혹했다. 기자 정신을 되새기며 아무리 마음을 다잡아 보아도, 이성을 초월한 공포를 막을 순 없었다.

자오레이가 전화를 끊고 몸을 돌리는 순간 샤오퉁과 눈이 마주쳤다.

"그 전화, 또 걸 수 있어요?"샤오퉁이 물었다.

이것이 자오레이가 처음 들은 그녀의 목소리였다. 그는 고개를 끄덕였다.

"그럼 나도 걸래요." 샤오퉁의 말투는 부탁보다는 지시에 가까웠다.

자오레이는 가족에게 전화를 걸고 싶어 하는 듯한 이 어린 소녀 앞에서 망설이지 않을 수 없었다. 지금껏 재난민들에게 몇 번이나 전화를 빌려줬었지만, 통화가 된 경우는 단 한 번도 없었기 때문이다. 그가 망설이는 사이 전화를 낚아채가는 바람에 하는 수 없이 번호를 눌러주었지만 역시 아무도 받지 않았다. 다시 걸어 봐도 마찬가지였다. 그녀는 그 어떤 반응도 놓치지 않겠다는 의지로 전화기를 얼굴에 딱 붙이고 있었다. 자오레이가 다시 번호를 눌러 건네주자, 마지막엔 뒷걸음질을 치더니 큰 소리로 울음을 터트렸다.

수화기에선 여전히 아무 소리도 들리지 않았다.

다음 날, 구조대가 다른 곳으로 이동했다. 자오레이는 산 쪽으로 들어가 보고 싶었다. 텅 빈 마을에선 더 이상 취재거리가 없어 보였기 때문이다. 그 안에 남겨진 사람들이라곤 재난품을 훔치려는 좀도둑들뿐이었다. 그들은 폐허를 뒤져 주인 없는 물건들을 주워가기에 바빴다.

자오레이는 그런 곳에 샤오퉁을 홀로 남겨둘 수 없었다. 최소한 대피소에는 데려다 주고 싶었다. 그들은 며칠 동안 폐허 속에서 길을 찾으려 사방을 헤맸다. 지도는 소용없어진 지 오래였다. 오로지 방향감각에만 의존해 앞으로 나아가다 커다란 돌덩이에 길이 막히면 돌아가는 식이었다. 그러던 어느 날 저녁, 둘은 산 어귀에 도달한 느낌이 들어 수풀 안으로 들어갔다. 산은 금세 어두워졌다. 자오레이는 땔감을 주워왔지만 축축한 상태라 불이 잘 지펴지지 않았다. 더 이상 걸음을 옮길 수 없었던 그들은 적십자사에서 준 비상식량을 먹고 버텼다. 그리고 자오레이는 침낭을 펴고 잘 준비를 했다. 샤오퉁은 땔감을 좀 더 태울 생각인지 바닥에 쭈그리고 앉아 라이터를 만지작거렸다.

자오레이는 그런 그녀가 조금 이상하다고 생각했다. 그의 뒤를 졸졸 따라다니던 요 며칠간 그녀는 매우 조용했다. 몇 번이고 잃어버린 줄 알고 뒤를 돌아 확인해보았지만 그녀는 여전히 딱 달라붙어 투정조차 부리지 않고 어디로 가는지 묻지도 않은 채 따라왔다. 손에는 무언가를 꼭 쥐고 있었는데, 자오레이 역시 그게 무엇인지 묻지 않았다.

여름임에도 한밤중의 산중은 이슬 탓에 축축하고 한기가 느껴졌다. 침낭 안에 누워있는 자오레이는 추위에 몸을 웅크렸다. 잠들기 직전, 그는 고개를 들어 여전히 불을 붙이고 있는 샤오퉁에게 말했다. "불 안 붙으면 그냥 둬. 잘 자."

그러자 샤오퉁이 물었다. "잘 자는 게 뭐예요?"

자오레이는 순간 당황했다. "편안하게 푹 잠드는 거 말야."

그날 밤, 자오레이는 얼굴에 닿는 서늘한 감촉에 밤중에 잠에서 깼다. 눈을 뜨니 코앞에 샤오퉁의 얼굴이 보였다. 자오레이의 얼굴에 무언가를 발라주던 그녀는 자오레이가 눈을 뜨자 황급히 자신의 침낭으로 돌아가며 말했다. "잘 자요!"

자오레이는 나중에야 알게 되었다. 그날 밤 샤오퉁이 자신의 얼굴에 바르던 것은 다름 아닌 영양크림이었다는 것을. 지진이 막 일어났을 때, 샤오퉁의 부모님은 서둘러 그녀부터 밖으로 내보낸 후 집으로 돌아가 세간살이를 옮기셨다. 샤오퉁은 사방이 요동치는 그곳에서 홀로 한참을 기다렸다. 눈앞의 건물들이 무너져 내리다가 공중에서 재가 되어 사라지는 모습이 마치 영화 속 한 장면처럼 느껴졌다고 한다.

그렇게 혼자가 된 그녀의 손에 들려있던 유일한 물건이 바로 그 영양크림이었던 것이다.

차는 어느새 도시를 벗어나 시골길을 달리고 있었다. 자오레이는 슬슬 졸음이 쏟아졌다. 조수석에 앉아있는 샤오퉁 역시 피곤했는지 오는 내내 깊이 잠들어 있었다. 11살에 만났던 샤오퉁은 그간 소녀의 태를 벗고 여인이 되었다. 아직 18살밖에 되지 않았지만 무척 여성스러운 얼굴이었다. 피부는 너무 하얘 건강이 염려될 정도였다. 자오레이는 줄곧 샤오퉁이 참 특이하다고 생각했다. 그녀는 늘 펑퍼짐한 상의에 타이트한 치마를 입고 두피가 보일 정도로 짧은 스포츠머리를 고수했다. 아무리 봐도 그때 그 쓰촨 소녀와는 전혀 다른 사람이었다. 지금 입고 있는 커다란 검정색 외투는 마치 그녀의 작은 몸집을 집어 삼키고 있는 것처럼 보였다.

자오레이는 그런 샤오퉁을 보며 가만히 미소 지었다. 샤오퉁이 잠든 모습은 무척이나 사랑스러웠다. 하지만 그녀는 입만 열면 명령조에, 말투는 갈수록 신랄해져갔다. 원촨현에 가고 싶다고 먼저 말을 꺼낸 그녀에게 왜냐고 묻기도 힘들 정도였다.

자오레이는 샤오퉁을 한 사립학교에 입학시켰다. 그곳은 베이징 후커우가 없는 아이들이 갈 수 있는 유일한 학교였다. 샤오퉁은 평일에는 그곳에서 기숙사 생활을 하고 주말에만 집에 왔다. 언제부턴가 자오레이는 그녀가 마치 자신의 딸처럼 느껴지곤 했다. 하지만 최근 몇 년간, 그녀는 갈수록 여성스러워지는 외모와는 달리 날로 성격이 거칠어졌다. 어느 주말, 자오레이는 집에 들어박혀 책을 읽고 있는 샤오퉁에게 왜 보통 다른 십대 여자아이들처럼 쇼핑을 하거나 친구들과 어울려 놀지 않느냐고 물은 적이 있다.

샤오퉁은 차갑게 대답했다. "지진 통에 부모가 죽는 걸 눈앞에서 본 사람이 보통 아이는 아니니까."

자오레이는 샤오퉁의 냉정함에 한방 맞은 기분이었다. 그는 샤오퉁의 속마음이 뭔지도, 이런 변화를 어떻게 받아들여야 할지도 알 길이 없었다. 그저 조금 더 조심스럽게 그녀를 대하는 것이 그가 할 수 있는 전부였다. 심지어 자오레이가 만나는 다른 여자들에게 매번 버릇없이 구는 것조차 나무라지 않았다. 함께 원촨현에 있을 때만 해도 자오레이는 샤오퉁이 이렇게까지 변하리라곤 생각지도 못했다.

당시 그들이 적십자사 직원들과 헤어진 후 몇 날 며칠을 걸어 도착한 산간 지역은 그 피해 상황이 도심보다도 훨씬 더 심각했다. 건물이 많지 않은 대신 산사태 규모가 엄청났던 것이다. 길에서 세탁기를 짊어지고 피난을 가던 침울한 표정의 주민들도 많았다. 그렇다. 바로 '침울'이었다. 한순간에 모든 것을 잃은 그 사람들은 하나같이 너무도 침울해 보였다. 그들 중 누군가가 여진이 일어날지 모른다며 산 속으로 들어가려는 자오레이와 샤오퉁을 만류했다. 자오레이는 고민 끝에 샤오퉁도 있으니 그들 말대로 그냥 돌아가야겠다고 마음 먹었다. 그 후 샤오퉁을 위해 몇 군데의 대피소를 찾아 갔지만 전부 정원이 찬 상황인데다 책임자를 찾기도 어려웠다.

그러던 중 마침내 어린아이를 맡아주는 대피소를 발견한 자오레이는 샤오퉁을 그곳에 맡긴 후 별 다른 작별인사 없이 돌아섰다. 하지만 몇 걸음 가지 않아 돌아본 곳에는 샤오퉁이 여전히 바짝 붙어 쫓아오고 있었다. 그때 자오레이는 깨달았다. 아무것도 묻지 않고 껌딱지처럼 딱 달라붙어있는 바로 이 어린 소녀가 앞으로 인생의 거대한 숲을 자신과 함께 헤쳐나갈 사람이라는 것을. 대피소에 있지 않으려는 샤오퉁에게 자오레이는 한숨을 쉬며 말했다. "좋아. 일단 나와 함께 베이징으로 가자."

돌이켜 생각해보면 그 대담한 결심은 샤오퉁을 위해서가 아니라 자오레이 본인을 위해서였던 것 같다. 며칠 동안 수없이 많은 시체와 끝없이 이어지는 곡소리 앞에서 냉정함을 잃지 않으려 애를 썼지만, 샤오퉁이 손가락으로 자신의 얼굴에 영양크림을 발라주던 그 순간 마음 속 최후의 방어벽이 무너져버린 것이다. 그는 아주 조금이라도 사람의 온기가 필요했다. 그 끔찍한 죽음 앞에서, 그는 그렇게 11살짜리 어린 소녀에게 의지하고 말았던 것이다. 하지만 한 소녀의 인생을 책임지는 일을 그는 너무 쉽게 생각했는지도 모른다.

그들이 비행기를 타고 베이징으로 돌아온 날은 날씨가 매우 좋았다. 은색 공항 건물이 푸른 하늘 아래서 태양빛을 받아 반짝이고 있었다. 자오레이는 샤오퉁을 데리고 스타벅스에 들러 커피를 마셨다. 그에게 이 커피는 일종의 상징이었다. 원촨현에서 무사히 벗어났음을, 흔들림 없는 안전한 도시생활로 돌아왔음을 뜻하는 상징 같은 전리품 말이다. 그리고 샤오퉁에게 있어 이는 새로운 도시 생활을 시작하는 신고식과 같았다.

샤오퉁은 한참을 망설이다 커피를 한 모금 마시고는 곧 인상을 찌푸리며 말했다. “맛없어.”

그때만 해도 자오레이는 알지 못했다. 자신이 샤오퉁을 키우게 될 거라는 사실도, 샤오퉁이 지금처럼 변할 거란 사실도. 둘이서만 있을 때는 그래도 평범한 여자애 같았다. 주말엔 함께 톈탄공원에 놀러가거나 싼리툰에서 쇼핑을 했다. 북적이는 길거리의 화려한 네온사인도 보고, 사람이 북적대는 식당에서 식사를 했으며, 택시를 잡기 위해 한바탕 전쟁을 벌이기도 했다. 자오레이는 샤오퉁이 이 도시에서 너무 어른스러운 유년시절을 보내느라 이렇게 빨리 커버린 것이 아닐까 미안한 마음도 들었다. 그녀에게 유일하게 남아있는 어린애 같은 버릇이라곤 잠들기 전엔 항상 자오레이 문 앞에 찾아와 “잘 자요.”라고 정중히 인사를 한다는 것뿐이었다. ‘잘 자요’라는 그 인사가 그 누구와도 소통할 수 없을 정도로 깊은 어둠 속에 갇힌 그녀를 조금씩 밖으로 끌어내주는 것 같았다. 꼭 그만큼씩 자오레이는 샤오퉁의 세상 안으로 들어갈 수 있었다.

30대에 접어든 자오레이는 한 회사의 홍보 담당으로 영입되었다. 기자 생활은 충분히 해서 더 이상 미련이 없는 데다 이젠 샤오퉁 때문에 예전처럼 마음놓고 집을 비울 수도 없으니 기회가 생겼을 때 망설임 없이 이직을 한 것이다. 덕분에 주중엔 9시에 출근해 5시에 퇴근하고, 주말에는 샤오퉁을 데리러 가는 규칙적인 생활을 할 수 있었다. 수입도 나쁘지 않아 샤오퉁의 학비 정도를 부담하는 것은 무리가 없다. 자오레이의 가족들도 모두 샤오퉁의 존재를 알게 되었다.

그러나 자오레이가 사귀는 여자들은 하나같이 샤오퉁을 탐탁치 않게 여겼다. 태도가 불량한 데다 자오레이 곁에서 떨어지려 하지 않기 때문이었다. 그러다보니 자오레이는 점점 애인을 집에 데려오지 않게 되었다. 밖에서 데이트를 즐기고 주말에는 샤오퉁과 함께 시간을 보냈다. 샤오퉁은 가사 일을 도맡아 했는데, 하루 빨리 어른이 되고 싶어 하는 것 같았다. 그럴 때마다 미묘한 어색함을 느낀 자오레이는 '집안일은 가사도우미에게 맡길 테니 그 시간에 공부를 열심히 하라'고 수차례 타일렀다.

그러면 샤오퉁은 눈을 흘기며 말했다. "돈이 남아돌아?"

그렇게 몇 년간 샤오퉁은 자오레이의 식사 및 허드렛일을 도맡았다. 주말에 집에 돌아오면 집 안 정리정돈과 걸레질을 하고, 빨래를 했다. 전 주에 널어놨던 옷을 걷어 가지런히 갠 후, 색깔별로 정리해

옷장에 넣어두었다. 전셋집에 살던 그들이 자오레이가 모은 돈으로 집을 사게 됐을 땐 인테리어 공사 현장을 떠나지 않았다. 못을 박고 벽을 칠하는 것 하나하나까지 모두 샤오퉁의 지시대로 이루어졌다. 공사가 끝나고 이사 들어간 날, 샤오퉁은 자신의 방에서 팔짝팔짝 뛰며 기뻐했다. 자오레이보다도 더 기뻐하는 것 같았다.

샤오퉁이 고1 즈음이던 어느 주말, 학교에서 수학여행을 가게 되었다. 자오레이의 기억으로는 그 때가 유일하게 그녀 없이 보낸 주말이었다. 그는 데이트를 마치고 애인과 함께 집으로 귀가할 예정이었다. 하지만 어째서인지 식당에서 이별을 하게 되었고, 그렇게 혼자 집으로 돌아왔다. 자오레이는 텅 빈 집 안을 보며 마치 다른 사람 집에 잘못 들어온 것만 같은 기분이 들었다. 샤오퉁이 직접 고른 초록색 벽지조차도 그 순간만큼은 낯설기 짝이 없었다.

샤오퉁이 없는 주말이 익숙하지 않은 거라고 자오레이는 생각했다. 그렇게 '익숙하지 않은' 정도일 뿐이라 여기기로 했다. 그리고는 그 감정을 애써 마음 깊숙이 묻었다.

그날 밤은 딱히 할 일도 없을뿐더러 뭘 해도 지루하게 느껴져 일찍 잠에 들려는데, 샤오퉁으로부터 전화가 걸려왔다. 여행은 어떤지 묻는 그에게 샤오퉁은 대충 괜찮다고 대답하고는, 잘 자요, 인사를 건넸다. 자오레이는 그제야 마음 편히 잠들 수 있었다.

사실 그동안 그가 샤오퉁을 돌봐준 건지, 아니면 샤오퉁이 그를 돌봐준 건지 확실치 않았다. 어쩌면 그들은 누가 누구를 돌봐주는 게 아니라 서로 의지하고 살았던 걸지도 모른다. 자오레이는 샤오퉁과 함께 하는 일상이 확실히 더 즐겁게 느껴졌다. 비록 옷도 이상하게 입고 말도 이상하게 하지만 그런 건 중요하지 않았다. 그 둘은 이 도시에서 서로를 의지하며 살아가다, 마침내 그들만의 아지트까지 갖게 된 것이다.

어느새 정저우를 지난 그들은 끊임없이 남쪽을 향해 달리고 또 달렸다. 잘 닦인 도로가 언덕이 되고, 삭막했던 땅이 습기를 가득 머금은 비옥한 땅으로 변했다. 남쪽 지방이 고향인 자오레이는 오히려 이런 지형이 더 친근하게 느껴졌다. 옆자리의 샤오퉁은 출발하고부터 지금까지 잠이 든 건지, 아니면 자는 척만 하는 건지, 줄곧 깨어날 줄을 몰랐다. 그렇게 몇 개의 지역을 지나 끝없이 펼쳐진 길을 달리며 그들은 도시에서 점점 멀어졌다. 샤오퉁이 일어났을 때 배가 고픈지 물었더니 괜찮다고 대답했다. 그들은 근처 호텔에서 하룻밤을 묵고 가기로 했다.

차에서 내리니 날씨가 제법 추웠다. 겨울은 겨울이었다. 차 안에서는 계속 히터를 틀고 있어서 뼛속까지 스미는 찬바람을 잠시 잊고 있었던 것이다. 샤오퉁이 덜덜 떨며 말했다. “히터 없인 못 살겠네.” 과거 쓰촨에서의 시절을 벌써 잊은 걸까. 자오레이는 생각했다.

그날 밤, 좀처럼 잠이 오지 않았던 자오레이는 다시 일어나 업무 메일을 몇 건 처리하고 호텔방의 온도 조절기를 최고로 높였다. 샤오퉁과는 함께 식사를 한 후 각자의 방으로 흩어졌다. 자오레이는 문득 궁금해졌다. 샤오퉁은 원촨현에 돌아가 무엇을 확인하고 싶은 걸까?

지진 이후 지금까지 그는 눈코 뜰 새 없이 바쁘게 지냈다. 본인의 업무만으로도 하루가 부족한데 어린 소녀 하나를 돌보기까지 해야 했기에, 잠시 생각할 시간조차 없었다. 그때의 재난은 자신에게 어떤 의미였을까? 아무 의미도 아니라기엔 이 모든 현실이 너무도 황당무계하지 않나. 샤오퉁은 그 재난으로 인해 마음속에 견고한 어둠을 품게 되었다. 그렇다면 자오레이 자신은 어떤가? 그는 당시의 공허함을 떠올리기만 해도 다시금 불안감이 엄습해오는 것을 느꼈다. 그래서 더욱 일이 바쁘다는 핑계 속에 자신의 감정을 묻어두고 있었는지도 모른다. 간혹 생기는 외로움조차 자오레이는 우스운 감정이라고 치부해버렸다. 그는 누구보다 착실했다. 감성적인 사람이 되고 싶지 않았다. 하지만 마음 깊은 곳에 담아두었던 그 많은 죽음과, 그 많은 눈물을 한 번쯤은 멈춰 서서 되새겨보아도 되지 않았을까?

그는 가끔 샤오퉁 역시 같은 생각을 하고 있음을 느낄 때가 있었다. 그 둘은 말하지 않아도 서로의 마음속 소리 없는 외침을 들을 수 있었다.

그때, 자오레이의 방문을 두드리는 소리가 들렸다. 문밖엔 티셔츠와 핫팬츠를 입은 샤오퉁이 서있었다. 자오레이는 그녀를 방으로 들인 후 말했다. "날도 추운데 왜 이렇게 옷을 얇게 입었어?"

샤오퉁은 침대로 올라가 베개로 다리를 덮었다. "자는지 보러 왔어."

이렇게 들이닥치면 자고 있었어도 다 깼겠다. 자오레이는 속으로 그렇게 생각하며 말했다. "곧 잘 거야. 너도 얼른 돌아가 자."

샤오퉁은 대답이 없었다. 둘이 함께 산 지도 몇 년이 흐른 지금, 어느새 샤오퉁은 어엿한 어른이 되었다. 그녀가 가끔 샤워 후 티셔츠만 입고 나올 때가 있는데, 그런 모습을 볼 때마다 자오레이는 얼른 자리를 피하곤 했다. 하지만 이렇게 맨다리로 침대에 올라온 건 처음이었다. 그는 이유 모를 못마땅함을 느꼈지만, 그런 감정은 떠오르기가 무섭게 의식의 심연 속으로 빨려들어갔다. 누가 뭐래도 자오레이는 샤오퉁을 자신의 딸 같은 존재라고 굳게 믿고 있었기에, 둘 사이의 어색함은 사춘기 딸과 아버지 사이에서 평범하게 일어나는 감정이라고 여기기로 했다.

샤오퉁이 입을 열었다. "자오레이, 원촨현은 지금 어떤 모습일까?"

샤오퉁은 늘 '삼촌'이란 호칭 대신 자오레이의 이름을 불렀다. 그래야만 자신이 한 사람의 여자로서 그의 앞에 설 수 있다고 생각하는 것 같았다. 그래서인지 자오레이의 애인들이 자신을 '이모'라고 부르라 할 때마다 눈을 부라렸다. 지금까지 자오레이는 꽤 여러 명과 연애를 했는데, 모두 오래 가지 못하고 어느 순간 그 관계가 깨져버렸다. 하지만 지금 만나는 여자는 제법 괜찮았다. '이모'라는 호칭을 강요하지도 않았고, 전에 만났던 사람들보다 샤오퉁을 대하는 태도도 훨씬 부드러웠다. 샤오퉁을 좋아하진 않지만 싫어하지도 않는 것 같았다. 샤오퉁은 이번 애인은 쉽게 사라지지 않을 것임을 예감했다.

"글쎄. 재건되지 않았을까? 집도 다시 만들고, 회사도 다시 생기고." 자오레이는 살짝 불안했다. 가끔 원촨현에 대한 기사를 봤지만 샤오퉁에게 알려준 적은 없었다.

"학교도 다시 생겨서 학생들이 다니고 있을 거야." 그는 덧붙였다.

"마치 아무 일도 없었던 것처럼, 그렇지?" 샤오퉁이 물었다.

자오레이는 한숨을 쉬었다. 이런 질문을 듣게 될 날을 대비해 지금껏 몇 번이나 대답을 연습해왔던 그였다. 자오레이는 샤오퉁을 향해 마치 외운 것을 암송하듯 대답했다. "그렇지 않아. 일어난 일은 일어난 일이지. 그건 잊혀질 수도, 버릴 수도 없는 거야. 친구와 가족을 잃은 사람들이 영원히 기억할 테니까."

만족스러운 대답이 아니었는지 샤오퉁은 발끈했다. "기억하고 있다고 죽은 사람이 돌아올 수 있는 건 아니잖아." 그녀는 막무가내였다. 마치 계속해서 외면하면 언젠가는 없던 일이 된다는 듯이. 자오레이가 무슨 말을 하든 샤오퉁의 그 태도는 변하지 않을 것이다. 그렇다고 해서 샤오퉁이 부모의 죽음을 받아들이지 못하고 있는 것도, 그 사실을 바꾸고 싶어 하는 것도 아니었다. 그녀는 단지 계속 인정하지 않는 척하기로 마음먹은 것뿐이었다.

자오레이는 샤오퉁의 모습을 보고 오히려 안도의 한숨을 내쉬었다. 그는 줄곧 샤오퉁이 아직도 상처에서 벗어나지 못했을까봐 걱정하고 있었는데, 보아하니 부모의 죽음이라는 사실 자체는 받아들인 것 같았다. 단지 그 사실을 마음속에 줄곧 담아두고 있는 것뿐이다. 하지만 그게 잘못됐다고 볼 순 없다. 훌훌 털어버린다면 그거야말로 비정상 아니겠는가. 자오레이는 마음이 한결 가벼워짐을 느꼈다. 그는 샤오퉁에게 말했다. "내일도 서둘러 출발해야 해. 길만 안 막히면 저녁엔 도착할 수 있을 거야. 얼른 자, 6시에 일어나야 하니까."

"흥." 샤오퉁이 뾰루퉁한 표정으로 자오레이를 째려봤다.

"으이구, 그런 바지 좀 입지 말고." 그는 돌아가는 샤오퉁의 뒤통수에 대고 외쳤다.

샤오레이는 일부러 발을 쿵쿵거리며 걸어가 문을 있는 힘껏 열어젖혔다. 하지만 완충 장치가 달려 있는 호텔 방문은 아무리 힘껏 열었다 닫아도 쾅 하고 세게 닫히지 않을뿐더러 반쯤 닫힌 상태에서는 속도가 점점 줄어들어, 결국 찰칵 소리를 내며 조용히 닫혔다. 자오레이는 무언가 어려운 난관을 극복한 느낌이 들었다. 정확히 설명할 순 없지만, 그 날 매우 편히 잠들었던 것만큼은 확실하다.

다음 날, 자오레이와 샤오퉁은 날이 밝기도 전에 출발을 서둘렀다. 남쪽의 안개가 더욱 무겁게 내려앉았다. 커피와 빵을 사는데, 스타벅스 커피가 아닌 것에 투덜대는 샤오퉁에게 자오레이가 말했다. "스타벅스가 그렇게 흔한 줄 알아?" 그럼에도 샤오퉁은 여전히 무언가 맘에 들지 않는 듯 보였다. 계속 가고 싶지 않은 것 같았다. 전날과는 다르게 잠도 안 자고 커피가 맛이 없다는 둥, 빵이 너무 딱딱하다는 둥, 안개 때문에 사고가 날 거 같다는 둥, 심지어 자오레이의 운전 실력을 트집 잡으며 끊임없이 볼멘소리를 했다. 평소와는 다르게 수다스러운 샤오퉁의 모습을 보며, 자오레이는 그녀가 긴장한 것이라고만 생각했다. 그곳으로 다시 돌아간다는 느낌이 낯선 탓이라고. 그래서 딱히 신경 쓰지 않았다. 그날 샤오퉁은 확실히 과하게 말이 많았다. 자오레이에게 『어린 왕자』를 읽어봤는지 묻기도 했다. 그 말에 자오레이는 코웃음 치며 대답했다. "어린 애들이 보는 거잖아."

"참내, 보아뱀을 그려놨더니 모자만 보고 있네!" 샤오퉁이 소리를 높였다.

둘은 이번 여정의 목적을 새카맣게 잊은 듯 그렇게 한참을 떠들어댔다. 서쪽으로 방향을 트니 탁 트인 고속도로가 나왔다. 그들은 마치 여행을 떠나는 듯 마음이 가벼웠다. 차 안이 더워지자 자오레이는 오른손으로 핸들을 쥔 채 왼손으로 외투를 벗었다. 샤오퉁이 도와줄 생각으로 그의 몸을 당기자, 자오레이가 외쳤다. "아, 손을 왜 비틀고 그래!"

둘은 웃음을 터트렸다. 그 순간, 도로에 고양이 한 마리가 튀어나왔다. 이런 시골에서 흔히 볼 수 있는 길고 늘씬하며 지저분한 고양이였다. 자오레이는 서둘러 핸들을 잡았다. 왼쪽 손은 여전히 뒤로

꺾인 채 소매 속에 있었다. 차는 가드레일을 들이받았다. 자오레이는 재빨리 브레이크를 밟았다. 고양이는 마치 아무 일도 없었다는 듯 종종거리며 도로를 가로질렀다. 자오레이는 얼른 소매에서 팔을 뺐다.

그는 언젠가 차를 운전할 때 동물, 특히 까만 고양이와 강아지를 치면 불길한 일이 생긴다는 미신을 들은 적이 있다. 꼭 그 말을 믿어서는 아니지만 어찌됐든 동물을 치고 싶진 않았다. 그는 동물을 사랑하는 사람이었다. 하지만 이 검은 고양이는 정말이지 괘씸하기 짝이 없었다. 겁도 없이 국도 위에서 어슬렁대다니. 주변을 살펴보아도 주인으로 보이는 사람은 없었다. 고양이는 사뿐히 난간을 뛰어넘어 안개 속으로 사라졌다.

샤오퉁은 많이 놀랐는지 그 이후론 가는 내내 말이 없었다. 자오레이가 몇 번이나 장난을 걸어봤지만 반응이 없었다. 둘은 식사조차 차 안에서 주전부리로 대신한 채 쉼 없이 서쪽으로 내달렸다. 내비게이션에서 쓰촨 성에 진입했다는 안내가 나왔을 땐 이미 하늘이 어둑어둑해진 뒤였다. 자오레이는 하루를 더 묵을지 고민했다. 이미 날은 저물고, 몇 시간은 더 가야 멘양 시에 도착할 수 있었다.

그는 샤오퉁에게 물었다. "곧 휴게소인데, 화장실 갈래?"

샤오퉁은 고개도 들지 않은 채 잠시 고민하는가 싶더니, 이내 대답했다. "그래."

훗날, 자오레이는 '그래'라는 이 한 마디를 떠올리고는 그때 바

만남이란 어쩌면 이 세상에서 일어나는 가장 아름다운 일일지도 모른다.
하지만 다른 모든 아름다운 것이 그렇듯, 이 또한 영원할 순 없음을.

로 눈치채지 못한 것을 안타까워했다. 샤오퉁이 이미 자신을 떠날 결심을 굳힌 후 마지막 순간에 단호히 내뱉은 한 마디가 바로 '그래'였음을.

샤오퉁은 자신의 가방을 챙겨 화장실로 갔다. 그동안 자오레이는 차에 기름을 넣었다. 하지만 그 후 한참을 기다려도 샤오퉁은 돌아오지 않았다. 십여 분쯤이 지나고, 뭔가 잘못됐음을 눈치챈 자오레이가 제대로 주차를 하고 샤오퉁을 찾기 시작했다. 휴게소 주변을 몇 바퀴나 돌고 여자 화장실 앞에서 이름을 외쳐보았지만 샤오퉁은 나타나지 않았다.

그 작은 휴게소 안을 샅샅이 뒤졌음에도 나타나지 않은 것으로 보아 샤오퉁은 이미 떠났음이 분명했다. 그녀라면 충분히 이렇게 감쪽같이 떠날 사람이었다. 화장실에서 나와 그대로 다른 여객 버스에 올라탔거나, 어쩌면 애초에 화장실조차 가지 않고 곧장 차를 잡아탔을 수도 있다. 어찌됐든, 그녀는 떠났다.

자오레이는 차 안에 앉아 담배를 피웠다. 조수석 앞의 캐비닛을 열자 편지 한 장이 떨어졌다. 편지에는 이렇게 쓰여 있었다. "누군가의 마음을 길들이고 싶다면, 길들여질 각오도 해야 해."

자오레이는 울음이 터질 것만 같았다. 이런 빌어먹을 어린 애들의 장난 같으니. 담뱃불을 붙이고 다시 읽기 시작했다. 편지 뒤에는 이렇게 쓰여 있었다. 자오레이, 잘 있어. 카드에서 돈 좀 꺼내갈게. 날 찾지 마. 자오레이는 정말이지 울고 싶었다. 도대체 이게 무슨 짓이란 말인가? 도대체 누가 누굴 길들였다는 거지? 우리가 어린왕자와 여우라도 된단 말야? 자오레이는 도무지 이해할 수 없었다.

그는 뒷좌석에 몸을 웅크리고 누워 잠이 들었다. 아침에 일어나니 햇빛에 눈이 부셨다. 자오레이는 텅 빈 앞좌석을 멍하니 바라보았다. 이 모든 걸 믿을 수가 없었다. 이젠 어디로 가야 하지? 원촨현으로 가고 싶진 않았다. 그곳은 오로지 샤오퉁이 가고 싶다기에 함께 했을 뿐이었다. 하지만 이제, 그녀는 없다. 그는 그제야 깨달았다. 둘 다 처음부터 그곳에 가고 싶었던 것이 아니었음을. 그곳엔 왜 돌아가려고? 라는 질문에 처음부터 정답 따위는 없었던 것이다. 샤오퉁은 그저 핑곗거리를 만든 것뿐이구나. 이 모든 게 그녀의 핑계였구나. 자오레이는 자리에 앉아 잠시 생각하다, 차를 몰고 베이징으로 돌아왔다.

그는 집으로 돌아와, 평소처럼 출근을 하고, 평소보단 조금 더 열심히 일한 후 퇴근 시간엔 일부러 회식 자리에도 참석하며 가끔 애인과 함께 호텔에 갔다. 그러다 어느 날 저녁 문득, 혹은 술이 좀 취한 날이면 한밤중에 잠에서 깨어나곤 했다. 그럴 때마다 정신이 더욱 맑아지며, 제일 먼저 샤오퉁을 떠올렸다. 지금쯤 어디에 있을까? 잘 지내고 있을까? 옷도 별로 없을 텐데, 돈은 다 써버렸겠지? 생각할수록 샤오퉁이 안쓰러워 결국 이러한 잡생각을 멈추려 애썼다.

그럴 때마다 자오레이는 자신의 업무를 일종의 도피처로 삼았다.

한밤중에 일어나게 된 날이면 다음 날 회사에서 해야 할 작업을 모두 준비해놓고, 날이 밝기가 무섭게 회사로 달려 나가 회사 청소부들에게 인사를 건넸다. 그러면 다들 깜짝 놀라곤 했다. 가끔 이러한 일상이 꽤나 맘에 들기까지 했다. 어차피 샤오퉁을 한평생 보살펴줄 수 있는 것도 아닌데, 차라리 떠나서 다행이라고 여기기로 했다. 그녀도 성인이 되었으니 자신의 인생은 스스로 선택해야 하고, 그 선택이 무엇이든 자오레이는 지지해주어야 한다. 다만 애인이 동거를 제안했을 때 조금 망설여졌을 뿐이다. 그는 아직도 조금은 기대하고 있었던 것이다. 언젠간 샤오퉁이 돌아올 거라고.

어느 날 저녁, 술이 잔뜩 취한 자오레이가 또다시 한밤중에 깨어났을 때, 거실의 전등이 아직 꺼지지 않은 것을 보고 순간 샤오퉁이 돌아왔다고 생각했다. 매주 금요일 그랬던 것처럼 문을 열고, 신발을 벗고, 가방을 현관 언저리 아무 곳에나 던져놓고 말이다. 자오레이는 손이 덜덜 떨리기 시작했다. 얼른 방 밖으로 나가 샤오퉁의 방문을 반쯤 열었다. 그 사이로 새어 들어간 빛에 침대 윤곽이 보였다. 그는 문을 활짝 열고 들어갔다. 여전히 빈 방이었다. 그 순간, 자오레이는 큰 소리로 울음을 터트렸다. 결국 인정하게 된 것이다. 샤오퉁은 떠났다. 그는 그 사실이 죽을 만큼 힘이 들었다.

울음을 멈추고 일어선 자오레이는 방문을 꼭 닫은 후 돌아서서 말했다. "그럼, 잘 자."

이별에 익숙해지기

9 월 5 일

㉺ 차라오마오

가끔 , 아무 일도 하지 않고 죽은 듯이 지냈으면 싶어 .

그럼 마음껏 너만 생각할 텐데 .

가끔 , 정신없이 바빴으면 싶을 때도 있어 .

그럼 네 생각을 다시는 하지 않을 텐데 .

오늘 밤 ,

안녕히 .

우리는 종종 함께 있을 땐 사랑하기 바쁘다가,
헤어지고 나서야 정(情)이 생긴다.

1.

차차는 말괄량이다. 작은 일에도 금세 흥분해서는 호들갑을 떤다. 말할 때도 거침이 없어서 사람들이 '또라이'라고 부른다.

차차는 자신을 배신한 친구에게 커피를 쏟아붓기도 하고, 길거리 한복판에서 여우 같은 친구 머리채를 잡아 뜯기도 했다. 제일 대단한 점은 이런 엄청난 짓을 벌인 후 금세 개미 한 마리 못 죽일 것 같이 가련한 표정으로 돌변해서는 사람들에게 동정을 산다는 점이었다. 이에 대해 내가 핀잔을 주면 그녀는 수치스러워하기는커녕 오히려 자신의 연기력을 자랑스러워한다. 그녀는 한때 정말로 배우를 꿈꾸기도 했다. 과거 헝뎬의 수많은 엑스트라 중 한 명이었다는 사실은 그녀가 먼저 말해주지 않는 이상에야 알기 힘들었겠지만 말이다. 하지만 그녀가 스튜어디스를 하겠다고 연기자 생활을 그만두지만 않았어도 지금쯤 엄청나게 유명해졌을지도 모를 일이다. 특히 궁중암투극의 후궁 전문 배우로 아주 제격이다.

차차는 바쁠 때나 한가할 때나 기쁠 때나 슬플 때나 꼭 우리 집에 쳐들어 와서 공짜로 먹고 마신다. 내가 아무리 단잠에 빠져 있어도,

기어코 깨워 주방에 세우는 아이다. 사실 차차가 막돼먹은 아가씨는 아니다. 우리 집에 와서 하는 행동들을 보면 아가씨라고는 볼 수 없기 때문이다. 막돼먹은 사내녀석이면 또 모를까. 걱정되는 게 있다면 내가 차차를 남동생으로 생각하는 것처럼 차차도 날 언니로 생각하면 어쩌나 하는 것이다.

차차가 배를 채우고 나서 하는 말은 대부분 그의 남자친구에 대한 이야기이다. 보통 전 남친 욕으로 시작해 현 남친 칭찬으로 끝이 난다. 전 남친을 욕할 땐 찢어 죽일 것처럼 욕을 하고, 현 남친을 칭찬할 땐 더없이 수줍은 표정으로 너무 좋아 어쩔 줄을 몰라 한다.

2.

한번은 차차에게 말했다.

가는 사람을 붙잡을 수 없기에 남아있는 사람이 힘든 거라고.

네가 힘든 쪽은 그만했으면 좋겠다고.

어둡고 바람이 세차게 불던 어느 깊은 밤, 차차가 우리 집 문을 깨부술 듯 열어젖히고 들어와, 곧장 냉장고를 열고 닥치는 대로 음식을 입에 집어넣었다. 산발한 머리에 흐리멍텅한 눈빛으로 게걸스럽게도 먹어댔다.

세 번째 소시지 봉지를 뜯을 때쯤 나는 결국 참지 못하고 소리쳐 버렸다.

"그거 우리 멍멍이 이번 주 식량이야!"

순간 방 안에는 정적이 흘렀다. 그녀의 음식 씹는 소리조차 들리지 않았다. 제대로 잠기지 않은 수도꼭지에서 물이 똑똑 하고 떨어지는 소리만 희미하게 들릴 뿐이었다. 주방 바닥에는 소시지 포장이 여기저기 널려 있었다. 차차는 냉장고 문 앞에 우뚝 서서, 아직 삼키지 못한 소시지를 입에 문 채 닭똥 같은 눈물만 뚝뚝 흘렸다.

난 그녀에게 다가가 가만히 어깨를 토닥여주었다. "자, 내 어깨에 기대."

그녀는 고개를 들고 눈을 깜빡이며 날 쳐다보았다. 눈물에 젖은 속눈썹이 작은 빗자루 같아 보였다. 여전히 눈물이 가득 고인 채 곧 무시무시한 기세로 "으앙"하고 울음을 터트렸다. 난 재빨리 그녀와 거리를 두고 떨어졌다.

"입 안에 있는 소시지 좀 삼키고 울어!"

차차가 하소연을 하는 방식은 상당히 사납다. 내 옷자락을 잡아당기고, 콧물을 들이마시고, 둥베이 사투리를 쓰며, 말끝마다 욕을 뱉었다.

그럼 나는 그 옆에서 어금니를 꽉 깨물고 맞장구를 쳐주는 수밖에 없다.

"그러니까! 그 자식 쓰레기네."

"맞아! 내가 말 했잖아, 그 자식은 너랑 안 어울린다고. 이제 알겠냐!"

"누가 아니래. 눈에 콩깍지 한 번 안 씌어본 사람이 어디 있어?"

등등.

콩깍지 한 번 안 씌어본 사람이 어디 있겠는가. 누가 누구에게 잘못했든, 이별하는 모든 이유는 그 콩깍지가 벗겨졌기 때문이다.

차차가 내게 물었다. "오빠도 콩깍지 씌어본 적 있어?"

나는 잠시 고민하다 다음과 같이 대답했다.

"마음속에 바보 같은 질문이 생기면, 두 눈을 감고, 참을 줄도 좀 알아라!"

3.

다른 사람을 위로하기 위해 자신의 상처를 들추는 일이라면 적잖이 해봤다. 특히 차차에게는 말이다. 그러다보니 언제부턴가 상처를 들춰도 더 이상 피가 나지 않게 되었다. 여전히 같은 곳에 상처는 남아있지만, 내가 더욱 의연하게 대처할 수 있게 된 건지도 모르겠다.

첫사랑이란 대다수의 사람들에게 목에 걸린 가시와 같은 느낌일 것이다. 가시가 얇으면 밥 한 술 삼켜서 넘겨 보내면 되고, 가시가 크면 족집게 따위로 꺼내면 그만이다. 문제는 딱딱한 가시, 날카로운 가시, 손에 닿지 않는 곳에 걸린 가시 등이다. 이들이야말로 인생의 가장 큰 고통이다. 더욱이 몸의 병은 치료해도 마음의 병은 고치기 힘든 법이다. 오죽하면 자라 보고 놀란 가슴이 솥뚜껑만 봐도 놀라겠는가. 가시가 목에 걸려본 사람 역시 한동안은 생선만 봐도 그때 그 통증이 생생히 느껴질 것이다.

나는 차차에게 날 비웃을 기회를 주기로 했다.

대학생활의 마지막 무렵에 나 역시도 목에 걸린 가시 때문에 한참을 고통 받은 적이 있다.

처음 보름 동안은 마냥 좋았다. 그 다음 한 달은 애간장이 타기 시작했다. 그렇게 또 다음 한 달은 고통과 자학 속에서 시간을 보냈다. 이게 바로 내 두 달 남짓 되는 첫사랑이다.

사람들이 아무리 그럴 가치가 없다고 말해도, 이별 후 일주일 동안은 너무도 사무치는 그리움에 어떻게든 다시 시작하고 싶었다. 나는 그럴 가치가 있다고 생각했기에, 기다리기로 마음먹었다. 헤어진 후 6개월까진 여전히 그리웠다. 고집스럽게도 나는 이를 꽉 깨물고 스스로에게 기다릴 가치가 있다고 되뇌었다. 그렇게 일 년이 지나고 또 다시 찾아온 중추제(중국의 4대 명절 중 하나로 우리의 추석- 옮긴이), 나는 달을 보며 생각했다. 가치가 있고 없고는 더 이상 중요치 않다고. 세상이 모두 변해도 달빛이 아직 저 곳에 있음에 감사하자고.

내 첫사랑은 이토록 조용히 시작하여 요란하게 끝이 났다. 결국 저장된 전화번호 빼고는 모두 잊었다. 서로의 자존심을 지킨 채 평화로운 이별을 맞았다.

하지만 바로 그 순간부터 나는 더 이상 예전의 내가 아니었다.

4.

차차는 내게 첫사랑에 대한 그 고집을 언제 꺾었느냐고 물었다.

바보처럼 1년간 끌어오던 어느 날 알게 되었다. 그 여자는 이별 후 얼마 지나지 않아 새 애인이 생겼다는 사실을. 그때 실망을 했던가, 아님 후련해했었나.

차차는 연애 때 일을 참 자세하게도 물었다.

하지만 이미 오랜 시간이 흘러 아무리 애써 봐도 그 시절 행복했던 기억과 감정은 잘 떠오르지 않았다. 어렴풋이 기억나는 거라곤 당시의 연애는 날 너무 푸대접했다는 것 정도다.

차차는 내 첫사랑이 어떤 사람이었는지 궁금해했다.

그녀는 무척 어른스러웠고, 난 너무 어렸다. 그녀는 현실주의였던 반면 난 과도한 이상주의였다. 그녀는 연애에 능숙한 사람이었고, 난 너무나 어설퍼서 혼자 감동할 줄만 알았다.

차차는 내 대답을 듣고는 자기가 그 여자라도 된 것처럼 더 크게 울어댔다.

그렇게 차차는 내 이야기에 점점 빠져들었고, 나는 어쩔 수 없이 더 많은 상처를 그녀에게 보여줄 수밖에 없었다.

그래서 예전에 상하이에서 단돈 삼백 위안으로 한 달 간 버텼던 일을 말해주었다.

그녀는 믿지 않았다. 내가 거짓말을 한다고, 삼백이 아니라 삼천 위안 아니냐고 말이다.

"정확히 삼백 위안이었어. 내가 자초한 일이긴 했지. 여자친구 신용카드 대금을 빌려줬거든. 맹세코 적은 돈이 아니었어. 그렇다고 빨리 갚으라고 닦달할 순 없잖아. 억울해도 이 악물고 참는 수밖에. 근데 그 여잔 내가 일부만 갚아준 게 불만이었나 보더라고."

차차는 쓴웃음을 지으며 손을 뻗어 내 얼굴을 꼬집었다. 아무래도 이토록 불쌍한 나를 그동안 괴롭힌 게 이제와 미안해진 듯했다. 하지만 여전히 뭐가 억울한지 내 어깨에 기대어 훌쩍임을 멈추지 않았다.

"그 여자한테 말 했어?" 차차가 작게 물었다.

"그걸 뭐 하러 말 해…?"

5.

내 옷깃이 그녀의 눈물과 콧물로 엉망이 되자, 나는 더 이상 참을 수 없었다. 보아하니 불쌍한 척하는 걸로는 그녀에게 위로가 되지 않는 듯했다. 그래서 나는 수건을 그녀의 얼굴에 던져주며 무게를 잡고 말했다.

"차차, 그 사람이 그렇게 싫으면서 왜 우는 거야? 눈물이 아깝지도 않아? 나는 내 옷이 아까워 죽겠는데! 앞날을 위해 똥차를 치워야 벤츠가 오지. 너무 오래 잡아두고 있었어. 그러다 몸에 똥냄새 밴다. 시원하게 욕 해주고 치워. 그 사람 나쁜 것만 기억하고 좋은 건 잊어버리고 미련 갖지 마. 이왕 미워할 거면 좀 더 철저히 미워해주자고. 처음부터 만난 적 없었던 사람처럼. 죽을 때까지 떠올리지 마. 생각해 봐, 앞으로 얼마나 많은 벤츠들이 널 기다리고 있을지!"

차차는 내 말에 홀린 듯, 벤츠 말고는 아무것도 기억하지 못했다.

그리고는 나한테 벤츠를 소개시켜 달라고 조르기 시작했다.

귀찮아진 나는 그녀가 두르고 있던 수건을 걷어 내며 물었다.

"배고프지? 국수 끓여줄까?"

"배고파! 계란 프라이 두 개 넣어줘."

차차는 충분히 먹고 마신 후, 내 침대에 누워 잠이 들었다. 그리고 남은 건 태풍이 휩쓸고 간 것처럼 어질러진 우리 집이었다.

6.

나는 사실 그녀가 무척이나 부럽다. 솔직히 말하면, 마음껏 사랑하고 마음껏 미워하는 이 세상 모든 사람들이 부럽다.

세상의 아주 많은 사람들이 거침없이 사랑하지만 거침없이 미워하진 못한다. 한편, 누군가는 거침없이 사랑하지도 그렇다고 거침없이 미워하지도 못한다.

너무 사랑해서 미워진 거라면 그것만큼 행복한 일이 없다. 더 이상 사랑하지 않아도 되고, 사랑 때문에 힘들지 않아도 되니까. 헤어진 사람을 미워하는 일이란 또 얼마나 쉬운가. 상대를 미워하게 되면 다시는 만나고 싶지 않고 떠올리기만 해도 기분이 나쁘다. 하지만 헤어진 후에도 여전히 사랑한다면, 그것은 당신과 더 이상 상관없는 사람에 대한 오지랖일 뿐이다. 당신에게 상처 준 사람을 향한 미련이며, 자신에게 밤낮으로 가하는 고문과 형벌과도 같다.

우리는 종종 함께 있을 땐 사랑하기 바쁘다가 헤어지고 나서야 '정'이 생긴다.

그제야 생긴 정은 이미 너무 늦어버려서 당장의 사랑에 아무런 힘이 되어주지 못한다. 그저 다음에 이어질 길고 긴 시간에 남아 당신을 괴롭힐 뿐이다. 그것이 바로 지금까지 수많은 사람들과 나누었던 사랑의 맹세가 이루어지지 않은 이유이다.

미워졌다면, 잊어야 한다. 내일은 설령 눈이 내려도 오늘보다는 따뜻한 날이 될 테니까.

당신을 떠나려는 사람을 차마 잡아두지 못할 때면 충분히 울고, 충분히 아파하고, 충분히 기다리고, 그리고 나서는 그 자리를 훌훌 털고 일어나야 한다.

그렇게 우리는 헤어짐에 익숙해져야 한다. 불꽃같은 만남 뒤에 언젠가 찾아오는 서서히 멀어지는 순간에 익숙해져야만 한다. 떠나는 뒷모습을 말없이 바라보며, 다시 돌아오지 않을 것 또한 알아야 한다.

7.

차차는 잠들기 전, 그녀가 만들어놓은 난장판을 치우고 있던 내게 말했다.

"라오 오빠! 그 여자 어디가 제일 미워?"

"안 미운데…."

맞다. 위선이다.

하지만 난 정말 그녀를 미워하지 않는다. 그녀가 날 떠났다는 사실이 미울 뿐.

그녀가 사랑하는 방법

5월 1일
글 치선생

그땐 몰랐습니다.

사랑은 특별해야만 옳은 줄 알았어요.

조금 더 커보니 알 것 같아요.

환상은 멀고 일상은 가깝다는 것을.

평범한 하루하루가 전부 사랑이었다는 것을.

오늘 밤,

안녕히.

때론 누군가 사랑한다는 건 앉아서 양파 껍질을 까는 일과 같다.

눈물이 뚝뚝 흘러도 멈출 수가 없으니.

그러면서도 멈추고 싶어 하지 않으니 말이다.

1.

샤오바이가 출장 가는 길에 나를 보러 칭다오에 놀러왔다. 내가 고급 생선 요리를 사 주겠다 하니 거절하면서 말했다. “대신 내가 다니던 학교에 같이 가보자!”

그렇게 그녀의 모교 학생 식당에 가서 마라탕과 로우자모(밀가루 반죽을 구운 뒤 가운데를 갈라 고기와 야채 등을 넣은 중국식 햄버거 - 옮긴이), 그리고 초밥을 먹었다. 때마침 군부대의 군사 훈련 기간이라 우리는 창가 자리에 앉아 훈련복을 입은 젊은이들을 구경했다.(중국은 대학교에 입학하자마자 9월 한 달 간 남녀 모두 의무적으로 군사훈련(軍訓)을 받는다 - 옮긴이)

그때 샤오바이의 핸드폰으로 저장되지 않은 번호의 전화가 걸려왔다. 그녀는 전화를 받고는 “응, 잘 지내. 너는? 아….” 등의 말을 나눈 후 끊더니, “예전엔 눈 감고도 줄줄 외웠던 수학공식이 지금은 왜 전혀 기억나지 않을까?”라며 딴소리를 했다.

나는 그 전화가 아마도 그녀의 남자친구 쯤에게서 걸려온 것이리라 예상했다. 왜냐하면 샤오바이가 방금 사진을 몇 장 찍어 SNS에 올렸으니, 그걸 본 남자친구가 연락을 했다고 생각한 것이다. 모교에서의 옛 추억여행은 여자 숙소 앞에 있던 호수의 물보라와 함께 남자친구의 '좋아요'도 함께 가져왔을 것 같았다. 다음과 같은 댓글이 달리면 딱 맞을 것 같았다. '내가 만난 모든 풍경 속에서 가장 사랑하는 건 역시 너!'

불현듯 대학생 시절 이곳에 샤오바이를 보러 왔던 날이 떠올랐다. 그때도 이 학생 식당에서 아침밥을 먹었다. 그때 내가 계란을 까줬던 것 같다. 그녀는 갑자기 내 등 뒤를 가리키며 "봐봐, 저 여자 엄청 예뻐."라고 말하고는, 내가 뒤를 돌아보자 몰래 내 그릇에 들어있던 고기 조각을 빼앗아 먹곤 했었다.

그렇다. 샤오바이는 나의 고등학교 동창이다. 남녀 사이의 우정을 믿는다면, 우리가 사귀는 사이가 아니라는 것은 말할 것도 없겠지. 그는 내게 자신에게 실연의 아픔을 준 전(前) 남자친구의 이야기를 종종 했다.

나는 샤오바이에게 물었다. "도대체 얼마나 그 사람을 사랑했던 거야?"

그녀가 대답했다. "마라탕 한 그릇만큼."

난 그녀의 대답이 의아했다. "마라탕?"

"그래. 마라탕 말이야. 완자, 당면, 베이컨, 미역, 맛살, 감자, 상추와 쑥갓에 두부까지, 그릇 안에 수북이 쌓인 재료들이 저마다 눈을 깜빡거리며 먹어주세요! 먹어주세요! 하잖아. 그럼 우리가 한 입 두 입,

결국에는 몽땅 먹어치우지. 끝내주지 않아?"

"퍽이나 끝내주겠네."

"난 그렇게 그 사람을 사랑했어. 그 사람의 모든 좋은 점을 하나하나 그릇 속에 쌓아 올리면서."

"만약 그 사람을 다시 만날 수 있다면, 무슨 말을 하고 싶어?"

"욕이나 실컷 퍼부어줄 거야."

그렇게 수다를 떨고 있는데, 주방일을 하는 소년 하나가 마라탕을 들고 와 샤오바이 앞에 놓아주었다. "네가 시켰어?" 내가 물었다. 샤오바이 역시 어리둥절하여 "잘못 온 거 같은데?"라고 했다. 하지만 그 소년이 말했다. "사장님께서 드리는 거예요."

그때, 잘생긴 남자 하나가 다가왔다. 샤오바이는 그를 보고 깜짝 놀라며, 한 마디 겨우 내뱉었다. "오랜만이야." 남자가 말했다. "몇 년 전, 네가 학교 식당 마라탕이 제일 맛있다고 해서 내가 인수했어. 아쉽게도 사모님 자리는 아직 비어있지만."

샤오바이는 마라탕을 먹기 시작했다. 매워, 너무 매워, 하나도 안 맛있어 라고 얘기하면서. 눈물이 그릇 안으로 뚝뚝 떨어져 물결이 생길 정도였다.

좀 있다가 내가 물었다. "저 사람이 네 전 남친이야? 이제 용서할 거야? 왜 실연 당한 거야?"

그녀가 대답했다. "소금 좀 넣어야겠다. 국물이 너무 싱거워."

2.

내가 아는 샤오바이는 전 남자친구와의 이별을 아쉬워한 적이 한 번도 없다. 연애할 때는 최선을 다해 사랑하고, 이별하고 나서는 깨끗이 단념했다.

그녀가 평소에 이렇게 말하곤 했었다. 이제 그가 있는 도시에 비가 오는 걸 알아도 자신은 더 이상 우산 챙기라는 말조차 할 자격이 없다고. 이별 후에는 더 이상 그의 인생에 참견하지 말자고 스스로에게 다짐했다고. 하지만 딱 한 번만 더 볼 수 있다면 좋을 것 같다고도 했다. 그렇게 보고 나면 다시 헤어지기 더욱 힘들 테지만.

그럴 때마다 내가 그녀에게 물었다. "힘들어?"

그녀가 말했다. "힘들지. 너무 힘들어. 나 같이 이렇게 좋은 여자를 다시는 만나지 못할 그 사람을 떠올리면 너무 불쌍해서 눈물이 다 난다고."

"실연 후에 뭐가 제일 괴로워?"

"그가 실연 당한 것이 아니라, 내가 실연 당한 것이라서 다행이라고 생각할 뿐이야."

"아직도 이렇게 사랑하는데 왜 네가 그를 도와줬다는 사실을 알리지 않는 거야? 혹시 어느 날 우연히 그 사실을 알아챈 그가 감동에 젖어 네 앞에 무릎 꿇고 청혼이라도 하길 원하는 거야?"

"다른 사람들에게 실연의 아픔에서 벗어난 방법을 물어보면 그 모든 시간을 오롯이 혼자 견뎠다고 하지 않는 사람도 많을 거야. 밤이 되어 혼자 남고 나서도 함께 해준 치킨과 맥주로 버틴 나도 있으니까. 사람들은 저마다의 방법으로 사랑을 단념하곤 해. 난 내 마음에 드는 방식을 선택한 것뿐이야. 이별 역시 내가 하고 싶은 방식대로 하는 거고. 봐봐, 내가 얼마나 멀쩡하게 잘 살고 있는지."

그렇게 주는 데에만 익숙한 그녀는 가여울 정도로 바보 같았다. 모든 것을 되돌릴 수 있을 거라 생각하지만, 되돌리기에는 너무 멀리 와버렸다. 지금이 행복으로 가는 지름길이라고 생각하겠지만 실은 줄곧 늦어지고 있을 뿐이었다.

나는 샤오바이에게 말했다. "더 많이 사랑하는 쪽이 상처받는 건 당연해. 지금은 본인을 자학하면서 언젠간 좋아지겠지 기대하는 모양인데, 언젠간 알게 될 거야. 상처가 곪아 고통이 감당하지 못할 만큼 커지면, 그때는 이미 포기해야만 한다는 것을. 훠궈 먹을 때를 생각해 봐. 보글보글 끓고 있는 뜨거운 탕 속에 잔뜩 넣은 재료를 소스에 찍어 입에 넣고 나서, 입 안이 다 데이고 나서야 후회하잖아. 후후 불어 식혀먹을걸 하고. 널 상처 주는 사람은 오로지 너 자신뿐이야."

샤오바이는 말했다. "그것 역시 내 운명이겠지!"

너무할 정도로 바보 같은 이 샤오바이는 남자친구에게 그의 꿈을 이뤄주기 위해 귀신에 홀리기라도 한 것처럼 마라탕 가게의 권리금을 대신 지불해주었다고 한다. 그 남자의 꿈이 바로 학교 안의 마라탕 가게를 인수하는 것이기 때문이었다. 문제는 이 모든 것을 남자에게는 비밀로 했다는 것이다.

정말이지 샤오바이가 귀신에 홀리기라도 한 건 아닐까 걱정될 정도였다. 대신 지불해준 그 마라탕 가게의 권리금 때문에 신용카드 한도가 부족해진 샤오바이는 매일 카드 대금을 갚느라 죽을 만큼 힘들었다. 나는 샤오바이가 이미 끝난 사랑에게 왜 이렇게까지 해주는지 도무지 이해가 되지 않았다.

3.

그 후, 나는 사업차 그 대학교를 다시 찾았다. 점심시간이 되어 마라탕이 먹고 싶어진 나는 혼자서 학생 식당의 마라탕 가게로 향했다. "여기요, 여기 마라탕 한 그릇에 얼마죠?" 그때 가게의 여주인이 나를 향해 고개를 돌렸다. 나도 그녀를 보았다. "아니, 너는?!"

샤오바이가 웃으며 말했다. "내 남편, 마라탕 정말 맛있게 만들어."

샤오바이가 마라탕 가게의 여주인이 된 것이다. 정말이지 생각지도 못한 결말이었다. 다양한 결말을 추측해봤지만 둘이 함께 하게 되리라고는 생각지도 못했다. 그렇게 되어서 기뻤음은 물론이다.

그녀의 남편이 마라탕을 가져다주며 웃는 얼굴로 내게 물었다. "맛이 끝내주죠?"

그 순간, 그녀가 예전에 한 말이 떠올랐다. "마라탕 한 그릇에는 완자, 당면, 베이컨, 미역, 맛살, 감자, 상추와 쑥갓에 두부까지, 그릇 안에 수북이 쌓인 재료들이 저마다 눈을 깜빡거리며 먹어주세요! 먹어주세요! 하잖아. 그럼 우리가 한 입 두 입, 결국에는 몽땅 먹어치우지. 끝내주지 않아?"

그렇다. 샤오바이는 모든 좋은 점을 하나하나 그릇 속에 쌓아올린 후, 그와 결혼하게 된 것이다. 나 역시 내 일처럼 기뻤다. 그녀가 마침내 그의 손을 잡고 한 걸음 한 걸음씩 함께 나아가게 된 것이.

그 남자가 내가 몰랐던 자초지종을 말해 주었다.

아주 오래 전, 샤오바이와 그가 처음으로 함께 밥을 먹게 된 날, 그 날도 역시 마라탕을 먹었다고 한다. 당시 남자는 맞은편에 앉아 이어폰을 끼고 음악을 들으며 마라탕을 먹고 있는 샤오바이의 모습에서 눈을 떼지 못하다가, 저도 모르게 이렇게 혼잣말을 했다고 한다. "좋아해."

남자의 입술이 자신을 향해 움직이는 것을 본 그녀가 이어폰을 빼고 물었다. "뭐라고 했어?"

남자는 얼굴이 새빨개져서는 말했다. "아니야, 아무것도. 그냥 마라탕이 맛있다고."

샤오바이가 말했다. "응. 나중에 좋아하는 남자가 생기면 학교에 이런 마라탕 가게 차렸으면 진짜 좋겠다. 바쁘지 않을 땐 같이 청강도 하러 가고, 자습실이나 도서관도 같이 가고, 연주회가 열리면 같이 보러 가고, 그러다 배가 고파지면 그 남자가 만들어주는 마라탕을 먹는 거야. 완자, 당면, 베이컨, 미역, 맛살, 감자, 상추와 쑥갓에 두부까지, 그릇에 수북이 쌓아서 말야. 그리고 그 남잔 내 곁에 앉아 나의 먹는 모습을 지켜 보며 바보처럼 웃는 거지."

다른 사람들에게는 평범한 날이었을 2007년 9월 28일 오후가 이 남자에게는 새로운 삶의 목표를 세운 순간이었다. 샤오바이와 함께 있었던 그 15분은 너무나도 금세 지나가버려서, '좋아해'라는 말을 전하기에는 너무나도 짧았다.

이후, 그는 묵묵히 그녀가 꿈꾸는 일을 하며 보냈다. 이를 테면 샤오바이가 좋아하는 수업을 청강하러 간다든지, 자습실과 도서관에 간다든지, 연주회를 보러 가기도 하고 말이다. 그러다 배가 고파지면 마라탕을 만들어보는 건 물론이었다. 안타깝게도 이 모든 일은 샤오바이 몰래 이루어졌다.

한편, 샤오바이는 드디어 신용카드 대금을 모두 갚고, 심지어 적지 않게 저축도 했다고 한다. 적어도 마라탕에 베이컨은 넣고 싶을 만큼 넣을 수 있을 정도는 된다고.

그렇다! 그 둘은 사귀다가 이별한 사이가 아니라, 서로 고백하기를 단념한 채 그때까지 제대로 사귄 적이 없었던 것이다.

4.

남자가 '좋아해'라고 말할 당시, 사실 샤오바이는 이어폰을 끼고는 있었지만 음악은 듣고 있지 않았다. 그녀는 남자가 "좋아해."라고 말하는 것을 똑똑히 들었다고 했다.

"신기하지. 하늘은 늘 호의를 헛되게 하지 않는다니까. 실연당하고, 돈도 없고, 매 달 신용카드 대금 갚기에 바쁜 이 선량한 여인을 하늘이 발견하시고는 내가 좋아하고 돈도 많이 벌 수 있는 일자리를 내려주신 거야. 열심히 일하고 매사에 감사하며 지내는 게 그런 축복을 내려주신 것에 보답하는 길이 아닐까?" 그녀가 말했다.

내가 물었다. "못됐어, 정말. 왜 그 때 남자의 고백을 못 들은 척한 거야?"

"내가 언제 그 사람과 결혼해야겠다고 마음먹은 줄 아니?"

"저번에 우리 같이 마라탕 먹으러 왔을 때 그 남자가 그랬잖아. 가게에 사모님 자리가 비어있다고. 그때 투자금을 회수할 수 있겠다 싶어서 네가 적극적으로 움직인 거 아니야?"

"웃기고 있네. 아니거든. 그날 밤 그 사람에게서 또다시 전화가 걸려왔어. 할 말이 있다면서. 내가 말해보라고 하니까 한참을 우물쭈물대더라고. 난 무슨 말을 하고 싶은지 이미 알고 있었어. 전화기 너머로 벌겋게 달아오른 그 사람 얼굴이 보이는 것 같더라."

그리고 둘은 다음과 같은 대화를 나누었다.

"그럼, 마지막으로 한 마디만 할게."

"응. 말해."

"그럼, 그럼…, …아해."

"뭐라고?"

그가 웃었다. 그리고는 말했다. "그럼, 그럼…, 잘 자."

작가 소개

쑤겅성

평론가, 언론인, 칼럼니스트.

후이구냥

본명 뤄후이, 물병자리.

중국전매대학 졸업. 출판, 광고, 영상, 음악 업계에 종사한 적 있다. 책을 내고, 노래 가사를 쓰고, 다수의 문학상 수상 경력이 있으며, 언제나 비몽사몽 꿈속에서 살고 있다. 예민하다. 여름, 세계여행, 그리고 직접 손으로 쓴 글씨를 좋아한다. 제일 좋아하는 것은 열심히 듣고 열심히 말하는 것. 살아온 시간들을 기록하고 있으며 이를 증거로 사용하고 있다. "이야기 속에 인생이 있다." 인심이 하늘과 바다만큼 후하다. 따스하고 날카로운 방관자가 되는 게 꿈이다. 저서로는 베스트셀러 《모든 것이 나에게는 최고의 순간》, 《모든 건 시간이 증명해줄 거야》가 있다.

리샹룽

2008년 우수한 성적으로 군사학교에 입학했다. 2010년 CCTV가 주최하는 영어 경연대회 '희망영어'에서 전국 3위, 같은 해 전군 중 2위 입상. 2011년 주위의 반대를 무릅쓰고 자퇴를 감행, 영어 전문 교육기관 '신동방'에 입사한다. 2015년 최고의 베스트셀러 《당신은 겉보기에 노력하고 있을 뿐》 발간.

다이르창

11월생, 작가, 시나리오 작가.

떠돌이. 시를 쓰고 악기를 연주하며 떠돌아다닌다. 꿈과 미래가 있는 아가씨를 찾고 있음. 만물이 뒤섞여 울고 웃는 칵테일 한 잔 같은 글을 좋아한다. 조금은 유쾌하고 그만큼 독한. 나와 함께 칵테일 한 잔 하는 건 어떤지?

웨이신 아이디 mrdaiaqiang

양시원

인터넷 사이트 '재미있지(有意思吧)' 소속 작가로, 인터넷 상에서 '라오양'으로 통한다. 인생을 즐길 줄 아는 프리랜서, 뉴질랜드 유학파. 아름다운 인생은 존재감 없는 사람에겐 오지 않는다고 믿는다. 그래서 인생을 메마르지 않게 하기 위해 최선을 다하는 중. 열정적이며 발전적인 느낌을 주는 시끌벅적한 생활을 좋아한다. 저서로는 베스트셀러 《여자의 노력을 존중하라》가 있다.

팡차오차오

사랑에 대해 가장 잘 아는 싱글 여성.

펑충쯔

본명 리리, 우한 시에 거주 중. 탐사 저널리스트로 활동하다가 현재는 휴식 중. 올바르지 않은 세상사라면 무엇이든 폭로하는 데 일가견이 있다.

웨이신 아이디 风茕子(gushirenxing)

웨이보 아이디 @风茕子

룽룽

이야기를 좋아하는 몽상가. 전 언론인. 단편 소설집《한 번 져 주자》발간.

웨이보 아이디 @小绒绒往前走

웨이신 공식 채널 绒绒和她的故事(cecaa1220)

꽁치

출판기획자. 다른 사람들 책은 수없이 기획해왔지만 자신의 독자적인 책을 출판한 적은 없다. 현재는 미디어 관련 책을 기획 중.

이메일 465493539@qq.com

완칭

작가, 시나리오 작가, 원이쉬안 비취의 대표. 장난 지역 출신. 어릴 적부터 각종 문예를 배웠다. 자라면서 서양 문화권을 접하게 되고, 전통 문화와 서양 문화 모두의 영향을 받았다. 저서로《원하는 만큼 행복하다》,《호화 결혼》등이 있다.

웨이보 아이디 @晚情的小窝

웨이신 아이디 wanqingdepingtai

도자기 토끼

자주 웃기고, 가끔 심각하고, 갑자기 따뜻하며, 딴지 걸기 좋아하는 변화무쌍한 토끼. 환영합니다. 같이 놀아요.

웨이보 @陶瓷兔子爱丽丝

웨이신 아이디 @陶瓷兔子的小木屋

웨샤오이

본명 웨나, 대표작으로 《세상은 열심히 하는 사람을 버리지 않는다》가 있다. 매우 육감적인 필체로 이성적인 세계를 묘사하는 작가로, 따스하면서도 냉철함을 놓치지 않고, 대중적이면서도 우아함을 놓치지 않는다.

웨이보 @韦晓艺同学

웨이신 공식 채널 晓艺(weixiaoyi5211)

장링

독자이자 화자. 세상의 모든 아름다운 것들을 사랑한다. 스스로 재미있는 사람이 되려고 노력하며, 지혜를 추구하는 것을 낙으로 삼고 있다. 산골에서 자란 후 많은 곳을 경험해 봤다. 외국계 기업에 취직도 해봤고 서점과 작은 술집을 직접 운영해보기도 했다. 시간이 나면 책을 읽고 글을 쓴다. 인터넷 홈페이지 《더우반열독》 및 평론지 《사이》에서 작가로 활동하고 있음.

웨이신 공식 채널 Loaf

차이야오야오

더우반, 즈후 그리고 핸드폰 app《코풀쏘 이야기》소속 인기 작가. 최대한 많은 곳을 가보고 싶고 많은 사람들을 만나 많은 이야기를 나누고 싶어 한다. 당신과도 이야기 속에서 마주치길 바란다.

리허시

완벽주의자. 물고기자리. 과거 더우반에서 썼던 아이디는 구이샤오메이. 현재 쓰는 필명은 리허시. 꿈꾸는 것을 좋아하고, 사랑 이야기 쓰는 것을 좋아한다. 사람들이 언젠가는 모두 이야기 속 사람들처럼 사랑하리라 믿는다. 저서로《모든 그리움, 모든 감동》이 있다.

차라오마오

자학 개그를 즐기는 식충이 변태.

웨이보 @查老猫 ralphin

치선생

골든 리트리버를 기르며 빠오즈 가게를 운영 중인 이상주의자. 저서로는 감성 미식 소설《함께 있고 싶어》가 있다.

웨이신 공식 채널 lianggedashu(两个大叔)

웨이보 @柒个先生

옮긴이 오하나

북경, 상해 등지에서 7년간 생활하면서 2009년 중국전매대학 방송연출과를 졸업했다. 한국에 돌아와 방송작가 일과 시나리오 번역 업무를 하였고, 글밥 아카데미 중국어 출판번역 과정을 수료하였다.

본문 일러스트 十指, Starry阿星, Shelia Liu, 邦乔彦, 银Ain, 某天在绘, 黄雷蕾Linali, Endmion1

본문 촬영 张芮侨

표지 일러스트 夏日

매일밤
당신에게
필요한
이야기

초판 2016년 12월 14일 초판 1쇄
엮은이 스탕쥔
옮긴이 오하나

출판사 도서출판 북플라자
주소 경기도 파주시 파주출판단지 서패동 471-1
전화 070-7433-7637
팩스 02-6280-7635
홈페이지 www.book-plaza.co.kr
오탈자 제보 book.plaza@hanmail.net

ISBN 978-89-98274-80-1 03820